愿你一生 朗日 当空

季羡林

著

中国出版集团　现代出版社

图书在版编目（CIP）数据

季羡林愿你一生朗日当空 / 季羡林著 . -- 北京：
现代出版社 , 2021.5

ISBN 978-7-5143-9136-7

Ⅰ . ①季… Ⅱ . ①季… Ⅲ . ①散文集－中国－当代
Ⅳ . ① I267

中国版本图书馆 CIP 数据核字 (2021) 第 066488 号

季羡林愿你一生朗日当空

作　者	季羡林	
责任编辑	姜　军　王志标	
出版发行	现代出版社	
地　址	北京市安定门外安华里 504 号	
邮政编辑	100011	
电　话	010-64267325　64245264（传真）	
网　址	www.1980xd.com	
电子邮箱	xiandai@vip.sina.com	
印　刷	北京瑞禾彩色印刷有限公司	
开　本	890mm*1240mm　1/32	
印　张	10	
字　数	257 千字	
版　次	2021 年 5 月第 1 版　2021 年 5 月第 1 次印刷	
书　号	978-7-5143-9136-7	
定　价	55.00 元	

■ 目 录

第二章

纵浪大化中　不喜亦不惧

第三章

当时只道是寻常

第一章

走过独木桥 跳过火焰山

做人与处世

　　一个人活在世界上，必须处理好三个关系：第一，人与大自然的关系；第二，人与人的关系，包括家庭关系在内；第三，个人心中思想与感情矛盾与平衡的关系。这三个关系，如果能处理得好，生活就能愉快；否则，生活就有苦恼。

　　人本来也是属于大自然范畴的。但是，人自从变成了"万物之灵"以后，就同大自然闹起独立来，有时竟成了大自然的对立面。人类的衣、食、住、行所有的资料都取自大自然，我们向大自然索取是不可避免的。关键是怎样去索取？索取手段不出两途：一用和平手段，一用强制手段。我个人认为，东西文化之分野，就在这里。西方对待大自然的基本态度或指导思想是"征服自然"。用一句现成的套话来说，就是用处理敌我矛盾的方法来处理人与大自然的关系。结果呢，从表面上看上去，西方人是胜利了，大自然真的被他们征服了。自从西方产业革命以后，西方人屡创奇迹。楼上楼下，电灯电话。大至宇宙飞船，小至原子，无一不出自西方"征服者"之手。

　　然而，大自然的容忍是有限度的，它是能报复的，它是能惩罚的。报复或惩罚的结果，人皆见之，比如环境污染，生态失衡，臭氧层出洞，物种灭绝，人口爆炸，淡水资源匮乏，新疾病产生，如此等等，不一而足。这些弊端中哪一项不解决都能影响人类生存的前途。我并非危言耸听，现在全世界人民和政府都高呼环保，并采取措施。古人说："失之东隅，收之桑榆。"犹未为晚。

中国或者东方对待大自然的态度或哲学基础是"天人合一"。宋人张载说得最简明扼要："民，吾同胞；物，吾与也。""与"的意思是伙伴。我们把大自然看作伙伴。可惜我们的行为没能跟上。在某种程度上，也采取了"征服自然"的办法，结果也受到了大自然的报复，前不久南北的大洪水不是很能发人深省吗?

至于人与人的关系，我的想法是：对待一切善良的人，不管是家属，还是朋友，都应该有一个两字箴言：一曰真，二曰忍。真者，以真情实意相待，不允许弄虚作假。对待坏人，则另当别论。忍者，相互容忍也。日子久了，难免有点磕磕碰碰。在这时候，头脑清醒的一方应该能够容忍。如果双方都不冷静，必致因小失大，后果不堪设想。唐朝张公艺的"百忍"是历史上有名的例子。

至于个人心中思想感情的矛盾，则多半起于私心杂念。解之之方，唯有消灭私心，学习诸葛亮的"淡泊以明志，宁静以致远"，庶几近之。

1998年11月17日

谦虚与虚伪

在伦理道德的范畴中，谦虚一向被认为是美德，应该扬。而虚伪则一向被认为是恶习，应该抑。

然而，究其实际，二者间有时并非泾渭分明，其区别间不容发。谦

虚稍一过头，就会成为虚伪。我想，每个人都会有这种体会的。

在世界文明古国中，中国是提倡谦虚最早的国家。在中国最古的经典之一的《尚书·大禹谟》中就已经有了"满招损，谦受益，时（是）乃天道"这样的教导，把自满与谦虚提高到"天道"的水平，可谓高矣。从那以后，历代的圣贤无不张皇谦虚，贬抑自满。一直到今天，我们常用的词汇中仍然有一大批与"谦"字有联系的词儿，比如"谦卑""谦恭""谦和""谦谦君子""谦让""谦顺""谦虚""谦逊"等等，可见"谦"字之深入人心，久而愈彰。

我认为，我们应当提倡真诚的谦虚，而避免虚伪的谦虚，后者与虚伪间不容发矣。

可是在这里我们就遇到了一个拦路虎：什么叫"真诚的谦虚"？什么又叫"虚伪的谦虚"？两者之间并非泾渭分明，简直可以说是因人而异，因地而异，因时而异，掌握一个正确的分寸难于上青天。

最突出的是因地而异，"地"指的首先是东方和西方。在东方，比如说中国和日本，提到自己的文章或著作，必须说是"拙作"或"拙文"。在西方各国语言中是找不到相当的词儿的。尤有甚者，甚至可能产生误会。中国人请客，发请柬必须说"洁治菲酌"，不了解东方习惯的西方人就会满腹疑团：为什么单单用"不丰盛的宴席"来请客呢？日本人送人礼品，往往写上"粗品"二字，西方人又会问：为什么不用"精品"来送人呢？在西方，对老师，对朋友，必须说真话，会多少，就说多少。如果你说，这个只会一点点儿，那个只会一星星儿，他们就会信以为真，在东方则不会。这有时会很危险的。至于吹牛之流，则为东西方同样所不齿，不在话下。

可是怎样掌握这个分寸呢？我认为，在这里，真诚是第一标准。虚怀若谷，如果是真诚的话，它会促你永远学习，永远进步。有的人永远"自我感觉良好"，这种人往往不能进步。康有为是一个著名的例子。他自称，年届而立，天下学问无不掌握。结果说康有为是一个革新家则可，说他是一个学问家则不可。较之乾嘉诸大师，甚至清末民初诸大师，包括他的弟子梁启超在内，他在学术上是没有建树的。

总之，谦虚是美德，但必须掌握分寸，注意东西。在东方谦虚涵盖的范围广，不能施之于西方，此不可不注意者。然而，不管东方或西方，必须出之以真诚。有意的过分的谦虚就等于虚伪。

1998年10月3日

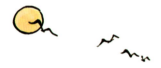

牵就与适应

"牵就"，也作"迁就"和"适应"，是我们说话和行文时常用的两个词儿，含义颇有些类似之处；但是，一仔细琢磨，二者间实有差别，而且是原则性的差别。

根据词典的解释，《现代汉语词典》注"牵就"为"迁就"和"牵强附会"。注"迁就"为"将就别人"，举的例是："坚持原则，不能迁就。"注"将就"为"勉强适应不很满意的事物或环境"。举的例是："衣服稍微小一点，你将就着穿吧！"注"适应"为"适合（客观条件或需要）"。举的例子是"适应环境"。"迁就"这个词儿，古书上也有，《辞源》注为"舍此取彼，委曲求合"。

我说，二者含义有类似之处，《现代汉语词典》注"将就"一词时就使用了"适应"一词。

词典的解释，虽然头绪颇有点乱，但是，归纳起来，"牵就（迁就）"

6

和"适应"这两个词儿的含义还是清楚的。"牵就"的宾语往往是不很令人愉快、令人满意的事情。在平常的情况下，这种事情本来是不能或者不想去做的。极而言之，有些事情甚至是违反原则的，违反做人的道德的，当然完全是不能去做的。但是，迫于自己无法掌握的形势，或者出于利己的私心，或者由于其他的什么原因，非做不行，有时候甚至昧着自己的良心，自己也会感到痛苦的。

根据我个人的语感，我觉得，"牵就"的根本含义就是这样，词典上并没有说清楚。

但是，又是根据我个人的语感，我觉得，"适应"同"牵就"是不相同的。我们每一个人都会经常使用"适应"这个词儿的。不过在大多数的情况下，我们都是习而不察。我手边有一本沈从文先生的《花花朵朵坛坛罐罐》，汪曾祺先生的"代序：沈从文转业之谜"中有一段话说："一切终得变，沈先生是竭力想适应这种'变'的。"这种"变"，指的是解放。沈先生写信给人说："对于过去种种，得决心放弃，从新（的）起始来学习。这个新的起始，并不一定即能配合当前需要，惟必能把握住一个进步原则来肯定，来完成，来促进。"沈从文先生这个"适应"，是以"进步原则"来适应新社会的。这个"适应"是困难的，但是正确的。我们很多人在中华人民共和国成立初期都有类似的经验。

再拿来同"牵就"一比较，两个词儿的不同之处立即可见。"适应"的宾语，同"牵就"不一样，它是好的事物，进步的事物；即使开始时有点困难，也必能心悦诚服地予以克服。在我们的一生中，我们会经常不断地遇到必须"适应"的事务，"适应"成功，我们就有了"进步"。

简捷（洁）说：我们须"适应"，但不能"牵就"。

知足知不足

曾见冰心老人为别人题座右铭："知足知不足，有为有不为。"言简意赅，寻味无穷。特写短文两篇，稍加诠释。先讲知足知不足。

中国有一句老话："知足常乐。"为大家所遵奉。什么叫"知足"呢？还是先查一下字典吧。《现代汉语词典》说："知足：满足于已经得到的（指生活、愿望等）。"如果每个人都能满足于已经得到的东西，则社会必能安定，天下必能太平，这个道理是显而易见的。可是社会上总会有一些人不安分守己，癞蛤蟆想吃天鹅肉。这样的人往往要栽大跟头的。对他们来说，"知足常乐"这句话就成了灵丹妙药。

但是，知足或者不知足也要分场合的。在旧社会，穷人吃草根树皮，阔人吃燕窝鱼翅。在这样的场合下，你劝穷人知足，能劝得动吗？正相反，应当鼓励他们不能知足，要起来斗争。这样的不知足是正当的，是有重大意义的，它能伸张社会正义，能推动人类社会前进。

除了场合以外，知足还有一个分（fèn）的问题。什么叫分？笼统言之，就是适当的限度。人们常说的"安分""非分"等等，指的就是限度。这个限度也是极难掌握的，是因人而异、因地而异的。勉强找一个标准的话，那就是"约定俗成"。我想，冰心老人之所以写这一句话，其意不过是劝人少存非分之想而已。

至于知不足，在汉文中虽然字面上相同，其含义则有差别。这里所谓"不足"，指的是"不足之处"，"不够完美的地方"。这句话同"自知之明"有联系。

自古以来，中国就有一句老话："人贵有自知之明。"这一句话暗示我们，有自知之明并不容易，否则这一句话就用不着说了。事实上也确实如此。就拿现在来说，我所见到的人，大都自我感觉良好。专以学界而论，有的人并没有读几本书，却不知天高地厚，以天才自居，靠自己一点小聪明——这能算得上聪明吗？——狂傲恣睢，骂尽天下一切文人，大有用一管毛锥横扫六合之概，令明眼人感到既可笑，又可怜。这种人往往没有什么出息。因为，又有一句中国老话："学如逆水行舟，不进则退。"还有一句中国老话："学海无涯。"说的都是真理。但在这些人眼中，他们已经穷了学海之源，往前再没有路了，进步是没有必要的。他们除了自我欣赏之外，还能有什么出息呢？

　　古代希腊人也认为自知之明是可贵的，所以语重心长地说出了："要了解你自己！"中国同希腊相距万里，可竟说了几乎是一模一样的话，可见这些话是普遍的真理。中外几千年的思想史和科学史，也都证明了一个事实：只有知不足的人才能为人类文化做出贡献。

2001年2月21日

有为有不为

　　"为"，就是"做"。应该做的事，必须去做，这就是"有为"。不应该做的事必不能做，这就是"有不为"。

　　在这里，关键是"应该"二字。什么叫"应该"呢？这有点像仁义的"义"字。韩愈给"义"字下的定义是"行而宜之之谓义"。"义"就是"宜"，而"宜"就是"合适"，也就是"应该"，但问题仍然没有解决。要想从哲学上，从伦理学上，说清楚这个问题，恐怕要写上一篇长篇论文，甚至一部大书。我没有这个能力，也认为根本无此必要。我觉得，只要诉诸一般人都能够有的良知良能，就能分辨清是非善恶了，就能知道什么事应该做，什么事不应该做了。

中国古人说："勿以善小而不为，勿以恶小而为之。"可见善恶是有大小之别的，应该不应该也是有大小之别的，并不是都在一个水平上。什么叫大，什么叫小呢？这里也用不着烦琐的论证，只需动一动脑筋，睁开眼睛看一看社会，也就够了。

小恶、小善，在日常生活中随时可见，比如，在公共汽车上给老人和病人让座，能让，算是小善；不能让，也只能算是小恶，够不上大逆不道。然而，从那些一看到有老人或病人上车就立即装出闭目养神的样子的人身上，不也能由小见大看出社会道德的水平吗？

至于大善大恶，目前社会中也可以看到，但在历史上却看得更清楚。比如宋代的文天祥。他为元军所房，如果他想活下去，屈膝投敌就行了，不但能活，而且还能有大官做，最多是在身后被列入"贰臣传"，"身后是非谁管得"，管那么多干吗呀。然而他却高赋《正气歌》，从容就义，留下英名万古传，至今还在激励着我们全国人民的爱国热情。

通过上面举的一个小恶的例子和一个大善的例子，我们大概对大小善和大小恶能够得到一个笼统的概念了。凡是对国家有利，对人民有利，对人类发展前途有利的事情就是大善，反之就是大恶。凡是对处理人际关系有利，对保持社会安定团结有利的事情可以称之为小善，反之就是小恶。大小之间有时难以区别，这只不过是一个大体的轮廓而已。

大小善和大小恶有时候是有联系的。俗话说："千里之堤，溃于蚁穴。"拿眼前常常提到的贪污行为而论，往往是先贪污少量的财物，心里还有点打鼓。但是，一旦得逞，尝到甜头，又没被人发现，于是胆子越来越大，贪污的数量也越来越多，终至于一发而不可收拾，最后受到法律的制裁，悔之晚矣。也有个别的识时务者，迷途知返，就是所谓浪子回头者，然而难矣哉！

我的希望很简单，我希望每个人都能有为有不为。一旦"为"错了，就毅然回头。

2001年2月23日

三 思 而 行

"三思而行"，是我们现在常说的一句话，是劝人做事不要鲁莽，要仔细考虑，然后行动，则成功的可能性会大一些，碰壁的可能性会小一些。

要数典而不忘祖，也并不难。这个典故就出在《论语·公冶长第五》："季文子三思而后行。子闻之曰：'再，斯可矣。'"这说明，孔老夫子是持反对意见的。吾家老祖宗文子（季孙行父）的三思而后行的举动，二千六七百年以来，历代都得到了几乎全天下人的赞扬，包括许多大学者在内。查一查《十三经注疏》，就能一目了然。《论语正义》说："三思者，言思之多，能审慎也。"许多书上还表扬了季文子，说他是"忠而有贤行者"。甚至有人认为三思还不够。《三国志·吴志·诸葛恪传注》中说：有人劝恪"每事必十思"。可是我们的孔圣人却冒天下之大不韪，批评了季文子三思过多，只思二次（再）就够了。

这怎么解释呢？究竟谁是谁非呢？

我们必须先弄明白，什么叫"三思"。总起来说，对此有两个解释：

一个是"言思之多"，这在上面已经引过；一个是"君子之谋也，始衷（中）终皆举之而后入焉。"这话虽为文子自己所说，然而孔子以及上万上亿的众人却不这样理解。他们理解，一直到今天，仍然是"多思"。

多思有什么坏处呢？又有什么好处呢？根据我个人几十年来的体会，除了下围棋、象棋等以外，多思有时候能使人昏昏，容易误事。平常骂人说是"不肖子孙"，意思是与先人的行动不一样的人。我是季文子的最"肖"子孙。我平常做事不但三思，而且超过三思，是否达到了人们要求诸葛恪做的"十思"，没做统计，不敢乱说。反正是思过来，思过去，越思越糊涂，终而至于头昏昏然，而仍不见行动，不敢行动。我这样一个过于细心的人，有时会误大事的。我觉得，碰到一件事，决不能不思而行，鲁莽行动。记得当年在德国时，法西斯统治正如火如荼。一些盲目崇拜希特勒的人，常常使用一个词儿 Darauf-galngertum，意思是"说干就干，不必思考"。这是法西斯的做法，我们必须坚决扬弃。遇事必须深思熟虑。先考虑可行性，考虑的方面越广越好。然后再考虑不可行性，也是考虑的方面越广越好。正反两面仔细考虑完以后，就必须加以比较，做出决定，立即行动。如果你考虑正面，又考虑反面之后，再回头来考虑正面，又再考虑反面，那么，如此循环往复，终无宁日，最终成为考虑的巨人，行动的侏儒。

所以，我赞成孔子的"再，斯可矣"。

论压力

《参考消息》今年7月3日以半版的篇幅介绍了外国学者关于压力的说法。我也正考虑这个问题，因缘和合，不免唠叨上几句。

什么叫"压力"？上述文章中说："压力是精神与身体对内在与外在事件的生理与心理反应。"下面还列了几种特性，今略。我一向认为，定义这玩意儿，除在自然科学上可能确切外，在人文社会科学上则是办不到的。上述定义我看也就行了。

　　是不是每一个人都有压力呢？我认为，是的。我们常说，人生就是一场拼搏，没有压力，哪来的拼搏？佛家说，生、老、病、死、苦，苦也就是压力。过去的国王、皇帝，近代外国的独裁者，无法无天，为所欲为，看上去似乎一点压力都没有。然而他们却战战兢兢，时时如临大敌，担心边患，担心宫廷政变，担心被毒害被刺杀。他们是世界上最孤独的人，压力比任何人都大。大资本家钱太多了，担心股市升降，房地产价波动，等等。至于吾辈平民老百姓，"家家有一本难念的经"，这些都是压力，谁能躲得开呢？

　　压力是好事还是坏事？我认为是好事。从大处来看，现在全球环境污染，生态平衡破坏，臭氧层出洞，人口爆炸，新疾病丛生，等等，人们感觉到了，这当然就是压力，然而压出来却是增强忧患意识，增强防范措施，这难道不是天大的好事吗？对一般人来说，法律和其他一切合理的规章制度，都是压力。然而这些压力何等好啊（哇）！没有它，社会将会陷入混乱，人类将无法生存。这个道理极其简单明了，一说就懂。我举自己做一个例子。我不是一个没有名利思想的人——我怀疑真有这种人，过去由于一些我曾经说过的原因，表面上看起来，我似乎是淡泊名利，其实那多半是假象。但是，到了今天，我已至望九之年，名利对我已经没有什么用，用不着再争名于朝，争利于市，这方面的压力没有但是却来了另一方面的压力，主要来自电台采访和报刊以及友人约写文章。这对我形成颇大的压力。以写文章而论，有的我实在不愿意写，可是碍于面子，不得不应。应就是压力。于是"拨冗"苦思，往往能写出有点新意的文章。对我来说，这就是压力的好处。

压力如何排除呢？粗略来分类，压力来源可能有两类：一被动，一主动。天灾人祸，意外事件，属于被动，这种压力，无法预测，只有泰然处之，切不可杞人忧天。主动的来源自身，自己能有所作为。我的"三不主义"的第三条是"不嘀咕"，我认为，能做到遇事不嘀咕，就能排除自己造成的压力。

1998年7月8日

爱　　情

（一）

人们常说，爱情是文艺创作的永恒主题。不同意这个意见的人，恐怕是不多的。爱情同时也是人生不可缺少的东西。即使后来出家当了和尚，与爱情完全"拜拜"；在这之前也曾蹚过爱河，受过爱情的洗礼。有名的例子不必向古代去搜求，近代的苏曼殊和弘一法师就摆在眼前。

可是为什么我写《人生漫谈》已经写了三十多篇还没有碰爱情这个题目呢？难道爱情在人生中不重要吗？非也。只因它太重要、太普遍，但却又太神秘、太玄乎，我因而不敢去碰它。

中国俗话说："丑媳妇迟早要见公婆的。"我迟早也必须写关于爱情的漫谈的。现在，适逢有一个机会：我正读法国大散文家蒙田的随笔《论友谊》这一篇，里面谈到了爱情。我干脆抄上几段，加以引申发挥，借他人的杯，装自己的酒，以了此一段公案。以后倘有更高更深刻的领悟，还会再写的。

蒙田说：我们不可能将爱情放在友谊的位置上。"我承认，爱情之火更活跃，更激烈，更灼热……但爱情是一种朝三暮四、变化无常的感情，它狂热冲动，时高时低，忽冷忽热，把我们系于一发之上。而友谊是一种普遍和通用的热情……再者，爱情不过是一种疯狂的欲望，越是躲避的东西越要追求……爱情一旦进入友谊阶段，也就是说，进入意愿相投的阶段，它就会衰弱和消逝。爱情是以身体的快感为目的，一旦享有了，就不复存在。"

总之，在蒙田眼中，爱情比不上友谊，不是什么好东西。我个人觉得，蒙田的话虽然说得太激烈，太偏颇，太极端；然而我们却不能不承认，它有合理的实事求是的一方面。

根据我个人的观察与思考，我觉得，世人对爱情的态度可以笼统分为两大流派：一派是现实主义，一派是理想主义。蒙田显然属于现实主义，他没有把爱情神秘化、理想化。如果他是一个诗人的话，他也绝不会像一大群理想主义的诗人那样，写出些卿卿我我，鸳鸯蝴蝶，有时候甚至拿肉麻当有趣的诗篇，令普天下的才子佳人们击节赞赏。他干净利落地直言不讳，把爱情说成是"朝三暮四、变化无常的感情"。对某一些高人雅士来说，这实在有点大煞风景，仿佛在佛头上着粪一样。

我不才，窃自附于现实主义一派。我与蒙田也有不同之处：我认为，在爱情的某一个阶段上，可能有纯真之处。否则就无法解释日本青年恋人在相爱达到最高潮时有的就双双跳入火山口中，让他们的爱情永垂不朽。

（二）

像这样的情况，在日本恐怕也是极少极少的。在别的国家，则未闻之也。

当然，在别的国家也并不缺少歌颂纯真爱情的诗篇、戏剧、小说，以及民间传说。莎士比亚的《罗密欧与朱丽叶》，中国的梁山伯与祝英台是世所周知的。谁能怀疑这种爱情的纯真呢？专就中国来说，民间类似梁祝爱情的传说，还能够举出不少来。至于"誓死不嫁"和"誓死不娶"的真实的故事，则所在多有。这样一来，爱情似乎真同蒙田的说法完全相违，纯真圣洁得不得了啦。

我在这里想分析一个有名的爱情的案例。那就是杨贵妃和唐玄宗的爱情故事，这是一个古今艳称的故事。唐代大诗人白居易的《长恨歌》歌颂的就是这一件事。你看，唐玄宗失掉了杨贵妃以后，他是多么想念，多么情深："夕殿萤飞思悄然，孤灯挑尽未成眠。"这一首歌最后两句诗是"天长地久有时尽，此恨绵绵无绝期"。写得多么动人心魄，多么令人同情，好像他们两人之间的爱情真正纯真到了无以复加的程度。但是，常识告诉我们，爱情是有排他性的，真正的爱情不容有一个第三者。可是唐玄宗怎样呢？"后宫佳丽三千人"，小老婆真够多的。即使是"三千宠爱在一身"，这"在一身"能可靠吗？白居易以唐代臣子，竟敢乱谈天子宫闱中事，这在明清是绝对办不到的。这先不去说它，白居易真正头脑简单到相信这爱情是纯真的才加以歌颂吗？抑或另有别的原因？

这些封建的爱情"俱往矣"。今天我们怎样对待爱情呢？我明人不说暗话，我是颇有点同意蒙田的意见的。中国古人说："食、色，性也。"爱情，特别是结婚，总是同"色"相联系的。家喻户晓的《西厢记》歌颂张生和莺莺的爱情，高潮竟是一幕"酬简"，也就是"以身相许"。个中消息，很值得我们参悟。

我们今天的青年怎样对待爱情呢？这我有点不大清楚，也没有什么青年人来同我这望九之年的老古董谈这类事情。据我所见所闻，那一套封建的东西早为今天的青年所扬弃。如果真有人想向我这爱情的盲人问道的话，我也可以把我的看法告诉他们的。如果一个人不想终生独身的话，他必须谈恋爱以至结婚。这是"人间正道"。但是千万别浪费过多的时间，终日卿卿我我，闹得神魂颠倒，处心积虑，不时闹点小别扭，学

16

习不好，工作难成，最终还可能是"竹篮子打水一场空"。这真是何苦来！我并不提倡二人"一见倾心"，立即办理结婚手续。我觉得，两个人必须有一个互相了解的过程。这过程不必过长，短则半年，多则一年。余出来的时间应当用到刀刃上，搞点事业，为了个人，为了家庭，为了国家，为了世界。

（三）

已经写了两篇关于爱情的短文，但觉得仍然是言犹未尽，现在再补写一篇。像爱情这样平凡而又神秘的东西，这样一种社会现象或心理活动，即使再将篇幅扩大10倍、20倍、100倍，也是写不完的。补写此篇，不过聊补前两篇的一点疏漏而已。

在旧社会实行"父母之命，媒妁之言"的办法，男女青年不必伤任何脑筋，就入了洞房。我们可以说，结婚是爱情的开始。但是，不要忘记，也有"绿叶成荫子满枝"而终于不知爱情为何物的例子，而且数目还不算太少。到了现代，实行自由恋爱了，有的时候竟成了结婚是爱情的结束。西方和当前的中国，离婚率颇为可观，就是一个具体的例证。据说，有的天主教国家教会禁止离婚。但是，不离婚并不等于爱情能继续，只不过是外表上合而不离，实际上则各寻所欢而已。

爱情既然这样神秘，相爱和结婚的机遇——用一个哲学的术语就是偶然性——又极其奇怪，极其突然，绝非我们个人所能掌握的。在困惑之余，东西方的哲人俊士束手无策，还是老百姓有办法，他们乞灵于神话。

一讲到神话，据我个人的思考，就有中外之分。西方人创造了一个爱情，叫作 Jupiter 或 Cupid，是一个手持弓箭的童子。他的箭射中了谁，谁就坠入爱河。印度古代文化毕竟与欧洲古希腊、罗马有缘，他们也创造了一个叫作 Kāmaolliva 的爱神，也是手持弓箭，被射中者立即相爱，绝不敢有违。这个神话当然是同一来源，此不见论。

在中国，我们没有"爱神"的信仰，我们另有办法。我们创造了一个月老，他手中拿着一条红线，谁被红线拴住，不管是相距多么远，天涯海角，恍若比邻，二人必然走到一起，相爱结婚。从前西湖有一座月老祠，有一副对联是天下闻名的："愿天下有情人都成了眷属，是前生注定事莫错过姻缘。"多么质朴，多么有人情味！只有对某些人来说，"前生"和"姻缘"显得有点渺茫和神秘。可是，如果每一对夫妇都回想一下你们当初相爱和结婚的过程的话，你能否定月老祠的这一副对联吗？我自己对这副对联是无法否认的，但又找不到"科学根据"。我倒是想忠告今天的年轻人，不妨相信一下。我对现在西方和中国青年人的相爱和结婚的方式，无权说三道四，只是觉得不大能接受。我自知年已望九，早已属于博物馆中的人物，我力避发九斤老太之牢骚，但有时又如骨鲠在喉不得不一吐为快耳。

1997年11月22日

不完满才是人生

每个人都争取一个完满的人生。然而，自古及今，海内海外，一个百分之百完满的人生是没有的。所以我说，不完满才是人生。

关于这一点，古今的民间谚语，文人诗句，说到的很多很多。最常见的比如苏东坡的词："人有悲欢离合，月有阴晴圆缺，此事古难全。"南宋方岳（根据吴小如先生考证）诗句："不如意事常八九，可与人言无二三。"这都是我们时常引用的，脍炙人口的。类似的例子还能够举出成百上千来。

这种说法适用于一切人，旧社会的皇帝老爷子也包括在里面。他们君临天下，"率土之滨，莫非王臣"，可以为所欲为，杀人灭族，小事一端，按理说，他们不应该有什么不如意的事。然而，实际上，王位继承，宫廷斗争，比民间残酷万倍。他们威仪俨然地坐在宝座上，如坐针毡。虽然捏造了"龙驭上宾"这种神话，他们自己也并不相信。他们想方设法以求得长生不老，他们最怕"一旦魂断，宫车晚出"。连英主如汉武帝、唐太宗之辈也不能"免俗"。汉武帝造承露金盘，妄想饮仙露以长生；唐太宗服印度婆罗门的灵药，期望借此以不死。结果，事与愿违，仍然是"龙驭上宾"呜呼哀哉了。

在这些皇帝手下的大臣们，"一人之下，万人之上"，权力极大，骄纵恣肆，贪赃枉法，无所不至。在这一类人中，好东西大概极少，否则包公和海瑞等绝不会流芳千古，久垂宇宙了。可这些人到了皇帝跟前，只是一个奴才，常言道：伴君如伴虎，可见他们的日子并不好过。据说明朝的大臣上朝时在笏板上夹带一点鹤顶红，一旦皇恩浩荡，钦赐极刑，连忙用舌尖舔一点鹤顶红，立即涅槃，落得一个全尸。可见这一批人的日子也并不好过，谈不到什么完满的人生。

至于我辈平头老百姓，日子就更难过了。新中国成立前后，不能说没有区别，可是一直到今天仍然是"不如意事常八九"。早晨在早市上被小贩"宰"了一刀；在公共汽车上被扒手割了包，踩了人一下，或者被人踩了一下，根本不会说"对不起"了，代之以对骂，或者甚至演出全武行。到了商店，难免买到假冒伪劣的商品，又得生一肚子气，谁能说，我们的人生多是完满的呢？

再说到我们这一批手无缚鸡之力的知识分子，在历史上一生中就难得过上几天好日子。只一个"考"字，就能让你谈"考"色变。"考"者，考试也。在旧社会科举时代，"千军万马过独木桥"，要上进，只有科举一途，你只需读一读吴敬梓的《儒林外史》，就能淋漓尽致地了解到科举

19

的情况。以周进和范进为代表的那一批举人进士，其窘态难道还不能让你胆战心惊、啼笑皆非吗？

现在我们运气好，得生于新社会中。然而那一个"考"字，宛如如来佛的手掌，你别想逃脱得了。幼儿园升小学，考；小学升初中，考；初中升高中，考；高中升大学，考；大学毕业想当硕士，考；硕士想当博士，考。考，考，考，变成烤，烤，烤；一直到知命之年，厄运仍然难免，现代知识分子落到这一张密而不漏的天网中，无所逃于天地之间，我们的人生还谈什么完满呢？

灾难并不限于知识分子，"人人有一本难念的经"。所以我说"不完满才是人生"。这是一个"平凡的真理"；但是真能了解其中的意义，对己对人都有好处。对己，可以不烦不躁；对人，可以互相谅解。这会大大地有利于整个社会的安定团结。

1998年8月20日

人　　生

在一个"人生漫谈"的专栏中，首先谈一谈人生，似乎是理所当然的，未可厚非的。

而且我认为，对于我来说，这个题目也并不难写。我已经到了望九之年，在人生中已经滚了八十多个春秋了。一天天面对人生，时时刻刻面对人生，让我这样一个世故老人来谈人生，还有什么困难呢？岂不是易如反掌吗？

但是，稍微进一步一琢磨，立即出了疑问：什么叫人生呢？我并不清楚。

不但我不清楚，我看芸芸众生中也没有哪一个人真清楚的。古今中外的哲学家谈人生者众矣。什么人生意义，又是什么人生的价值，花样繁多，扑朔迷离，令人眼花缭乱；然而他们说了些什么呢？恐怕连他们自己也是越谈越糊涂。以己之昏昏，焉能使人昭昭！

哲学家的哲学，至矣高矣。但是，恕我大不敬，他们的哲学同吾辈凡人不搭界，让这些哲学，连同它们的"家"，坐在神圣的殿堂里去独现辉煌吧！像我这样一个凡人，吃饱了饭没事儿的时候，有时也会想到人生问题。我觉得，我们"人"的"生"，都绝对是被动的。没有哪一个人能先制订一个诞生计划，然后再下生，一步步让计划实现。只有一个人是例外，他就是佛祖释迦牟尼。他住在天上，忽然想降生人寰，超度众生。先考虑要降生的再考虑要降生的父母。考虑周详之后，才从容下降。但他是佛祖，不是吾辈凡人。

吾辈凡人的诞生，无一例外，都是被动的，一点主动也没有。我们糊里糊涂地降生，糊里糊涂地成长，有时也会糊里糊涂地夭折，当然也会糊里糊涂地寿登耄耋，像我这样。

生的对立面是死。对于死，我们也基本上是被动的。我们只有那么一点主动权，那就是自杀。但是，这点主动权却是不能随便使用的。除非万不得已，是决不能使用的。

我在上面讲了那么些被动，那么些糊里糊涂，是不是我个人真正欣赏这一套、赞扬这一套呢？否，否，我决不欣赏和赞扬。我只是说了一点实话而已。

正相反，我倒是觉得，我们在被动中，在糊里糊涂中，还是能够有所作为的。我劝人们不妨在吃饱了燕窝鱼翅之后，或者在吃糠咽菜之后，或者在卡拉 OK、高尔夫之后，问一问自己：你为什么活着？活着难道就是为了恣睢的享受吗？难道就是为了忍饥受寒吗？问了这些简单的问题之后，会使你头脑清醒一点，会减少一些糊涂。谓予不信，请尝试之。

1996年11月9日

再谈人生

人生这样一个变化莫测的万花筒，用千把字来谈，是谈不清楚的。所以来一个"再谈"。

这一回我想集中谈一下人性的问题。

大家知道，中国哲学史上，有一个不大不小的争论问题：人是性善，还是性恶？这两个提法都源于儒家。孟子主性善，而荀子主性恶，争论了几千年，也没有争论出一个名堂来。

记得鲁迅先生说过："人的本性是，一要生存，二要温饱，三要发展。"（记错了，由我负责）这同中国古代一句有名的话，精神完全是一致的："食色，性也。"食是为了解决生存和温饱的问题，色是为了解决发展问题，也就是所谓传宗接代。

我看，这不仅仅是人的本性，而且是一切动植物的本性。试放眼观看大千世界，林林总总，哪一个动植物不具备上述三个本能？动物姑且不谈，只拿距离人类更远的植物来说，"桃李无言"，它们不但不能行动，连发声也发不出来。然而，它们求生存和发展的欲望，却表现得淋漓尽致。桃李等结甜果子的植物，为什么结甜果子呢？无非是想让人和其他能行动的动物吃了甜果子把核带到远的或近的其他地方，落在地上，生入土

中，能发芽、开花、结果，达到发展，即传宗接代的目的。

你再观察，一棵小草或其他植物，生在石头缝中，或者甚至压在石头块下，缺水少光，但是它们却以令人震惊得目瞪口呆的毅力，冲破了身上的重压，弯弯曲曲地、忍辱负重地长了出来，由细弱变为强硬，由一根细苗甚至变成一棵大树，再作为一个独立体，继续顽强地实现那三种本性。"下自成蹊"，就是"无言"的结果吧。

你还可以观察，世界上任何动植物，如果放纵地任其发挥自己的本性，则在不太长的时间内，哪一种动植物也能长满塞满我们生存的这一个小小的星球地球。那些已绝种或现在濒临绝种的动植物，属于另一个范畴，另有其原因，我以后还会谈到。

那么，为什么到现在还没有哪一种动植物——包括万物之灵的人类在内——能塞满了地球呢？

在这里，我要引老子的话："天地不仁，以万物为刍狗。"是造化小儿——谁也不知道，他究竟有没有？他究竟是什么样子？我不信什么上帝，什么天老爷，什么大梵天，宇宙间没有他们存在的地方。

但是，冥冥中似乎应该有这一类的东西，是他或它巧妙计算，不让动植物的本性光合得逞。

1996年11月12日

三论人生

造化小儿对禽兽和人类似乎有点区别对待的意思。它给你生存的本能，同时又遏制这种本能，方法或者手法颇多。制造一个对立面似乎就是手法之一，比如制造了老鼠，又制造它的天敌猫。

对于人类，它似乎有点优待。它先赋予人类思想（动物有没有思想和语言是一个有争论的问题），又赋予人类良知良能。关于人类本性，我在上面已经谈到。我不大相信什么良知，什么"恻隐之心，人皆有之"，但是我又无从反驳。古人说："人之所以异于禽兽者几希。""几希"者，极少极少之谓也。即使是极少极少，总还是有的。我个人胡思乱想，我觉得，在对待生物的生存、温饱、发展的本能的态度上，就存在着一点点"几希"。

我们观察老虎、狮子等猛兽，饿了就要吃别的动物，包括人在内。它们绝没有什么恻隐之心，绝没有什么良知。吃的时候，它们也绝不会像人吃人的时候那样，有时还会捏造一些我必须吃你的道理，做好"思想工作"。它们只是吃开了，吃饱为止。人类则有所不同。人与人当然也不会完全一样。有的人确实能够遏制自己的求生的本能，表现出一定的良知和一定的恻隐之心。古往今来的许多仁人志士，都是这方面的好榜样。他们为什么能为国捐躯？为什么能为了救别人而牺牲自己的性命？鲁迅先生所说的"中国的脊梁"，就是这样的人。孟子所谓的"浩然之气"，只有这样的人能有。禽兽中是绝不会有什么"脊梁"，有什么"浩然之气"的，这就叫作"几希"。

但是人也不能一概而论，有的人能够做到，有的人就做不到。像曹操说："宁要我负天下人，不要天下人负我！"他怎能做到这一步呢？

说到这里，就涉及伦理道德问题。我没有研究过伦理学，不知道怎样给道德下定义。我认为，能为国家、为人民、为他人着想而遏制自己的本性的，就是有道德的人。能够百分之六十为他人着想，百分之四十为自己着想，他就是一个及格的好人。为他人着想的百分比越高越好，道德水平越高。百分之百，所谓"毫不利己，专门利人"的人是绝无仅有。

反之，为自己着想而不为他人着想的百分比，越高越坏。到了曹操那样，就算是坏到了顶。毫不利人、专门利己的人，普天之下倒是不老少的。说这话，有点泄气。无奈这是事实，我有什么办法？

1996年11月13日

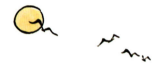

勤奋、天才（才能）与机遇

人类的才能，每个人都有所不同，这是大家都看到的事实，不能不承认的，但是有一种特殊的才能一般人称之为"天才"。有没有"天才"呢？似乎还有点争论，有点看法的不同。"文化大革命"期间，有一度曾大批"天才"，但其时所批"天才"，似乎与我现在讨论的"天才"不是一回事。根据我六七十年来的观察和思考，有"天才"是否定不了的，特别在音乐和绘画方面。你能说贝多芬、莫扎特不是音乐天才吗？即使不谈"天才"，只谈才能，人与人之间也是相差悬殊的，就拿教梵文来说，在同一个班上，一年教下来，学习好的学生能够教学习差的而有余。有的学生就是一辈子也跳不过梵文这个龙门。这情形我在国内外都见到过。

拿做学问来说，天才与勤奋的关系究竟如何呢？有人说"九十九分勤奋，一分神来（属于天才的范畴）"。我认为，这个百分比应该纠正一下。七八十分的勤奋，二三十分的天才（才能），我觉得更符合实际一点。我丝毫也没有贬低勤奋的意思，无论干哪一行的，没有勤奋，一事无成。我只是感到，如果没有才能而只靠勤奋，一个人发展的极限是有限度的。

现在，我来谈一谈天才、勤奋与机遇的关系问题。我记得六十多年

26

前在清华大学读西洋文学时，读过一首英国诗人 Thomas Gray 的诗，题目大概是叫"乡村墓地哀歌（*Elegy*）"。诗的内容，时隔半个多世纪，全都忘了，只有一句还记得："在墓地埋着的可能有莎士比亚。"意思是指，有莎士比亚天才的人，老死穷乡僻壤间。换句话说，他没有得到"机遇"，天才白白浪费了。上面讲的有张冠李戴的可能；如果有的话，请大家原谅。

总之，我认为，"机遇"（在一般人嘴里可能叫作"命运"）是无法否认的。一个人一辈子做事，读书，不管是干什么，其中都有"机遇"的成分。我自己就是一个活生生的例子。如果"机遇"不垂青，我至今还恐怕是一个识字不多的贫农，也许早已离开了世界。我不是"王半仙"或"张铁嘴"，我不会算卦、相面，我不想来解释这一个"机遇"问题，那是超出我的能力的事。

1997年

容　　忍

人处在家庭和社会中，有时候恐怕需要讲点容忍的。

唐朝有一个姓张的大官，家庭和睦，美名远扬，一直传到了皇帝的耳中。皇帝赞美他治家有道，问他道在何处，他一气写了100个"忍"字。这说得非常清楚：家庭中要互相容忍，才能和睦。这个故事非常有名。在旧社会，新年贴春联，只要门楣上写着"百忍家声"就知道这一家一定姓张。中国姓张的全以祖先的容忍为荣了。

但是容忍也并不容易。1935年，我乘西伯利亚铁路的车经苏联赴德国，车过中苏边界上的满洲里，停车4小时，由苏联海关检查行李。这是无可厚非的，入国必须检查，这是世界公例。但是，当时的苏联大概认为，我们这一帮人，从一个资本主义国家到另一个资本主义国家，恐怕没有好人，必须严查，以防万一。检查其他行李，我绝无意见。但是，在哈尔滨买的一把最粗糙的铁皮壶，却成了被检查的首要对象。这里敲敲，那里敲敲，薄薄的一层铁皮绝藏不下一颗炸弹的，然而他却敲打不止。我真有点无法容忍，想要发火。我身旁有一位年老的老外，是与我们同车的，看到我的神态，在我耳旁悄悄地说了句：Patience is the great virtue（容忍是很大的美德）。我对他微笑，表示致谢。我立即心平气和，天下太平。

看来容忍确是一件好事，甚至是一种美德。但是，我认为，也必须有一个界限。我们到了德国以后，就碰到这个问题。旧时欧洲流行决斗之风，谁污辱了谁，特别是谁的女情人，被污辱者一定要提出决斗。或用手枪，或用剑。普希金就是在决斗中被枪打死的。我们到了的时候，此风已息，但仍发生。我们几个中国留学生相约：如果外国人污辱了我们自身，我们要揣度形势，主要要容忍，以东方的恕道克制自己。但是，如果他们污辱我们的国家，则无论如何也要同他们玩儿命，绝不容忍。这就是我们容忍的界限。幸亏这样的事情没有发生，否则我就活不到今天在这里舞笔弄墨了。

现在我们中国人的容忍水平，看了真让人气短。在公共汽车上，挤挤碰碰是常见的现象。如果碰了或者踩了别人，连忙说一声："对不起！"就能够化干戈为玉帛，然而有不少人连"对不起"都不会说了。于是就相吵相骂，甚至于扭打，甚至打得头破血流。我们这个伟大的民族怎么竟变成了这个样子！我在自己心中暗暗祝愿：容忍兮，归来！

1996年12月17日

黄　昏

黄昏是神秘的，只要人们能多活下去一天，在这一天的末尾，他们便有个黄昏。但是，年滚着年，月滚着月，他们活下去有数不清的天，也就有数不清的黄昏。我要问：有几个人觉到这黄昏的存在呢？——早晨，当残梦从枕边飞去的时候，他们醒转来，开始去走一天的路。他们走着，走着，走到正午，路陡然转了下去。仿佛只一溜，就溜到一天的末尾，当他们看到远处弥漫着白茫茫的烟，树梢上淡淡涂上了一层金黄色，一群群的暮鸦驮着日色飞回来的时候，仿佛有什么东西轻轻地压在他们的心头。他们知道：夜来了。他们渴望着静息；渴望着梦的来临。不久，薄冥的夜色糊了他们的眼，也糊了他们的心。他们在低隘的小屋里忙乱着，把黄昏关在门外，倘若有人问：你看到黄昏了没有？黄昏真美啊，他们却茫然了。

他们怎能不茫然呢？当他们再从崖里探出头来寻找黄昏的时候，黄昏早随了白茫茫的烟的消失，树梢上金色的消失，鸦背上日色的消失而消失了。只剩下朦胧的夜。这黄昏，像一个春宵的轻梦，不知在什么时候漫了来，在他们心上一掠，又不知在什么时候去了。

黄昏走了。走到哪里去了呢？——不，我先问：黄昏从哪里来的呢？这我说不清。又有谁说得清呢？我不能够抓住一把黄昏，问它到底。从东方么（吗）？东方是太阳出的地方。从西方么（吗）？西方不正亮着红霞么（吗）？从南方么（吗）？南方只充满了光和热，看来只有说从北方来的最适宜了。倘若我们想了开去，想到北方的极端，是北冰洋，我们可以在想象里描画出茫茫的天地，白茫茫的雪原，和白茫茫的冰山。再往北，在白茫茫的天边上，分不清哪是天、是地、是冰、是雪，只是朦胧的一片灰白。朦胧灰白的黄昏不正应当从这里蜕化出来么（吗）？

然而，蜕化出来了，却又扩散开去。漫过了大平原、大草原，留下了一层阴影；漫过了大森林，留下了一片阴郁的黑暗，漫过了小溪，把深灰色的暮色溶入琤琮的水声里，水面在阒静里透着微明；漫过了山顶，留给它们星的光和月的光；漫过了小村，留下了苍茫的暮烟……给每个墙角扯下了一片，给每个蜘蛛网网住了一把。以后，又漫过了寂寞的沙漠，来到我们的国土里。我能想象：倘若我迎着黄昏站在沙漠里，我一定能看着黄昏从辽远的天边上跑了来，像什么呢？是不是应当像一阵灰蒙的白雾？或者像一片扩散的云影？跑了来，仍然只是留下一片阴影，又跑了去，来到我们的国土里，随了弥漫在远处的白茫茫的烟，随了树梢上的淡淡的金黄色，也随了暮鸦背上的日色，轻轻地落在人们的心头，又被人们关在门外了。

但是，在门外，它却不管人们关心不关心，寂寞地，冷落地，替他们安排好了一个幻变的又充满了诗意的童话般的世界，朦胧微明，正像反射在镜子里的影子，它给一切东西涂上银灰的梦的色彩。牛乳色的空气仿佛真牛乳似的凝结起来。但似乎又在软软地粘粘（黏黏）地浓浓地流动哩。它带来了阒静，你听：一切静静的，像下着大雪的中夜。但是死寂么（吗）？却并不，再比现在沉默一点，也会变成坟墓般的死寂。仿佛一点也不多，一点也不少，幽美的轻适的阒静软软地粘粘（黏黏）地浓浓地压在人们的心头，灰的天空像一张薄幕；树木，房屋，烟纹，云缕，都像一张张的剪影，静静地贴在这幕上。这里，那里，点缀着晚霞的紫曛和小星的冷光。黄昏真像一首诗，一支歌，一篇童话；像一片月明楼上传来的悠扬的笛声，一声缭绕在长空里壳喉的鹤鸣；像陈了几十年的绍酒；像一切美到说不出来的东西。说不出来，只能去看；看之不足，只能意会；意会之不足，只能赞叹。——然而却终于给人们关在门外了。

给人们关在门外，是我这样说吗？我要小心，因为所谓人们，不是一切人们，也绝不会是一切人们的。我在童年的时候，就常常待在天井里等候黄昏的来临。我这样说，并不是想表明我比别人强。意思很简单，就是：别人不去，也或者是不愿意去这样做。我（自然也还有别人）适逢其会地常常这样做而已。常常在夏天里，我坐很矮的小凳上，看墙角里渐渐暗了起来，四周的白墙上也布上了一层淡淡的黑影。在幽暗里，夜来香的花香一阵阵地沁入我的心里。天空里飞着蝙蝠。檐角上的蜘蛛网，映着灰白的天空，在朦胧里，还可以数出网上的线条和粘在上面的蚊子和苍蝇的尸体。在不经意的时候蓦地再一抬头，暗灰的天空里已经嵌上闪着眼的小星了。在冬天，天井里满铺着白雪。我蜷伏在屋里。当我看到白的窗纸渐渐灰了起来，炉子里在白天里看不比颜色来的火焰渐渐红起来、亮起来的时候。我也会知道：这是黄昏了。我从风门的缝里望出去：灰白的天空，灰白的盖着雪的屋顶。半弯惨淡的凉月印在天上，虽然有点儿凄凉；但仍然掩不了黄昏的美丽。这时，连常常坐在天井里等着它来临的人也不得不蜷伏在屋里。只剩了灰蒙的雪色伴了它在冷清的门外，这幻变的朦胧的世界造给谁看呢？黄昏不觉得寂寞么（吗）？

但是寂寞也延长不多久。黄昏仍然要走的。李商隐的诗说："夕阳无限好，只是近黄昏。"诗人不正慨叹黄昏的不能久留吗？它也真的不能久留，一瞬眼，这黄昏，像一个轻梦，只在人们心上一掠，留下黑暗的夜，带着它的寂寞走了。走了，真的走了。现在再让我问：黄昏走到哪里去了呢？这我不比知道它从哪里来得更清楚。我也不能抓住黄昏的尾巴，问它到底。但是，推想起来，从北方来的应该到南方去的罢。谁说不是到南方去的呢？我看到它怎样走的了。——漫过了南墙；漫过了南边那座小山，那片树林；漫过了美丽的南国。一直到辽旷的非洲。非洲有耸峭的峻岭；岭上有深邃的亘古苍暗的大森林。再想下去，森林里有老虎。

31

老虎？黄昏来了，在白天里只呈露着淡绿的暗光的眼睛该亮起来了罢。像不像两盏灯呢？森林里还该有莽苍葳蕤的野草，比人高。草里有狮子，有大蚊子，有大蜘蛛，也该有蝙蝠，比平常的蝙蝠大。夕阳的余晖从树叶的稀薄处，透过了架在树枝上的蜘蛛网，漏了进来，一条条的灿烂的金光，照耀得全林子里都发着棕红色，合了草底下毒蛇吐出来的毒气，幻成五色绚烂的彩雾。也该有萤火虫罢。现在一闪一闪地亮起来了，也该有花；但似乎不应该是夜来香或晚香玉。是什么呢？是一切毒艳的恶之花。在毒气里，不正应该产生恶之花吗？这花的香慢慢融入棕红色的空气里，融入绚烂的彩雾里。搅乱成一团；滚成一团暖烘烘的热气。然而，不久这热气就给微明的夜色消融了。只剩一闪一闪的萤火虫，现在渐渐地更亮了。老虎的眼睛更像两盏灯了，在静默里瞅着暗灰的天空里才露面的星星。

然而，在这里，黄昏仍然要走的。再走到哪里去呢？这却真的没人知道了。——随了淡白的稀疏的冷月的清光爬上暗沉沉的天空里去么（吗）？随了瞅着眼的小星爬上了天河么（吗）？压在蝙蝠的翅膀上钻进了屋檐么（吗）？随了西天的晕红消融在远山的后面么（吗）？这又有谁能明白地知道呢？我们知道的，只是：它走了，带了它的寂寞和美丽走了，像一丝微，像一个春宵的轻梦。

走了。——现在，现在我再有什么可问呢？等候明天么（吗）？明天来了，又明天，又明天。当人们看到远处弥漫着白茫茫的烟，树梢上淡淡涂上了一层金黄色，一群群的暮鸦驮着日色飞回来的时候，又仿佛有什么东西压在他们的心头，他们又渴望着梦的来临。把门关上了。关在内外的仍然是黄昏，当他们再伸头出来找的时候，黄昏早已走了。从北冰洋跑了来，一过路，到非洲森林里去了。再到，再到哪里，谁知道呢？然而，夜来了：漫漫的漆黑的夜，闪着星光和月光的夜，浮动着暗香的夜……只是夜，长长的夜，夜永远也不完，黄昏呢？——黄昏永远不存在在人们的心里的。只一掠，走了，像一个春宵的轻梦。

柳暗花明又一村

回忆有的甜蜜，有的痛苦；有的兴奋，有的消沉；有的令人欢欣鼓舞，有的令人垂头丧气；有的令人觉得"山重水复疑无路"，有的令人感到"柳暗花明又一村"。

对中国文化书院的回忆，我却只有甜蜜，只有兴奋，只令人欢欣鼓舞，只令人感到"柳暗花明又一村"。

回想整整十年以前，北京大学哲学系的几位年轻教员，在系内外、校内外的几个老教授的支持下，赤手空拳，毅然创建了中国文化书院。当时，研究中国文化的风气，虽已稍有兴起之势；但还没有真成气候，后来的所谓"文化热"还没有形成。但是，这一批包括老、中、青三个年龄层次的学人，不靠天，不信邪，有远见，有卓识，敢于"筚路蓝缕，以启山林"，山林终于被他们开辟了。到了今天，在并不能算是太长时间的十年内，他们团结了不少位国内大学和科研机构从事中国文化研究的著名的学者，还有台湾省的学者，美国的华侨和华裔学者，还有一些外国学者。举办和参加了许多学术活动，出版了一批学术著作，在国内外已经颇有点名声，借用一句古老的俗语，中国文化书院已经"够瞧的"了。

中华民族是一个伟大的民族。中国文化是过去几千年中华各民族智慧的结晶。博大精深，彪炳寰宇。但是，正如人世间一切好东西一样，中国文化也遭受过厄运，碰到过挫折。太远的历史不必提了。仅就现当代而言，就遇到过两次极大的灾难：一次是五四运动，一次是十年浩劫。

五四运动那一次，我认为，还情有可原。想要破坏封建顽固僵化、倒退的那一套东西，把国外先进的东西引进来，不能不采取些过激的手段，泼洗澡水暂时连孩子也泼掉了，不得已也。矫枉要过正，有时也真难以避免。但是，十年浩劫却是另外一码事，性质迥乎不同。浩劫的目的就在于破坏，盲目地、残暴地、毫无理智地、失去一切人性地、一味地破坏，破坏，不但把孩子泼掉了，连洗澡盆也不要了。这是人类空前的悲剧，其结果是众所周知，有目共睹的。

然而，正如中国俗话所说的那样：真金不怕火炼。中国文化是真金，不但不怕火炼，而且是越炼越精，越光辉闪耀。在中国，改革开放以后，有头脑的（我说的是：有头脑的！）人们认真进行了多番反思，承认了中国文化的价值，而且决心发扬光大之，为了中国人民的利益，为了世界人民的利益。在外国，那里的有头脑的人士根本用不着反思。他们对中国特有的所谓"文化大革命"，早就惊愕不已，嗤之以鼻，深恶而痛绝之，不用反思什么。总之，在国内外，中国文化的价值重新得到确认。前几年发生的著名的"海湾战役"，中国的《孙子兵法》曾大显神通，这是人所共知的事实。

当然，我们也必须承认，金无足赤，人无完人，中国文化也不会都是精华，也有糟粕。我们应当实事求是地取其精华，去其糟粕。但是对中国文化来说，糟粕毕竟是次要的。在这里我们应该"立"字当头，而不应该"破"字当头。一字之差，天地悬殊，明眼人自会体会其中微妙而又巨大的差别。

我看，这一个"破字当头"，实质上就是"十年浩劫"的指导思想。

中国文化的遭遇是这个样子。中国文化书院的遭遇也几乎完全一样。在人世间任何个人、任何事业，在任何地区，在任何时代，总都不会一帆风顺的。前进的路上，决不会时时处处都铺满了芬芳扑鼻的玫瑰花。总是既有阳关大道，也有独木小桥；既有朗日当空，也有阴霾蔽天。这是正常的现象，"无复独多虑"。一个真正的人，一个真正的团体，一定会承认这个人世间普遍的现象的。在承认的基础上，处变不惊，自强不息，勇往直前，义无反顾。古代印度哲人一句名言："真理毕竟胜利（Aatyam eva jayate）。"这真是至理名言，征之历史和现实的事实，总逃不出这一句话的。

中国文化书院的同仁（人）们是有自知之明的，我们既不妄自尊大，也不妄自菲薄。在弘扬中华优秀文化方面，我们不敢后人。我们院内的老、中、青三代同仁（人）们，是非常团结的，因为我们的目标是一致的。我们都认识到自己事业的正义性，我们的认识又是一致的。在内部团结的基础上，我们广交天下仁人志士和所有的志同道合者，同心协力，为了一个共同的目标而努力奋斗。

我们面前的困难还不少，我们从来也没有妄想只有阳关大道。但是，起码我个人总有一个感觉，借用宋人的诗句就是："严霜烈日都经过，次第春风到草庐。"再借用放翁的一句诗："柳暗花明又一村。"

1994年7月19日

毁　誉

好誉而恶毁，人之常情，无可非议。

古代豁达之人倡导把毁誉置之度外。我则另持异说，我主张把毁誉置之度内。置之度外，可能表示一个人心胸开阔，但是，我有点担心，这有可能表示一个人的糊涂或颟顸。

我主张对毁誉要加以细致的分析。首先要分清：谁毁你？谁誉你？在什么时候？在什么地方？由于什么原因？这些情况弄不清楚，只谈毁誉，至少是有点模糊。

我记得在什么笔记上读到过一个故事。一个人最心爱的人，只有一只眼。于是他就觉得天下人（一只眼者除外）都多长了一只眼。这样的毁誉能靠得住吗？

还有我们常常讲什么"党同伐异"，又讲什么"臭味相投"，等等。这样的毁誉能相信吗？

孔门贤人子路"闻过则喜"，古今传为美谈。我根本做不到，而且也不想做到，因为我要分析：是谁说的？在什么时候？在什么地点？因为什么而说的？分析完了以后，再定"则喜"，或是"则怒"。喜，我不会过头。怒，我也不会火冒十（三）丈，怒发冲冠。孔子说："野哉，由也！"大概子路是一个粗线条的人物，心里没有像我上面说的那些弯弯绕。

我自己有一个颇为不寻常的经验。我根本不知道世界上有某一位学者，过去对于他的存在，我一点都不知道，然而，他却同我结了怨。因为，我现在所占有的位置，他认为本来是应该属于他的，是我这个"鸠"把他这个"鹊"的"巢"给占据了。因此，勃然对我心怀不满。我被蒙在鼓里，很久很久，最后才有人透了点风给我。我不知道，天下竟有这种事，只能一笑置之。不这样又能怎样呢？我想向他道歉，挖空心思，也找不出丝毫理由。

大千世界，芸芸众生，由于各人禀赋不同，遗传基因不同，生活环境不同，所以各人的人生观、世界观、价值观、好恶观等等，都不会一样，都会有点差别。比如吃饭，有人爱吃辣，有人爱吃咸，有人爱吃酸，如此等等。又比如穿衣，有人爱红，有人爱绿，有人爱黑，如此等等。在这种情况下，最好是各人自是其是，而不必非人之非。俗语说："各人自扫门前雪，不管他人瓦上霜。"这话本来有点贬义，我们可以正用。每个人都会有友，也会有"非友"，我不用"敌"这个词儿，避免误会。友，难免有誉；非友，难免有毁。碰到这种情况，最好抱上面所说的分析的态度，切不要笼而统之，一锅糊涂粥。

好多年来，我曾有过一个"良好"的愿望：我对每个人都好，也希望每个人对我都好。只望有誉，不能有毁。最近我恍然大悟，那是根本不可能的。如果真有一个人，人人都说他好，这个人很可能是一个极端圆滑的人，圆滑到琉璃球又能长只脚的程度。

1997年6月23日于同仁医院

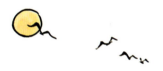

走运与倒霉

走运与倒霉，表面上看起来，似乎是绝对对立的两个概念。世人无不想走运，而绝不想倒霉。

其实，这两件事是有密切联系的，互相依存的，互为因果的。说极端了，简直是一而二二而一者也。这并不是我的发明创造。两千多年前的老子已经发现了。他说："祸兮福之所倚，福兮祸之所伏。孰知其极？其无正。"老子的"福"就是走运，他的"祸"就是倒霉。

走运有大小之别，倒霉也有大小之别，而二者往往是相通的。走的运越大，则倒的霉也越惨，二者之间成正比。中国有一句俗话说："爬得越高，跌得越重。"形象生动地说明了这种关系。

吾辈小民，过着平平常常的日子，天天忙着吃、喝、拉、撒、睡；操持着柴、米、油、盐、酱、醋、茶。有时候难免走点小运，有的是主动争取来的，有的是时来运转，好运从天上掉下来的。高兴之余，不过喝上二两二锅头，飘飘然一阵了事。但有时又难免倒点小霉，"闭门家中坐，祸从天上来"，没有人去争取倒霉的，倒霉以后，也不过心里郁闷几天，对老婆孩子发点小脾气，转瞬就过去了。

但是，历史上和眼前的那些大人物和大款们，他们一身系天下安危，或者系一个地区、一个行当的安危。他们得意时，比如打了一个大胜仗，或者倒卖房地产、炒股票，发了一笔大财，意气风发，踌躇满志，自以为天上天下，唯我独尊。"固一世之雄也"，怎二两二锅头了得！然而一旦失败，不是自刎乌江，就是从摩天高楼跳下，"而今安在哉"！

从历史上到现在，中国知识分子有一个"特色"，这在西方国家是找不到的。中国历代的诗人、文学家，不倒霉则走不了运。司马迁在《太史公自序》中说："昔西伯拘羑里，演《周易》；孔子厄陈蔡，作《春秋》；屈原放逐，著《离骚》；左丘失明，厥有《国语》；孙子膑脚，而论兵法；不韦迁蜀，世传《吕览》；韩非囚秦，《说难》《孤愤》；《诗》三百篇，大抵贤圣发愤之所为作也。"司马迁算的这个总账，后来并没有改变。汉以后所有的文学大家，都是在倒霉之后，才写出了震古烁今的杰作。像韩愈、苏轼、李清照、李后主等等一批人，莫不皆然。从来没有过状元宰相成为大文学家的。

了解了这一番道理之后，有什么意义呢？我认为，意义是重大的。它能够让我们头脑清醒，理解祸福的辩证关系；走运时，要想到倒霉，不要得意过了头；倒霉时，要想到走运，不必垂头丧气。心态始终保持平衡，情绪始终保持稳定，此亦长寿之道也。

1998年11月2日

留德十年

马前的桃花，远看异常鲜艳，近看则不见得。

我在柏林待了几个月，中国留学生人数颇多，认真读书者当然有之，终日鬼混者也不乏其人。国民党的大官，自蒋介石起，很多都有子女在德"流学"。这些高级"衙内"看不起我，我更藐视这一群行尸走肉的家伙，羞与他们为伍。"此地信莫非吾土"，到了深秋，我就离开柏林，到了小城又是科学名城的哥廷根。从此以后，在这里一住就是七年，没有离开过。

德国给我一月一百二十马克，房租约占百分之四十多，吃饭也差不多。手中几乎没有余钱。同官费学生一个月八百马克相比，真如小巫见大巫。我在德国住了那么久的时间，从来没有寒暑假休息，从来没有旅游，一则因为"阮囊羞涩"，二则珍惜寸阴，想多念一点书。

我不远万里而来，是想学习的。但是，学习什么呢？最初并没有一个十分清楚的打算。第一学期，我选了希腊文，样子是想念欧洲古典语言文学。但是，在这方面，我无法同德国学生竞争，他们在中学里已经学了八年拉丁文、六年希腊文。我心里彷徨起来。

到了1936年春季始业的那一学期，我在课程表上看到了瓦尔德施米特开的梵文初学课，我狂喜不止。在清华时，受了陈寅恪先生讲课的影响，就有志于梵学。但在当时，中国没有人开梵文课，现在竟于无意中得之，焉能不狂喜呢？于是我立即选了梵文课：在德国，要想考取哲学博士学位，必须修三个系，一主二副。我的主系是梵文、巴利文，两个副系是英国语言学和斯拉夫语言学。我从此走上了正轨学习的道路。

1937年，我的奖学金期满。正在此时，日军发动了卢沟桥事变，虎视眈眈，意在吞并全中国和亚洲。我是望乡兴叹，有家难归。但是天无绝人之路，汉文系主任夏伦邀我担任汉语讲师，我实在像久旱逢甘霖，当然立即同意，走马上任。这个讲师工作不多，我照样当我的学生，我的读书基地仍然在梵文研究所，偶尔到汉学研究所来一下。这情况一直继续到1945年秋天我离开德国。

1939年，第二次世界大战正式开幕。我原以为像这样杀人盈野、积血成河的人类极端残酷的大搏斗，理应震撼三界，摇动五洲，使禽兽颤抖，使人类失色。然而，我有幸身临其境，只不过听到几次法西斯头子狂嚣——这在当时的德国是司空见惯的事——好像是春梦初觉，无声无息地就走进了战争。战争初期阶段，德军的胜利使德国人如疯如狂，对我则是一个打击。他们每胜利一次，我就在夜里服安眠药一次。积之既久，失眠成病，成了折磨我几十年的终生痼疾。

最初生活并没有怎样受到影响。慢慢地肉和黄油限量供应了，慢慢地面包限量供应了，慢慢地其他生活用品也限量供应了。在不知不觉中，生活的螺丝越拧越紧。等到人们明确地感觉到时，这螺丝已经拧得很紧很紧了，但是除了极个别的反法西斯的人以外，我没有听到老百姓说过一句怨言。德国法西斯头子统治有术，而德国人民也是一个十分奇特的民族，对我来说，简直像个谜。

后来战火蔓延，德国四面被封锁，供应日趋紧张。我天天挨饿，夜夜做梦，梦到中国的花生米。我幼无大志，连吃东西也不例外。有雄心壮志的人，梦到的一定是燕涎、鱼翅，哪能像我这样没出息的人只梦到花生米呢？饿得厉害的时候，我简直觉得自己是处在饿鬼地狱中，恨不能把地球都整个吞下去。

我仍然继续念书和教书。除了挨饿外，天上的轰炸最初还非常稀少。

我终于写完了博士论文。此时瓦尔德施米特教授被征从军，他的前任已退休的老教授 Prof. E. Sieg（西克）替他上课。他用了几十年的时间读通了吐火罗文，名扬全球。按岁数来讲，他等于我的祖父。他对我也完全是一个祖父的感情。他一定要把自己全部拿手的好戏都传给我：印度古代语法、吠陀，而且不容我提不同意见，一定要教我吐火罗文。我乘瓦尔德施米特教授休假之机，通过了口试，布朗恩口试俄文的斯拉夫文，罗德尔口试英文。考试及格后，仍在西克教授指导下学习。我们天天见面，冬天黄昏，在积雪的长街上，我搀扶着年逾八旬的异国的老师，送他回家。我忘记了战火，忘记了饥饿，我心中只有身边这个老人。

我当然怀念我的祖国，怀念我的家庭。此时邮政早已断绝。杜甫诗："烽火连三月，家书抵万金。"我却是"烽火连三年，家书抵亿金"。事实上根本收不到任何信。这大大地加强我的失眠症，晚上吞服的药量，与日俱增，能安慰我的只有我的研究工作。此时英美的轰炸已成家常便饭，我就是在饥饿与轰炸中写成了几篇论文。大学成了女生的天下，男生都抓去当了兵。过了没有多久，男生有的回来了，但不是缺一只手，就是缺一条腿。双拐击地的声音在教室大楼中往复回荡，形成了独特的合奏。

到了此时，前线屡战屡败，法西斯头子的牛皮虽然照样厚颜无耻地吹。然而已经空洞无力，有时候牛头不对马嘴。从我们外国人眼里来看，败局已定，任何人也回天无力了。

德国人民怎么样呢？经过我十年的观察与感受，我觉得，德国人不愧是世界上最优秀的人民之一。文化昌明，科学技术处于世界前列，大文学家、大哲学家、大音乐家、大科学家，近代哪一个民族也比不上。而且为人正直、淳朴，个个都是老实巴交的样子。在政治上，他们却是比较单纯的，真心拥护希特勒者占绝大多数。令我大惑不解的是，希特勒极端诬蔑中国人，视为文明的破坏者。按理说，我在德国应当遇到很多麻烦。然而，实际上，我却一点麻烦也没有遇到。听说，在美国，中国人很难打入美国人社会。可我在德国，自始至终就在德国人社会之中，我就住在德国人家中，我的德国老师，我的德国同学，我的德国同事，我的德国朋友，从来待我如自己人，没有丝毫歧视。这一点让我终生难忘。

这样一个民族现在怎样看待垂败的战局呢？他们很少跟我谈论战争问题，对生活的极端艰苦，轰炸的极端野蛮，他们好像都无动于衷，他们有点茫然、漠然。一直到1945年春，美国军队攻入哥廷根，法西斯彻底完蛋了，德国人仍然无动于衷，大有逆来顺受的意味，又仿佛当头挨了一棒，在茫然、漠然之外，又有点昏昏然、懵懵然。

惊心动魄的世界大战，持续了六年，现在终于闭幕了。我在惊魂甫定之余，顿时想到了祖国，想到了家庭，我离开祖国已经十年了，我在内心深处感到了祖国对我这个海外游子的召唤。几经交涉，美国占领军当局答应用吉普车送我们到瑞士去。我辞别德国师友时，心里十分痛苦，特别是西克教授，我看到这位耄耋老人面色凄楚，双手发颤，我们都知道，这是最后一面了。我连头也不敢回，眼里流满了热泪。我的女房东对我放声大哭。她儿子在外地，丈夫已死，我这一走，房子里空空洞洞，只剩下她一个人。几年来她实际上是同我相依为命，而今以后，日子可怎样过呀！离开她时，我也是头也没有敢回，含泪登上美国吉普。我在心里套一首旧诗想成了一首诗：

留学德国已十霜，

归心日夜忆旧邦。

无端越境入瑞士，

客树回望成故乡。

这十年在我的心镜上照出的是法西斯统治，极端残酷的世界大战，游子怀乡的残影。

1945年10月，我们到了瑞士。在这里待了几个月。1946年春天，离开瑞士，经法国马赛，乘为法国运兵的英国巨轮，到了越南西贡。在这里待到夏天，又乘船经香港回到上海，别离祖国将近十一年，现在终于回来了。

此时，我已经通过陈寅恪先生的介绍，胡适之先生、傅斯年先生和汤用彤先生的同意，到北大来工作。我写信给在英国剑桥大学任教的哥廷根旧友夏伦教授，谢绝了剑桥之聘，决定不再回欧洲。同家里也取得了联系，寄了一些钱回家。我感激叔父和婶母，以及我的妻子彭德华，他们经过千辛万苦，努力苦撑了十一年，我们这个家才得以完整安康地留了下来。

当时正值第二次革命战争激烈进行，交通中断，我无法立即回济南老家探亲。我在上海和南京住了一个夏天。在南京曾叩见过陈寅恪先生，到中央研究院拜见过傅斯年先生。1946年深秋，从上海乘船到秦皇岛，转乘火车，来到了暌别十一年的北平。深秋寂冷，落叶满街，我心潮起伏，酸甜苦辣，说不出来是什么滋味。阴法鲁先生到车站去接我们，把我暂时安置在北大红楼。第二天，会见了文学院长汤用彤先生。汤先生告诉我，按北大以及其他大学规定，得学位回国的学人，最高只能给予副教授职称，在南京时傅斯年先生也告诉过我同样的话。能到北大来，我已经心满意足，焉敢妄求？但是过了没有多久，大概只有个把礼拜，汤先生告诉我，我已被定为正教授兼东方语言文学系主任，时年三十五岁。当副教授时间之短，我恐怕是创了新纪录。这完全超出了我的想望。我暗下决心：努力工作，积极述作，庶不负我的老师和师辈培养我的苦心！

此时的时局却是异常恶劣的。以蒋介石为首的国民党，剥掉自己的一切画皮，贪污成性，贿赂公行，大搞"五子登科"，接受大员满天飞，"法币"天天贬值，搞了一套银元（圆）券、金元（圆）券之类的花样，毫无用处。人民生活在水深火热之中，大学教授也不例外。手中领到的工资，一个小时以后，就能贬值。大家纷纷换银元（圆），换美元，用时再换成法币。每当手中攥上几个大头时，心里便暖乎乎的，仿佛得到了安全感。

在学生中，新旧势力的斗争异常激烈。国民党垂死挣扎，进步学生猛烈进攻。当时流传着一个说法：在北平有两个解放区：一个是北大的民主广场，一个是清华园。我住在红楼，有几次也受到了国民党北平市党部纠集的天桥流氓等闯进来捣乱的威胁。我们在夜里用桌椅封锁了楼口，严阵以待，闹得人心惶惶，我们觉得又可恨，又可笑。

但是，腐败的东西终究会灭亡的，这是一条人类和大自然中进化的规律。1949年春，北京终于解放了。

在这三年中，我的心镜中照出的是黎明前的一段黑暗。

最后信念

我在20世纪生活了八十多年了。再过七年，这一世纪，这一千纪就要结束了。这是一个非常复杂、变化多端的世纪。我心里这一面镜子照见的东西当然也是富于变化的，五花八门的，但又多姿多彩的。它既照见了阳关大道，也照见了独木小桥；它既照见了山重水复，也照见了柳暗花明。我不敢保证我这一面心镜绝对通明锃亮，但是我却相信，它是可靠的，其中反映的倒影是符合实际的。

我揣着这一面镜子，一揣揣了八十多年。我现在怎样来评价镜子里照出来的20世纪呢？我现在怎样来评价镜子里照出来的我的一生呢？呜呼，概难言矣！概难言矣！"却道天凉好个秋。"我效法这一句词，说上一句：天凉好个冬！

只有一点我是有信心的：世纪将是中国文化（东方文化的核心）复兴的世纪。现在世界上出现了许多影响人类生存前途的弊端，比如人口爆炸、大自然被污染、生态平衡被破坏、臭氧被破坏、粮食生产有限、淡水资源匮乏，等等，这只有中国文化能克服，这就是我的最后信念。

1993年2月17日

论包装

我先提一个问题：人类是变得越来越精呢，还是越来越蠢？

答案好像是明摆着的：越来越精。

在几千年有文化的历史上，人类对宇宙，对人世，对生命，对社会，总之对人世间所有的一切，越来越了解得透彻、细致，如犀烛隐，无所不明。例子伸手可得。当年中国人对月亮觉得可爱而又神秘，于是就说有一个美女嫦娥奔入月宫。连苏东坡这个宋朝伟大的诗人，也不禁要问出："明月几时有？把酒问青天。不知天上宫阙，今夕是何年？"可是到了今天，人类已经登上了月球，连月球上的土块也被带到了地上来。哪里有什么嫦娥，有什么广寒宫？

人类倘不越变越精，能做到这一步吗？

可是我又提出了问题，说明适得其反。例子也是伸手即得。我先举一个包装。

人类活动在社会上，有时候是需要包装的。特别是女士们。在家中穿得朴朴素素，但是一出门，特别是参加什么"派对"（party，借用香港话），则必须打扮得珠光宝气，花枝招展，浑身洒上法国香水，走在大街上，高跟鞋跟敲地作金石声，香气直射十步之外，路人为之"侧目"。这就是包装，而这种包装，我认为是必要的。

可是还有另外一种包装，就是商品的包装。这种包装有时也是必要的，不能一概而论。我从前到香港，买国产的商品，比大陆要便宜得多。一问才知道，原因是中国商品有的质量并不次于洋货，正是由于包装不讲究，因而价钱卖不上去。我当时就满怀疑惑：究竟是使用商品呢，还是使用包装？

我因而想到一件事：我们楼上一位老太太到菜市场上去买鸡，说是一定要黄毛的。卖鸡的小贩问老太太："你是吃鸡，还是吃鸡毛？"

到了今天，有一些商品的包装更达到了匪夷所思的地步。外面盒子，或木，或纸，或金属，往往极大。装扮得五彩缤纷、璀璨耀目。摆在货架上时，是庞然大物；提在手中或放在车中，更是运转不灵，左提，右提，横摆，竖摆，都煞费周折。及至拿到或运到家中，打开时也是煞费周折。在庞然大物中，左找，右找，找不到商品究在何处。很希望发现一张纸（字）条上面写着：此处距商品尚有10公里！庶不致使我失去寻找的信心。据我粗略的统计，有的商品在大包装中仅占空间十分之一、二十分之一，甚至五十分之一。想到那个鸡和鸡毛的故事，我不禁要问：我们使用的是商品，还是包装？而负担那些庞大的包装费用的，羊毛出在羊身上，还是我们这些顾客，而华美绝伦的包装，商品取出后，不过是一堆垃圾。

如果我回答我在开头时提出的问题：人类越变越蠢，你怎样反驳？！

1997年8月18日

47

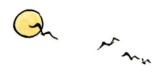

一个值得担忧的现象

我曾在本刊上写过一篇《论包装》的文章，内容主要是谈外面包装极大而里面的商品极小的问题。现在这一篇《再论包装》，主要谈的是外面包装和里面商品的价值问题。重点有所不同，而令人担忧则一也。

我先举一个小例子。

最近有友人从山东归来，带给我了一些周村烧饼。这是山东周村生产的一种点心。作料异常简单，只不过一点面粉、一点芝麻，再加上一点糖或盐，用水和好，擀成薄皮，做成圆饼，放在炉中烤干，即为成品，香脆可口，远近闻名，大概已经有几百年的历史了。因为成本极低，所以价钱不高。过去只是十个或八九个一摞，用白纸一包，即可出售。烧饼吃完，把纸一揉，变成垃圾，占地也不多。

常言道："士别三日，当刮目相看。"岂知这一句话也能应用到周村烧饼身上。现在友人送给我的这些烧饼，完全换了新装，不是白纸，而是铁盒，彩绘烫金，光彩夺目。夥颐！我的老朋友阔起来了！我不禁大为惊诧。

在惊诧之余，我又不禁忧心忡忡起来。我不是经济学家，这里也用不着经济学。只草草地估算一下，那几个烧饼能值几个钱？这金碧辉煌的铁盒又能值多少钱？显然后者比前者要贵得多。可是哪一个有使用价值呢？又显然只是前者。烧饼吃下去，可以充饥，可以转变成营养成分，增强人的身体。铁盒，如果只有一两个的话，小孩子可以拿着玩一玩。如果是成千上万的话，却只能变成了垃圾，遭人遗弃。《论包装》中提到的那一些大而无当的包装，把其中小小的一点商品取出来后，也都成为垃圾。

这有点像中国古书上的一个典故："买椟还珠。"但是，这个典故不过是讥笑舍本逐末，取舍不当而已，那个椟还是有用的，决（绝）不会变成垃圾。

古代人生活简朴，没有多少垃圾，也绝不会自己制造垃圾。到了今天，人类大大地进步了。然而却越来越蠢了，会自己制造垃圾，以致垃圾成为一个世界性问题。每一个国家的政府都为处理垃圾而大伤脑筋，至今也还没有能找到一个行之有效的办法。如此持续下去，将来的人类只能在垃圾堆里讨生活了。

但是，还有更严重的问题。人类衣、食、住、行的资料都取之于大自然。但是，小小的一个地球村里资源毕竟是有限的。当年苏东坡说："惟江上之清风，与山间之明月，耳得之而为声，目遇之而成色，取之无尽，用之不竭，是造物之无尽藏也。"东坡认为造物无尽藏，是不正确的。造物是有尽藏的，用之是有竭的。可惜到了今天，世人还多是浑浑噩噩，懵懵懂懂，毫无反思悔改之意。尤其是那一个以世界警察自居的大国，在使用大自然资源方面，肆无忌惮地浪费，真不禁令人发指。有识之士已经感觉到，人类已经是"盲人骑瞎马，夜半临深池"，但感觉到这种危险者不多。这是事实，并不是我一个人的杞忧。

我希望有聪明智慧的中国人，悬崖勒马，改弦更张，再也不制造那一种大而无当的商品包装和那种金碧辉煌的商品铁盒，给我们的子孙后代多留下一点大自然的资源。

2002年5月10日

漫谈撒谎

一

　　世界上所有的堂堂正正的宗教，以及古往今来的贤人哲士，无不教导人们：要说实话，不要撒谎。笼统来说，这是无可非议的。

　　最近读日本稻盛和夫、梅原猛著，卞立强译的《回归哲学》，第四章有梅原和稻盛二人关于不撒谎的议论。梅原说："不撒谎是最起码的道德。自己说过的事要实行，如果错了就说错了——我希望现在的领导人能做到这样最普通的事。苏格拉底可以说是最早的哲学家。在苏格拉底之前有些人自称是诡辩家、智者。所谓诡辩家，就是能把白的说成黑的，站在 A 方或反 A 方同样都可以辩论。这样的诡辩家教授辩论术，曾经博得人们欢迎。原因是政治需要颠倒黑白的辩论术。"

　　在这里，我想先对梅原的话加上一点注解。他所说的"现在领导人"，指的是像日本这样的国家的政客。他所说的"政治需要颠倒黑白的辩论术"，指的是古代希腊的政治。

　　梅原在下面又说："苏格拉底通过对话揭露了掌握这种辩论术的诡辩家的无知。因而他宣称自己不是诡辩家，不是智者，而是'爱智者'。这是最初的哲学。我认为哲学家应当回归其原点，恢复语言的权威。也就是说，道德的原点是'不撒谎'……不撒谎是道德的基本和核心。"

　　梅原把"不撒谎"提高到"道德原点"的高度，可见他对这个问题是多么重视，我们且看一看他的对话者稻盛是怎样对待这个问题的。稻盛首先表示同意梅原的意见。可是，随后他就撒谎问题做了一些具体的分析。他讲到自己的经历。他说，有一个他景仰的颇有点浪漫气息的人对他说："稻盛，不能说假话，但也不必说真话。"他听了这话，简直高兴得要跳起来。接着他就写了下面一段话："我从小父母也是严格教导我不准撒谎。我当上了经营的负责人之后，心里还是这么想：说谎可不行啊！可是，在经营上有关企业的机密和人事等问题，有时会出现很难说真话的情况。我想我大概是为这些难题苦恼时而跟他商量的。他的这种回答在最低限度上贯彻了'不撒谎'的态度，但又不把真实情况和盘托出。这样就可以求得局面的打开。"

上面我引用了两位日本朋友的话，一位是著名的文学家，一位是著名的企业家，他们俩都在各自的行当内经过了多年的考验磨炼，都富于人生经验。他们的话对我们会有启发的。我个人觉得，稻盛引用的他那位朋友的话："不能说假话，但也不必说真话"，最值得我们深思。我的意思就是，对撒谎这类社会现象，我们要进行细致的分析。

二

我们中国的父母，同日本稻盛的父母一样，也总是教导子女：不要撒谎。可怜天下父母心，总希望自己的子女能做一个堂堂正正的人，一个诚实可靠的人。如果子女撒谎成性，就觉得自己脸面无光。

不但父母这样教导，我们从小受教育也接受这样要诚实、不撒谎的教育。我记得小学教科书上讲了一个故事，内容是：一个牧童在村外牧羊。有一天忽然想出了一个坏点子，大声狂呼："狼来了！"村里的人听到呼声，都争先恐后地拿上棍棒，带上斧刀，跑往村外。到了牧童所在的地方，那牧童却哈哈大笑，看到别人慌里慌张，觉得很开心，又很得意。谁料过了不久，果真有狼来了。牧童再狂呼时，村里的人都毫无动静，他们上当受骗一次，不想再蹈覆辙。牧童的结果怎样，就用不着再说了。

所有这一些教导都是好的，但是也有一个共同的缺点，就是缺乏分析。

上面我说到，稻盛对撒谎问题是进行过一些分析的。同样，几百年前的法国大散文家蒙田（1533—1592），对撒谎问题也是做过分析的。在《蒙田随笔》上卷，第九章《论撒谎者》，蒙田写道："有人说，感到自己记性不好的人，休想成为撒谎者，这样说不无道理。我知道，语法学家对说假话和撒谎是做区别的。他们说，说假话是指说不真实的，但却信以为真的事，而撒谎一词源于拉丁语（我们的法语就源于拉丁语），这个词的定义包含违背良知的意思，因此只涉及那些言与心违的人。"

大家一琢磨就能够发现，同样是分析，但日本朋友和蒙田的着眼点和出发点，都是不同的。其间区别是相当明显，用不着再来啰唆。

记得鲁迅先生有一篇文章，讲的是一个阔人生子庆祝，宾客盈门，竞相献媚。有人说：此子将来必大富大贵。主人喜上眉梢。又有人说：此子将来必长命百岁。主人乐在心头。忽然有一个人说：此子将来必死。主人怒不可遏。但是，究竟谁说的是实话呢？

写到这里，我自己想对撒谎问题来进行点分析。我觉得，德国人很聪明，他们有一个词儿"notlue Se"，意思是"出于礼貌而不得不撒的谎"。一般说来，不撒谎应该算是一种美德，我们应该提倡。但是不能顽固不化。假如你被敌人抓了去，完全说实话是不道德的，而撒谎则是道德的。打仗也一样。我们古人说"兵不厌诈"，你能说这是不道德吗？我想，举了这两个小例子，大家就可以举一反三了。

1996年12月7日

关于人的素质的几点思考

我们当前所面临的形势

谈问题必须从实际出发，这几乎成了一个常识。谈人的素质又何能例外？

在这方面，我们，包括大陆和台湾，甚至全世界，我们所面临的形势怎样呢？我觉得，法鼓人文社会学院的"通告"中说得简洁而又中肯：

识者每以今日的社会潜伏下列诸问题为忧：即功利气息弥漫，只知夺取而缺乏奉献和服务的精神；大家对社会关怀不够，环境日益恶化；一般人虽受相当教育，但缺乏判断是非善恶的能力；科技教育与人文教育未能整合，阻碍教育整体发展，亦且影响学生健全人格的养成。

这些话都切中时弊。

在这里，我想补充上几句。

我们眼前正处在20世纪的世纪末和千纪末中。"世纪"和"千纪"都是人为地创造出来的；但是，一旦创造出来，它似乎就对人类活动产生了影响。19世纪的世纪末可以为鉴，当前的这一个世纪末，也不例外。在政治、经济等方面所发生的巨大变化，有目共睹。我特别想指出环境保护等方面的令人触目惊心的情况。这些都与西方科学技术的发展密切相联（连）。

西方自产业革命以后，科技飞速发展。生产力解放之后，远迈前古。结果给全体人类带来了极大的意想不到的福利。这一点是无论如何也否认不掉的。但是同时也带来了同样是想不到的弊端或者危害，比如空气污染、海河污染、生态平衡破坏、一些动植物灭种、环境污染、臭氧层出洞、人口爆炸、淡水资源匮乏、新疾病产生，如此等等，不一而足。这些灾害中任何一项如果避免不了，祛除不掉，则人类生存前途就会受到威胁。所以，现在全世界有识之士以及一些政府，都大声疾呼，注意环保工作。这实在值得我们钦佩。

英国浪漫主义诗人雪莱（Shelley）以诗人的惊人的敏感，在19世纪初叶，正当西方工业发展如火如荼地上升的时候，在他所著的于1821年出版的《诗辨》中，就预见到它能产生的恶果，他不幸而言中，他还为这种恶果开出了解救的药方：诗与想象力，再加上一个爱。这也实在值得我们佩服。

眼前的这一个世纪末，实在是人类历史上一个空前的大动荡大转轨的时代。在这样的时机中，我们平常所说的"代沟"空前的既深且广。老少两代人之间的隔阂十分严峻。有人把现在年轻（青）的一代人称为"新人类"，据说日本也有这个词儿，这个词儿意味深长。

人的天性或本能

我们就处在这样的环境条件下来探讨人的天性的一些想法。

两千多年以来，中国哲学史上始终有一个争论不休的问题：性善与性恶。孟子主性善，荀子主性恶，这是众所周知的事实。两说各有拥护者和反对者，中立派就主张性无善无恶说。我个人的看法接近此说，但又不完全相同。如果让我摆脱骑墙派的立场，说出真心话的话，我赞成性恶说，然则根据何在呢？

由于行当不对头——我重点摘的是古代佛教历史、中亚古代语文、佛教史、中印和中外文化交流史……我对生理学和心理学所知甚微。根据我多年的观察与思考，我觉得，造物主或天或大自然，一方面赋予人和一切生物（动植物都在内）以极强烈的生存欲，另一方面又赋予它们极强烈的发展扩张欲。一棵小草能在砖石重压之下，以惊人的毅力，钻出头来，真令我惊（赞）叹不置。一尾鱼能产上百上千的卵，如果每一个卵都能长成鱼，则湖海有朝一日会被鱼填满。植物无灵，但有能，它想尽办法，让自己的种子传播出去。类似的例子，举不胜举。但是，与此同时，造物主又制造某些动植物的天敌，大鱼吃小鱼，小鱼吃虾米，猫吃老鼠，等等等等，总之是，一方面让你生存发展，一方面又遏止你生存发展，以此来保持物种平衡，人和动植物的平衡。这是造物主给生物开玩笑。老子说："天地不仁，以万物为刍狗。"意思与此差为相近。如此说来，荀子的性恶说能说没有根据吗？荀子说："人之性恶，其善者伪也。""伪"字在这里有"人为"的意思，不全是"假"。总之，这说法比孟子性善说更能说得过去。

道德问题

写到这里，我认为可以谈道德问题了。道德讲善恶，讲好坏，讲是非，等等。那么，什么是善，是好，是是呢？根据我上面的说法，我们可以说：自己生存，也让别的人或动植物生存，这就是善。只考虑自己生存不考虑别人生存，这就是恶。《三国演义》中说曹操有言："只教我负天下人，不教天下人负我。"这是典型的恶。要一个人不为自己的生存考虑，是不可能的，是违反人性的。只要能做到既考虑自己也考虑别人，这一个人就算及格了，考虑别人的百分比愈高，则这个人的道德水平也就愈高。百分之百考虑别人，所谓"毫不利己，专门利人"，是做不到的，那极少数为国家、为别人牺牲自己性命的，用一个哲学家的现成的话来说是出于"正义行动"。

只有人类这个"万物之灵"才能做到既为自己考虑，也能考虑到别人的利益。一切动植物是绝对做不到的，它们根本没有思维能力。它们没有自律，只有他律，而这他律就来自大自然或者造物主。人类能够自律，但也必须辅之以他律。康德所谓"消极义务"，多来自他律。他讲的"积极义务"，则多来自自律。他律的内容很多，比如社会舆论、道德教条等等都是。而最明显的则是公安局、检察机构、法院。

写到这里，我想把话题扯远一点，才能把我想说的问题说明白。

人生于世，必须处理好三个关系：一、人与大自然的关系，那也称之为"天人关系"；二、人与人的关系，也就是社会关系；三、人自己的关系，也就是个人思想感情矛盾与平衡的问题。这三个关系处理好，人就幸福愉快；否则就痛苦。在处理第一个关系时，也就是天人关系时，东西方，至少在指导思想方向上截然不同。西方主"征服自然"（to conquer the nature），《天演论》的"物竞天择，适者生存"，即由此而出。但是天或大自然是能够报复的，能够惩罚的。你"征服"得过了头，它就报复。比如砍伐森林，砍光了森林，气候就受影响，洪水就泛滥。世界各地都有例可证。今年大陆的水灾，根本原因也在这里。这只是一个小例子，其余可依此类推。学术大师钱穆先生一生最后一篇文章《中国文化对人类未来可有的贡献》，讲的就是"天人合一"的问题，我冒昧地在钱老文章的基础上写了两篇补充的文章，我复印了几份，呈献给大家，以求得教正。"天人合一"是中国哲学史上一个重要命题，解释纷纭，莫衷一是。钱老说："我曾说'天人合一'论，是中国文化对人类最大的贡献。"我的补充明确地说，"天人合一"就是人与大自然要合一，要和平共处，不要讲征服与被征服。西方近二百年以来，对大自然征服不已，西方人以"天之骄子"自居，骄横不可一世，结果就产生了我在上文第一章里补充的那一些弊端或灾害。钱宾四先生文章中讲的"天"似乎重点是"天命"，我的"新解"，"天"是指的大自然。这种人与大自然要和谐相处的思想，不仅仅是中国思想的特征，也是东方各国思想的特征。这是东西文化思想分道扬镳的地方。在中国，表现这种思想最明确的无过于宋代大儒张载，他在《西铭》中说："民，吾同胞；物，吾与也。""物"指的是天地万物。佛教思想中也有"天人合一"的因素，韩国吴亨根教

56

授曾明确地指出这一点来。佛教基本教规之一的"五戒"中就有戒杀生一条，同中国"物与"思想一脉相通。

修养与实践问题

我体会，圣严法师之所以不惜人力和物力召开这样一个规模宏大的会议，大陆暨香港地区，以及台湾的许多著名的学者专家之所以不远千里来此集会，绝不会是让我们坐而论道的。道不能不论，不论则意见不一致，指导不明确，因此不论是不行的。但是，如果只限于论，则空谈无补于实际，没有多大意义。况且，圣严法师为法鼓人文社会学院明定的宗旨是"提升人的品质，建设人间净土"。这次会议的宗旨恐怕也是如此。所以，我们在议论之际，也必须想出一些具体的办法。这样会议才能算是成功的。

我在本文第一章中已经讲到过，我们中国和全世界所面临的形势是十分严峻的。钱穆先生也说："近百年来，世界人类文化所宗，可说全在欧洲。最近五十年，欧洲文化近于衰落，此下不能再为世界人类文化向往之宗主。所以可说，最近乃人类文化之衰落期。此下世界文化又将何所向往？这是今天我们人类最值得重视的现实问题。"可谓慨乎言之矣。

我就是在面临这样严峻的情况下提出了修养和实践问题的，也可以称之为思想与行动的关系，二者并不完全一样。

所谓修养，主要是指思想问题、认识问题、自律问题，他律有时候也是难以避免的。在大陆，帮助别人认识问题，叫作"做思想工作"。一个人遇到疑难，主要靠自己来解决，首先在思想上解决了，然后才能见诸行动，别人的点醒有时候也起作用。佛教禅宗主张"顿悟"。觉悟当然主要靠自己，但是别人的帮助有时也起作用。禅师的一声断喝，一记猛掌，一句狗屎橛，也能起振聋发聩的作用。宋代理学家有一个克制私欲的办法。清尹铭绶《学见举隅》中引朱子的话说：

前辈有俗澄治思虑者，于坐处置两器，每起一善念，则投白豆一粒

于器中；每起一恶念，则投黑豆一粒于器中，初时黑豆多，白豆少，后来随不复有黑豆，最后则验白豆亦无之矣。然此只是个死法，若更加以读书穷理的工夫，那去那般不正作当底思虑，何难之有？

这个方法实际上是受了佛经的影响。《贤愚经》卷十三，（六七）优波提品第六十讲到一个"系念"的办法：

"以白黑石子，用当等于筹算。善念下白，恶念下黑。优波提奉受其教，善恶之念，辄投石子。初黑偶多，白者甚少。渐渐修习，白黑正等。系念不止。更无黑石，纯有白者。善念已盛，逮得初果。"（《大正新修大藏经》，第四卷，页四四二下）这与朱子说法几乎完全一样，区别只在豆与石耳。

这个做法究竟有多大用处？我们且不去谈。两个地方都讲善念、恶念。什么叫善？什么叫恶？中印两国的理解恐怕很不一样。中国的宋儒不外孔孟那些教导，印度则是佛教教义。我自己对善恶的看法，上面已经谈过。要系念，我认为，不外是放纵本性与遏制本性的斗争而已。为什么要遏制本性？目的是既让自己活，也让别人活。因为如果不这样做的话，则社会必然乱了套，就像现代大城市里必然有红绿灯一样，车往马来，必然要有法律和伦理教条。宇宙间，任何东西，包括人与动植物，都不允许有"绝对自由"。为了宇宙正常运转，为了人类社会正常活动，不得不尔也。对动植物来讲，它们不会思考，不能自律，只能他律。人为万物之灵，是能思考、能明辨是非的动物，能自律，但也必济之以他律。朱子说，这个系念的办法是个"死法"，光靠它是不行的，还必须读书穷理，才能去掉那些不正当的思虑。读书当然是有益的，但却不能只限于孔孟之书；穷理也是好的，但标准不能只限于孔孟之道。特别是在今天，在一个新世纪即将来临之际，眼光更要放远。

眼光怎样放远呢？首先要看到当前西方科技所造成的弊端，人类生存前途已处在危机中。世人昏昏，我必昭昭。我们必须力矫西方"征服自然"之弊，大力宣扬东方"天人合一"的思想，年轻人更应如此。

以上主要讲的是修养。光修养还是很不够的，还必须实践，也就是行动，最好能有一个信仰，宗教也好，什么主义也好；但必须虔诚、真挚。这里存不得半点虚假成分。我们不妨先从康德的"消极义务"做起：不污染环境、不污染空气、不污染河湖、不胡乱杀生、不破坏生态平衡、不砍伐森林，还有很多"不"。这些"消极义务"能产生积极影响。这样一来，个人的修养与实践、他人的教导与劝说，再加上公、检、法的制约，本文第一章所讲的那一些弊害庶几可以避免或减少，圣严法师所提出的希望庶几能够实现，我们同处于"人间净土"中。"挽狂澜于既倒"，事在人为。

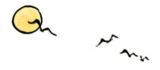

真理愈辨愈明吗？

学者们常说："真理愈辨愈明。"我也曾长期虔诚地相信这一句话。

但是，最近我忽然大彻大悟，觉得事情正好相反，真理是愈辨愈糊涂。

我在大学时曾专修过一门课"西洋哲学史"。后来又读过几本《中国哲学史》和《印度哲学史》。我逐渐发现，世界上没有哪两个或多个哲学家的学说完全是一模一样的。有如大自然中的树叶，没有哪几个是绝对一样的。有多少树叶就有多少样子。在人世间，有多少哲学就有多少学说。每个哲学家都认为自己掌握了真理。有多少哲学家就有多少真理。

专以中国哲学而论，几千年来，哲学家们不知创造了多少理论和术语。表面上看起来，所用的中国字都是一样的；然而哲学家们赋予这些字的涵（含）义却不相同。比如韩愈的《原道》是脍炙人口、家喻户晓的。文章开头就说："博爱之谓仁，行而宜之之谓义，由是而之焉之谓道，足乎己无待于外之谓德。"韩愈大概认为，仁、义、道、德就代表了中国的"道"。他的解释简单明了，一看就懂。然而，倘一翻《中国哲学史》，则必能发现，诸家对这四个字的解释多如牛毛，各自自是而非他。

哲学家们辨（分辨）过没有呢？他们辩（辩论）过没有呢？他们既"辨"又"辩"。可是结果怎样呢？结果是让读者如堕入五里雾中，眼花缭乱，无所适从。我顺手举两个中国过去辨和辩的例子。一个是《庄子·秋水》："庄子与惠子游于濠梁之上。庄子曰：'鲦鱼出游从容，是鱼乐也。'惠子曰：'子非鱼，安知鱼之乐？'"庄子曰："子非我，安知我不知鱼之乐？"我觉得，惠施还可以答复："子非我，安知我不知子不知鱼之乐？"这样辩论下去，一万年也得不到结果。

还有一个辩论的例子是取自《儒林外史》："丈人说：'你赊了猪头肉的钱不还，也来问我要，终日吵闹这事，哪里来的晦气！'陈和甫的儿子道：'老爹，假如这猪头肉是你老人家自己吃了，你也要还钱？'丈人道：'胡说！我若吃了，我自然还。这都是你吃的！'陈和甫儿子道：'设或我这钱已经还过老爹，老爹用了，而今也要还人？'丈人道：'放屁！你是该人的钱，怎是我用的钱，怎是我用你的？'陈和甫儿子道：'万一猪不生这个头，难道他也来问我要钱？'"

以上两个辩论的例子，恐怕大家都是知道的。庄子和惠施都是诡辩家。《儒林外史》是讽刺小说。要说这两个对哲学辩论有普遍的代表性，那是言过其实。但是，倘若你细读中外哲学家"辨"和"辩"的文章，其背后确实潜藏着与上面两个例子类似的东西。这样的"辨"和"辩"能使真理愈辨愈明吗？戛戛乎难矣哉！

哲学家同诗人一样，都是在作诗。作不作由他们，信不信由你们。这就是我的结论。

1997年10月2日

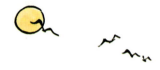

隔　　膜

　　鲁迅先生曾写过关于"隔膜"的文章，有些人是熟悉的。鲁迅的"隔膜"，同我们平常使用的这个词儿的含义不完全一样。我们平常所谓"隔膜"是指"情意不相通，彼此不了解"。鲁迅的"隔膜"是单方面的以主观愿望或猜度去了解对方，去要求对方。这样做，鲜有不碰钉子者。这样的例子，在中国历史上并不稀见。即使有人想"颂圣"，如果隔膜，也难免撞在龙犄角上，一命呜呼。

　　最近读到韩升先生的文章《隋文帝抗击突厥的内政因素》（《欧亚学刊》第二期），其中有几句话：

　　对此，从种族性格上斥责突厥"反复无常"，其出发点是中国理想主义感情性的"义"观念。国内伦理观念与国际社会现实的矛盾冲突，在中国对外交往中反复出现，深值反思。这实在是见道之言，值得我们深思。我认为，这也是一种"隔膜"。

　　记得当年在大学读书时，适值"九·一八"（九一八）事件发生，日军入寇东北。当中国军队实行不抵抗主义，南京政府同时又派大员赴日内瓦国联（相当于今天的联合国）控诉，要求国联伸张正义。当时我还属于隔膜党，义愤填膺，等待着国际伸出正义之手。结果当然是落了空。我颇恨恨不已了一阵子。

　　在这里，关键是什么叫"义"？什么叫"正义"？韩文公说："行而宜之之谓义。"可是"宜之"的标准是因个人而异的，因民族而异的，因国家而异的，因立场不同而异的。不懂这个道理，就是"隔膜"。

懂这个道理，也并不容易。我在德国住了十年，没有看到有人在大街上吵架，也很少看到小孩子打架。有一天，我看到就在我窗外马路对面的人行道上，两个男孩在打架，一个大的十三四岁，一个小的只有七八岁，个子相差一截，力量悬殊明显。不知为什么，两个人竟干起架来。不到一个回合，小的被打倒在地，哭了几声，立即又爬起来继续交手，当然又被打倒在地。如此被打倒了几次，小孩边哭边打，并不服输，日耳曼民族的特性昭然可见。此时周围已经聚拢了一些围观者。我总期望，有一个人会像在中国一样，主持正义，说一句："你这么大了，怎么能欺负小的呢！"但是没有。最后还是对门住的一位老太太从窗子里对准两个小孩泼出了一盆冷水，两个小孩各自哈哈大笑，战斗才告结束。

这件小事给了我一个重要的教训：在西方国家眼中，谁的拳头大，正义就在谁手里，我从此脱离了隔膜党。

今天，我们的国家和人民都变得更加聪明了，与隔膜的距离越来越远了。我们努力建设我们的国家，使人民的生活水平越来越提高。对外我们决不侵略别的国家，但也决不允许别的国家侵略我们。我们也讲主持正义，但是，这个正义与隔膜是不搭界的。

2001年2月27日

我们面对的现实

我们面对的现实，多种多样，很难一一列举。现在我只谈两个：第一，生活的现实；第二，学术研究的现实。

生活的现实

生活，人人都有生活，它几乎是一个广阔无垠的概念。在家中，天天开门七件事：柴、米、油、盐、酱、醋、茶，人人都必须有的。这且不表。要处理好家庭成员的关系，不在话下。在社会上，就有了很大的区别。当官的，要为人民服务，当然也盼指日高升。大款们另有一番风光，炒股票、玩期货，一夜之间成了暴发户，腰缠十万贯，"春风得意马蹄疾，一日看遍长安花"。当然，一旦破了产，跳楼自杀，有时也在所难免。我辈书生，青灯黄卷，兀兀穷年，有时还得爬点格子，以济工资之穷。至于引车卖浆者流，只有拼命干活，才得糊口。

这都是我们必须面对的生活。我们必须黾勉从事，过好这个日子（生活），自不待言。

但是，如果我们把眼光放远一点，把思虑再深化一点，想一想全人类的生活，你感觉到危险性了没有？也许有人感到，我们这个小小寰球并不安全。有时会有地震，有时会有天灾，刀兵水火，疾病灾殃，说不定什么时候就会驾临你的头上，躲不胜躲，防不胜防。对策只有一个：顺其自然，尽上人事。

如果再把眼光放得更远，让思虑钻得更深，则眼前到处是看不见的陷阱。我自己也曾幼稚过一阵。我读东坡《（前）赤壁赋》："惟江上之清风，与山间之明月，耳得之而为声，目遇之而成色。取之不尽，用之不竭。是造物者之无尽藏也，而我与子之所共适。"我深信苏子（瞻）讲的句句是真理。然而，到了今天，江上之风还清吗？山间之月还明吗？谁都知道，由于大气的污染，风早已不清，月早已不明了。与此有联系的还有生态平衡的破坏，动植物品种的灭绝，新疾病的不断出现，人口的爆炸，臭氧层出了洞，自然资源——其中包括水——的枯竭，如此等等，不一而足。我们人类实际上已经到了"盲人骑瞎马，夜半临深池"的地步。令人吃惊的是，虽然有人已经注意到了这个现象，但并没有提高到与人类生存前途挂钩的水平，仍然只是头痛治头，脚痛治脚。还有人幻想用西方的"科学"来解救这一场危机。我认为，这是不太可能的。这一场灾难主要就是西方"征服自然"的"科学"造成的，西方科学优秀之处，必须继承；但是必须从根本上、从思想上解决问题，以东方的"民胞物与"的"天人合一"的思想济西方"科学"之穷。人类前途，庶几有望。

学术研究的现实

对我辈知识分子来说，除了生活的现实之外，还有一个学术研究的现实。我在这里重点讲人文社会科学，因为我自己是搞这一行的。

文史之学，中国和欧洲都已有很长的历史。因两处具体历史情况不同，所以发展过程不尽相同。但是总的研究对象和研究方法多有相通之处，对象大都是古典文献。就中国而论，由于字体屡变，先秦典籍的传抄工作，不能不受到影响。但是，读书必先识字，此《说文解字》之所以必作也。新材料的出现，多属偶然。地下材料，最初是"地不爱宝"，它自己把材料贡献出来的，有目的有意识的发掘工作是后来兴起的。盗墓者当然是例外。至于社会调查，古代不能说没有。采风就是调查形式之一。有计划有组织有目的的社会调查工作，也是晚起的，恐怕还是多少受了点西方的影响。

古代文史工作者用力最勤的是记诵之学。在科举时代，一个举子必须能背"四书""五经"，这是起码的条件。否则连秀才也当不上，遑论进士！扩而大之，要背诵十三经，有时还要连上注疏。至于传说有人能倒背十三经，对于我至今还是个谜，一本书能倒背吗？背了有什么用处呢？

社会不断前进，先出了一些类似后来索引的东西，系统的科学的索引，出现最晚，恐怕也是受西方的影响，有人称之为"引得"（index），显然是舶来品。

但是，不管有没有索引，索引详细不详细，我们研究一个题目，总要先积累资料。而积累资料，靠记诵也好，靠索引也好，都是十分麻烦，十分困难的。有时候穷年累月，滴水穿石，才能勉强凑足够写一篇论文的资料，有一些资料可能还是可遇而不可求的。写文章之难真是难于上青天。

然而，石破天惊，电脑出现了，许多古代典籍逐渐输入电脑了，不用一举手一投足之劳，只需发一命令，则所需的资料立即呈现在你的眼前，一无遗漏。岂不痛快也哉！

这就是眼前我们面对的学术现实。最重要最困难的搜（收）集资料工作解决了，岂不是人人皆可以为大学者了吗？难道我们还不能把枕头垫得高高地"高枕无忧"了吗？

我说："且慢！且慢！我们的任务还并不轻松！"我们面临这一场大的转折，先要调整心态。对电脑赐给我们的资料，要加倍细致地予以分析使用。还有没有输入电脑的书，仍然需要我们去翻检。

漫谈伦理道德（1）

现在，以德治国的口号已经响彻祖国大地。大家都认为，这个口号提得正确，提得及时，提得响亮，提得明白。但是，什么叫"德"呢？根据我的观察，笼统言之，大家都理解得差不多。如果仔细一追究，则恐怕是言人人殊了。

我不揣简陋，想对"德"字进一新解。

但是，我既不是伦理学家，对哲学家们那些冗见别扭的分析阐释又不感兴趣，我只能用自己惯常用的野狐参禅的方法来谈这个问题。既称野狐，必有其不足之处；但同时也必有其优越之处，他没有教条，不见框框，宛如天马行空，驰骋自如，兴之所至，灵气自生，谈言微中，搔着痒处，恐亦难免。坊间伦理学书籍为数必多，我一不购买，二不借阅，唯恐读了以后"污染"了自己观点。

近若干年以来，我一直在考虑一个问题。人生一世，必须处理好三个关系：第一，人与大自然的关系，也就是天人关系；第二，人与人的关系，也就是社会关系；第三，个人身、口、意中正确与错误的关系，也就是修身问题。这三个关系紧密联系，互为因果，缺一不可。这些说法也许有人认为太空洞，太玄妙。我看有必要分别加以具体的说明。

首先谈人与大自然的关系。在人类成为人类之前，他们是大自然的一个不可或缺的组成部分。等到成为人类之后，就同自然闹起独立性来，把自己放在自然的对立面上。尤有甚者，特别是在西方，自从产业革命以后，通过所谓发明创造，从大自然中得到了一些甜头，于是遂诛求无餍，最终提出了"征服自然"的口号，他们忘记了一个基本事实，人类的衣、食、住、行的所有资料都必须取自大自然。大自然不会说话，"天何言哉！"但是却能报复。恩格斯说过：

我们不能过分陶醉于我们对自然界的胜利，对于每一次这样的胜利，自然界都报复了我们。

在一百多年以前，大自然的报复还不十分明显，恩格斯竟能说出这样准确无误又含义深远的话，真不愧是马克思主义伟大的奠基人之一！到了今天，大自然的报复已经十分明显，十分触目惊心，举凡臭氧出洞，温室效应，全球变暖，淡水短缺，生态失衡，物种灭绝，人口爆炸，资源匮乏，新疾病产生，环境污染，如此等等，不胜枚举。其中哪一项如果得不到控制，都能影响人类的生存前途。到了这种危急关头，世界上一些有识之士才幡然醒悟，开了一些会，采取了一些措施。世界上一些国家的领导人也知道要注意环保问题了，这都是好事。但是，根据我个人的看法，还都是不够的。我们必须努力发出狮子吼，对全世界发聋振聩。

其次，我想谈一谈人与人的关系。自从人成为人以后，就逐渐形成了一些群体，也就是我们现在称之为社会的组织。这些群体形形色色，组织形式不同，组织原则也不同，但其为群体则一也。人与人之间，有时候利益一致，有时候也难免产生矛盾。举一个极其简单的例子，比如讲民主，讲自由，都不能说是坏东西，但又都必须加以限制。就拿大城市交通来说吧，绝对的自由是行不通的，必须有红绿灯，这就是限制。如果没有这个限制，大城市一天也存在不下去。这里撞车，那里撞人，弄得人人自危，不敢出门，社会活动会完全停止，这还能算是一个社会吗？这只是一个小例子，类似的大小例子还能举出一大堆来。因此，我们必须强调要处理好社会关系。

最后，我要谈一谈个人修身问题。一个人，对大自然来讲，是它的对立面；对社会来讲，是它的最基本的组成部分，是它的细胞。因此，在宇宙间，在社会上，一个人所处的地位是十分关键的。一个人的思想、语言和行动方向的正确或错误是有重要意义的。一个人进行修身的重要性也就昭然可见了。

写到这里，也许有人要问：你不是谈伦理道德问题吗，怎么跑野马跑到正确处理三个关系上去了？我敬谨答曰：我谈正确处理三个关系，正是谈伦理道德问题。因为，三个关系处理得好，人类才能顺利发展，社会才能阔步前进，个人生活才能快乐幸福。这是最高的道德，其余那些无数的烦琐的道德教条都是从属于这个最高道德标准的。这个道理，即使是粗粗一想，也是不难明白的。如果这三个关系处理不好，就要根据"不好"的程度而定为道德上有缺乏、不道德或"缺德"，严重的"不好"，就是犯罪。这个道理也是容易理解的。

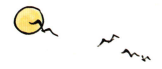

漫谈伦理道德（2）

　　全世界都承认，中国是伦理道德的理论和实践最发达的国家。中国伦理道德的基础是先秦时期的儒家打下的，在其后发展的过程中，又掺杂进来了一些道家思想和佛家思想，终于形成了现在这样一个伦理体系，仍在支配着我们的社会行动。这个体系貌似清楚，实则是一个颇为模糊的体系。三教信条你中有我，我中有你，绝不是泾渭分明的，但仍以儒家为主，则是可以肯定的。

　　儒家的伦理体系在先秦初打基础时可以孔子和孟子为代表。孔子的学说的中心，也可以说是伦理思想的中心，是一个"仁"字。这个说法已为学术界比较普遍地接受。孟子学说的中心，也可以说伦理思想的中心，是"仁""义"二字。对此，学术界没有异词。先秦其他儒家的学说，我们不一一论列了。至于先秦以后几千年儒家学者伦理道德的思想，我在这里也不一一论列了。一言以蔽之，他们基本上沿用孔孟的学说，间或有所增益或有新的解释，这是事物发展的必然规律，不足为怪。不这样，反而会是不可思议的。

　　多少年来，我个人就有个想法。我觉得，儒家伦理道德学说的重点不在理论而在实践。先秦儒家已经安排好了的：格物、致知、诚意、正心、修身、齐家、治国、平天下，是大家所熟悉的。这样的安排极有层次，煞费苦心，然而一点理论的色彩都没有。也许有人会说，人家在这里本来就不想讲理论而只想讲实践的。我们即使承认这一句话是对的，但是，什么是"仁"，什么是"义"？这在理论上总应该有点交代吧，然而，提到"仁""义"的地方虽多，也只能说是模糊语言，读者或听者并不能得到一点清晰的概念。

秦代以后，到了唐代，以儒家道统传承人自命的大儒韩愈，对伦理道德的理论问题也并没有说清楚。他那一篇著名的文章《原道》一开头就说：

博爱之谓仁，行而宜之之谓义，由是而之焉之谓道，足乎己勿待于外之谓德。

句子读起来铿锵有力，然而他想什么呢？他只有对"仁"字下了一个"博爱"的定义。而这个定义也是极不深刻的。此外几乎全是空话。"行而宜之"的"宜"意思是"适宜"，什么是"适宜"呢？这等于没有说。"由是而之焉"的"之"字，意思是"走"。"道"是人走的道路，这又等于白说。至于"德"字，解释又是根据汉儒那一套"德者得也"，说了仍然是让人莫名其妙。至于其他朝代的其他儒家学者，对仁义道德的解释更是五花八门，莫衷一是。我不是伦理学者，现在也不是在写中国伦理学史，恕我不再一一列举了。

我在上面极其概括地讲了从先秦一直到韩愈儒家关于仁义道德的看法。现在，我忽然想到，我必须做一点必要的补充。我既然认为，处理好天人关系在道德范畴内居首要地位，就必须探讨一下，中国古代对于这个问题是怎样看的。换句话说，我必须探讨一下先秦时代一些有代表性的哲学家对天、地、自然等概念是怎样界定的。

首先谈"天"。一些中国哲学史家认为，在春秋末期哲学家们争论的主要问题之一是，"天"是否是有人格有意志的神？这些哲学家大体上可以分为两个阵营：一个阵营主张不是，他们认为天是物质性的东西，就是我们头顶的天。这可以老子为代表。汉代《说文解字》的"天，颠也，至高无上"，可以归入此类。一个阵营的主张是，他们认为天就是上帝，能决定人类的命运，决定个人的命运。这可以孔子为代表。有一些中国哲学史袭用从前苏联贩卖过来的办法，先给每一个哲学家贴上一张标签，不是唯心主义，就是唯物主义，把极端复杂的思想问题简单化了。这种做法为我所不取。

老子《道德经》中在几个地方都提到天、地、自然等等。他说：

人法地，地法天，天法道，道法自然。（二十五章）

漫谈伦理道德（3）

在这一段话里老子哲学的几个重要概念都出现了。他首先提出"道"这个概念，在他以后的中国哲学史上起着重要的作用。这里的"天"显然不是有意志的上帝，而是与"地"相对的物质性的东西。这里的"自然"是最高原则。老子主张"无为"，"自然"不就是"无为"吗？他又说：

天地不仁，以万物为刍狗。（五章）

明确说天地是没有意志的。他又说：

道之尊，德之贵，夫莫之命而常自然。（五十一章）

道德不发号施令，而是让万物自由自在地成长。总而言之，老子认为天不是神，而是物质的东西。

几乎可以说是，与老子形成对立面的是孔子。在《论语》中有许多讲到"天"的地方。孔子虽然说"子不语怪力乱神"，但是，在他的心目中是有神的，只不过是"敬鬼神而远之"而已。"天"在孔子看来也是有人格有意志的神。孔子关于"天"的话我引几条：

天何言哉！四时行焉，百物生焉，天何言哉！

天之将丧斯文也，后死者不得与干斯文也；天之未丧斯文也，匡人其如予何!

天生德于予，桓魋其如予何!

等等。孔子还提倡"天命"，也就是天的意志，天的命令。自命为孔子继承人的孟子，对"天"的看法同孔子差不多。他有一段常被征引的话：

天之将降大任于斯（是）人也，必先苦其心志，劳其筋骨，饿其体肤，空乏其身，行拂乱其所为。所以动心忍性，曾（增）（益）其所不能。

在这里，"天"也是一个有意志的主宰者。

也被认为是儒家的荀子，对"天"的看法却与老子接近，而与孔孟迥异其趣。他不承认天是有人格有意志的最高主宰者。有的哲学史家说，荀子直接把"天"解释为自然界。我个人认为，这是非常重要也非常正确的解释。荀子主要是在《天论》中对"天"做了许多唯物的解释，我不去抄录。我想特别提出"天养"说："财非其类以养其类，夫是之谓天养。"意思是说人类利用大自然养活自己。这也是很重要的思想。多少年前我曾写过一篇论文《天人合一新解》，我当时没有注意到荀子对"天"的解释，所以自命为"新解"，其实并不新了。荀子已先我两千多年言之矣。我的贡献在于结合当前世界的情况，把"天人合一"归入道德最高标准而已。这一点我在上面讲天人关系一节中已经讲到，请读者参阅。

我在上面只讲了老子、孔子、孟子和荀子。其他诸子对"天"的看法也是五花八门的。因为同我要谈的问题无关，我不一一论列。我只讲一下墨子，他认为"天"是有意志的，这同儒家的孔孟差不多。

我的补充解释就到此为止。

尽管荀子对"天"的认识已经达到了很高的水平，但是支配中国思想界的儒家仍然是保守的。我想再回头分析一下上面已经提到过的格、致等八个层次。前五项都与修身有关，后三项则讲的是社会关系，没有一项是天人关系的。这是什么原因呢？根据我个人肤浅的看法，先秦儒家，大概同一般老百姓一样，觉得天离开人们远，也有点恍兮惚兮，不容易捉摸（琢磨），而人际关系则是摆在眼前的，时时处处都会碰上，不注意解决是不行的。我们汉族是一个偏重实际的民族，所以就把注意力大部分用在解决社会关系和个人修身上面了。

几千年来，在中国的封建社会中，有很多形成系列的道德教条，什么仁、义、礼、智、信，什么孝、悌、忠、信、廉、耻，如此等等，不一而足。每一个人在社会中的地位也排列得井井有条，比如五伦之类。亲属间的称呼也有条不紊，什么姑夫、舅父、表姑、表舅等等，世界上哪一种语言也翻译不出来，甚至在当前的中国，除了年纪大的一些人以外，年轻人自己也说不明白了。《白虎通》的三纲、六纪，陈寅恪先生认为是中国文化的精义之所寄，可见中国这一些处理社会关系的准则在他心目中的重要地位了。

上面讲的是社会关系和个人修身问题。至于天人关系，除了先秦诸子所讲的以外，中国历代还有一种说法，就是所谓"天子"，说皇帝是上天的儿子。这种说法对皇帝和臣民都有好处。皇帝以此来吓唬老百姓，巩固自己的地位。臣下也可以适当地利用它来给皇帝一点制约，比如利用日食、月食、彗星出现等等"天变"来向皇帝进谏，要他注意修德，要他注意自己的行动，这对人民多少有点好处。

把以上所讲的归纳起来看，本文中所讲的三个关系，第二个关系社会关系和第三个个人修身问题，人们早已注意到了，而且一贯加以重视了。至于天人关系，虽也已注意到，但只是片面讲，其间的关系则多所忽略，特别是对大自然能够报复则认识比较晚，这情况中西皆然。只是到了西方产业革命以后，西方科技发展迅猛，人们忘乎所以，过分相信"人定胜天"的力量，以致受到了自然的报复，才出现了恩格斯所说的那种情况。到了今天，世界上一些有识之士，其中包括一些国家领导人，如梦初醒，惊呼"环保"不止。然而，从世界范围来看，并不是每个人都清醒够了，污染大气，破坏生态平衡的举动仍然到处可见，我个人的看法是不容乐观。因此我才把处理好天人关系提高到伦理道德的高标准来加以评断。

从一部人类发展前进的历史来看，三个关系的各自的对立面并不是固定不变的，而是变动不居的，因此制约这些关系的伦理道德教条也不可能一成不变。各个时代，各个民族，各个国家，情况不一，要求不一，道德标准也不可能统一。因此，我们必须提出，对过去的道德标准一定要批判继承。过去适用的，今天未必适用；今天适用的，将来未必适用。在道德教条中有的寿命长，有的寿命短。有的可能适用于全人类，有的只能适用于某一些地区。适用于一切时代，一切地区，万古长青的道德教条恐怕是绝无仅有的。

文章已经写得很长，必须结束了。我再着重说明一下，我不是伦理学家，没有研究过伦理学史，我只是习惯于胡思乱想。我常感觉到，中国以及世界上道德教条多如牛毛，如粒粒珍珠，熠熠闪光，可是都有点各自为政，不相贯联。我现在不揣冒昧提出了一条贯串众珠的线，把这些珠子穿了起来。是否恰当？自己不敢说。请方家不吝教正。

2001年5月25日

谈　　孝

孝，这个概念和行为，在世界上许多国家中都是有的，而在中国独为突出。中国社会，几千年以来就是一个宗法伦理色彩非常浓的社会，为世界上任何国家所不及。

中国人民一向视孝为最高美德。嘴里常说的，书上常讲的三纲五常，又是什么三纲六纪，哪里也不缺少父子这一纲。具体地应该说"父慈子孝"是一个对等的关系。后来不知道是怎么一来，只强调"子孝"，而淡化了"父慈"，甚至变成了"天下无不是的父母"。古书上说："身体肤发，受之父母。"一个人的身体是父母给的，父母如果愿意收回去，也是可以允许的了。

历代有不少皇帝昭告人民："以孝治天下"，自己还装模作样，尽量露出一副孝子的形象。尽管中国历史上也并不缺少为了争夺王位导致儿子弑父的记载。野史中这类记载就更多。但那是天子的事，老百姓则是绝对不能允许的。如果发生儿女杀父母的事，皇帝必赫然震怒，处儿女以极刑中的极刑：万剐凌迟。在中国流传时间极长而又极广的所谓"教孝"中，就有一些提倡愚孝的故事，比如王祥卧冰、割股疗疾等等都是迷信色彩极浓的故事，产生了不良的影响。

但是中华民族毕竟是一个极富于理性的民族。就在已经被视为经典的《孝经·谏诤章》中，我们可以读到下列的话：

昔者天子有诤臣七人，虽无道，不失其天下；诸侯有诤臣五人，虽无道，不失其网；大夫有诤臣三人，虽无道，不失其家；士有诤友，则身不离于令名；父有诤子，则身不陷于不义。故当不义，则子不可以不诤于父，臣不可以不诤于君；故当不义，则诤之，从父之令，又焉得为孝乎？

这话说得多么好呀，多么合情合理呀！这与"天下无不是的父母"这一句话形成了鲜明的对立。后者只能归入愚孝一类，是不足取的。

到了今天，我们应该怎样对待孝呢？我们还要不要提倡孝道呢？据我个人的观察，在时代变革的大潮中，孝的概念确实已经淡化了。不赡养老父老母，甚至虐待他们的事情，时有所闻。我认为，这是不应该的，是影响社会安定团结的消极因素。我们当然不能再提倡愚孝；但是，小时候父母抚养子女，没有这种抚养，儿女是活不下来的。父母年老了，子女来赡养，就不说是报恩吧，也是合乎人情的。如果多数子女不这样做，我们的国家和社会能负担起这个任务来吗？这对我们迫切要求的安定团结是极为不利的。这一点简单的道理，希望当今为子女者三思。

1999年5月14日

论 朋 友

人类是社会动物。一个人在社会中不可能没有朋友。任何人的一生都是一场搏斗。在这一场搏斗中，如果没有朋友，则形单影只，鲜有不失败者。如果有了朋友，则众志成城，鲜有不胜利者。

因此，在人类几千年的历史上，任何国家，任何社会，没有不重视交友之道的，而中国尤甚。在宗法伦理色彩极强的中国社会中，朋友被尊为五伦之一，曰"朋友有信"。我又记得什么书中说："朋友，以义合者也。""信""义"涵（含）义大概有相通之处。后世多以"义"字来要求朋友关系，比如《三国演义》"桃园三结义"之类就是。

《说文》对"朋"字的解释是"凤飞，群鸟从以万数，故以为朋党字"。"凤"和"朋"大概只有轻唇音重唇音之别。对"友"的解释是"同志为友"。意思非常清楚。中国古代，肯定也有"朋友"二字连用的，比如《孟子》。《论语》"有朋自远方来，不亦说乎！"却只用一个"朋"字。不知从什么时候起，"朋友"才经常连用起来。

在中国几千年的历史上，重视友谊的故事不可胜数。最著名的是管鲍之交，钟子期和伯牙的故事，等等。刘、关、张三结义更是有口皆碑。一直到今天，我们还讲究"哥儿们义气"，发展到最高程度，就是"为朋友两肋插刀"。只要不是结党营私，我们是非常重视交朋友的。我们认为，中国古代把朋友归入五伦是有道理的。

我们现在看一看欧洲人对友谊的看法。欧洲典籍数量虽然远远比不上中国，但是，称之为汗牛充栋也是当之无愧的。我没有能力来旁征博引，只能根据我比较熟悉的一部书来引证一些材料，这就是法国著名的《蒙田随笔》。

《蒙田随笔》上卷，第28章，是一篇叫作《论友谊》的随笔。其中有几句话：

"我们喜欢交友胜过其他一切，这可能是我们本性所使然。亚里士多德说，好的立法者对友谊比对公正更关心。"

寥寥几句，充分说明西方对友谊之重视。蒙田接着说：

自古就有四种友谊：血缘的、社交的、待客的和男女情爱的。

这使我立即想到，中西对友谊涵（含）义的理解是不相同的。根据中国的标准，"血缘的"不属于友谊，而属于亲情。"男女情爱的"也不属于友谊，而属于爱情。对此，蒙田有长篇累牍的解释，我无法一一征引。我只举他对爱情的几句话：

爱情一旦进入友谊阶段，也就是说，进入意愿相投的阶段，它就会衰落和消逝。爱情是以身体的快感为目的，一旦享有了，就不复存在。相反，友谊越被人向往，就越被人享有，友谊只是在获得以后才会升华、增长和发展，因为它是精神上的，心灵会随之净化。

这一段话，很值得我们仔细推敲、品味。

1999年10月26日

论恐惧

法国大散文家和思想家蒙田写过一篇散文《论恐惧》。他一开始就说：

我并不像有人认为的那样是研究人类本性的学者，对于人为什么恐惧所知甚微。

我当然更不是一个研究人类本性的学者，虽然在高中时候读过心理学这样一门课，但其中是否讲到过恐惧，早已忘到爪哇国去了。

可我为什么现在又写《论恐惧》这样一篇文章呢？

理由并不太多，也谈不上堂皇。只不过是因为我常常思考这个问题，而今又受到了蒙田的启发而已。好像是蒙田给我出了这样一个题目。

根据我读书思考的结果，也根据我自己的经验，恐惧这一种心理活动和行动是异常复杂的，绝不是三言两语所能说得清楚的。人们可以从很多角度来探讨恐惧问题，我现在谈一下我自己从一个特定角度上来研究恐惧现象的想法，当然也只能极其概括、极其笼统地谈。

我认为，应当恐惧而恐惧者是正常的。应当恐惧而不恐惧者是英雄。我们平常所说的从容镇定，处变不惊，就是指的这个。不应当恐惧而恐惧者是孱头。不应当恐惧而不恐惧者也是正常的。

两个正常的现象用不着讲，我现在专讲三两个不正常的现象。要举事例，那就不胜枚举。我索性专门从《晋书》里面举出两个事例，两个都与苻坚有关。《谢安传》中有一段话：

玄等既破坚，有驿书至，安方对客围棋，看书既，竟便摄放床上，了无喜色，棋如故。客问之，徐答曰："小儿辈遂已破贼。"

符坚大兵压境，作为大臣的谢安理当恐惧不安，然而他竟这样从容镇定，至今传颂不已。所以我称之为英雄。

《晋书·符坚传》有下面这几段话：

谢石等以既败梁成，水陆继进。坚与符融登城而望王师，见部阵齐整，将士精锐，又北望山上草木皆类人形，顾谓融曰："此亦劲敌也，何谓少乎！"怃然有惧色。

下面又说：

坚大惭，顾谓其夫人张氏曰："朕若用朝臣之言，岂见今日之事耶！当何面目复临天下乎！"潸然流涕而去，闻风声鹤唳，皆谓晋师之至。

这活生生地画出了一个孱头。敌兵压境，应当振作起来，鼓励士兵，同仇敌忾，可是符坚自己却先泄了气。这样的人不称为孱头，又称之为什么呢？结果留下了两句著名的话："风声鹤唳，草木皆兵。"至今还流传在人民的口中，也可以说是流什么千古了。

如果想从《论恐惧》这一篇短文里吸取什么教训的话，那就是明明白白地摆在眼前的。我们都要锻炼自己，对什么事情都不要惊慌失措，而要处变不惊。

2001年3月13日

忘

记得曾在什么地方听过一个笑话：一个人善忘。一天，他到野外去出恭。任务完成后，却找不到自己的腰带了。出了一身汗，好歹找到了，大喜过望，说道："今天运气真不错，平白无故地捡了一条腰带！"一转身，不小心，脚踩到了自己刚才拉出来的屎堆上，于是勃然大怒："这是哪一条混账狗在这里拉了一泡屎？"

这本来是一个笑话，在我们现实生活中，未必会有的。但是，人一老，就容易忘事糊涂，却是经常见到的事。

我认识一位著名的画家，本来是并不糊涂的，但是，年过八旬以后，却慢慢地忘事糊涂起来。我们将近半个世纪以前就认识了，颇能谈得来，而且平常也还是有些接触的。然而，最近几年来，每次见面，他把我的尊姓大名完全忘了。从眼镜后面流出来的淳朴宽厚的目光，落到我的脸上，其中饱含着疑惑的神气。我连忙说："我是季羡林，是北京大学的。"他点头称是。但是，过了没有五分钟，他又问我："你是谁呀！"我敬谨回答如上。在每一次会面中，尽管时间不长，这样尴尬的局面总会出现几次。我心里想：老友确是老了！

有一年，我们邂逅在香港。一位有名的企业家设盛筵，宴嘉宾。香港著名的人物参加者为数颇多，比如饶宗颐、邵逸夫、杨振宁等先生都在其中。宽敞典雅、雍容华贵的宴会厅里，一时珠光宝气，璀璨生辉，可谓极一时之盛。至于菜肴之精美，服务之周到，自然更不在话下了。我同这一位画家老友都是主宾，被安排在主人座旁。但是正当觥筹交错、逸兴遄飞之际，他忽然站了起来，转身要走，他大概认为宴会已经结束，到了拜拜的时候了。众人愕然，他夫人深知内情，赶快起身，把他拦住，又拉回到座位上，避免了一场尴尬的局面。

前几年，中国敦煌吐鲁番学会在富丽堂皇的北京图书馆的大报告厅里举行年会。我这位画家老友是敦煌学界的元老之一，获得了普遍的尊敬。按照中国现行的礼节，必须请他上主席台并且讲话。但是，这却带来了困难。像许多老年人一样，他脑袋里刹车的部件似乎老化失灵。一说话，往往像开汽车一样，刹不住车，说个不停，没完没了。会议是有时间限制的，听众的忍耐也绝非无限。在这危难之际，我同他的夫人商议，由她写一个简短的发言稿，往他口袋里一塞，叮嘱他念完就算完事，不悖行礼如仪的常规。然而他一开口讲话，稿子之事早已忘入九霄云外。看样子是打算从盘古开天辟地讲。照这样下去，讲上几千年，也讲不到今天的会。到了听众都变成了化石的时候，他也许才讲到春秋战国！我心里急如热锅上的蚂蚁，忽然想到：按既定方针办。我请他的夫人上台，从他的口袋掏出了讲稿，耳语了几句。他恍然大悟，点头称是，把讲稿念完，回到原来的座位。于是一场惊险才化险为夷，皆大欢喜。

我比这位老友小六七岁。有人赞我耳聪目明，实际上是耳欠聪，目欠明。如人饮水，冷暖自知，其中滋味，实不足为外人道也。但是，我脑袋里的刹车部件，虽然老化，尚可使用。再加上我有点自知之明，我的新座右铭是：老年之人，刹车失灵，戒之在说。一向奉行不违，还没有碰到下不了台的窘境。在潜意识中颇有点沾沾自喜了。

然而我的记忆机构也逐渐出现了问题。虽然还没有达到画家老友那样"神品"的水平，也已颇为可观。在这方面，我是独辟蹊径，创立了有季羡林特色的"忘"的学派。

我一向对自己的记忆力，特别是形象的记忆，是颇有一点自信的。四五十年前，甚至六七十年前的一个眼神，一个手势，至今记忆犹新，招之即来，显现在眼前、耳旁，如见其形，如闻其声，移到纸上，即成文章。可是，最近几年以来，古旧的记忆尚能保存。对眼前非常熟的人，见面时往往忘记了他的姓名。在第一瞥中，他的名字似乎就在嘴边、舌上。然而一转瞬间，不到十分之一秒，这个呼之欲出的姓名，就蓦地隐藏了起来，再也说不出了。说不出，也就算了，这无关宇宙大事，国家大事，甚至个人大事，完全可以置之不理的。而且脑袋里断了的保险丝，还会接上的。些许小事，何必介意？然而不行，它成了我的一块心病。我像着了魔似的，走路，看书，吃饭，睡觉，只要思路一转，立即想起此事。好像是，如果想不出来，自己就无法活下去，地球就停止了转动。我从字形上追忆，没有结果；我从发音上追忆，结果杳然。最怕半夜里醒来，本来睡得香香甜甜，如果没有干扰，保证一夜幸福。然而，像电光石火一闪，名字问题又浮现出来。古人常说的平旦之气，是非常美妙的，然而此时却美妙不起来了。我辗转反侧，瞪着眼一直瞪到天亮。其苦味实不足为外人道也。但是，不知道是哪一位神灵保佑，脑袋又像电光石火似的忽然一闪，他的姓名一下子出现了。古人形容快乐常说"洞房花烛夜，金榜题名时"，差可同我此时的心情相比。

这样小小的悲喜剧，一出刚完，又会来第二出，有时候对于同一个人的姓名，竟会上演两出这样的戏。而且出现的频率还是越来越多。自己不得不承认，自己确实是老了。郑板桥说："难得糊涂。"对我来说，并不难得，我于无意中得之，岂不快哉！

然而忘事糊涂就一点好处都没有吗？

我认为，有的，而且很大。自己年纪越来越老，对于"忘"的评价却越来越高，高到了宗教信仰和哲学思辨的水平。苏东坡的词说："人有悲欢离合，月有阴晴圆缺，此事古难全。"他是把悲和欢、离和合并提。然而古人说：不如意事常八九。这是深有体会之言。悲总是多于欢，离总是多于合，几乎每个人都是这样。如果造物主——如果真有的话——不赋予人类以"忘"的本领——我宁愿称之为本能——那么，我们人类在这么多的悲和离的重压下，能够活下去吗？我常常暗自胡思乱想：造物主这玩意儿（用《水浒》的词儿，应该说是"这话儿"）真是非常有意思。他（她？它？）既严肃，又油滑；既慈悲，又残忍。老子说："天地不仁，以万物为刍狗。"这话真说到了点子上。人生下来，既能得到一点乐趣，又必须忍受大量的痛苦，后者所占的比重要多得多。如果不能"忘"，或者没有"忘"这个本能，那么痛苦就会时时刻刻都新鲜生动，时时刻刻像初产生时那样剧烈残酷地折磨着你。这是任何人都无法忍受下去的。然而，人能"忘"，渐渐地从剧烈到淡漠，再淡漠，再淡漠，终于只剩下一点残痕；有人，特别是诗人，甚至爱抚这一点残痕，写出了动人心魄的诗篇，这样的例子，文学史上还少吗？

因此，我必须给赋予我们人类"忘"的本能的造化小儿大唱赞歌。试问，世界上哪一个圣人、贤人、哲人、诗人、阔人、猛人，这人，那人，能有这样的本领呢？

我还必须给"忘"大唱赞歌。试问：如果人人一点都不忘，我们的世界会成什么样子呢？

遗憾的是，我现在尽管在"忘"的方面已经建立了有季羡林特色的学派，可是自谓在这方面仍是钝根。真要想达到我那位画家朋友的水平，仍须努力。如果想达到我在上面说的那个笑话中人的境界，仍是可望而不可即。但是，我并不气馁，我并没有失掉信心，有朝一日，我总会达到的。勉之哉！勉之哉！

1993年7月6日

坏　　人

积将近90年的经验，我深知世界上确实是有坏人的。乍看上去，这个看法的智商只能达到小学一年级的水平。这就等于说"每个人都必须吃饭"那样既真实又平庸。

可是事实上我顿悟到这个真理，是经过了长时间的观察与思考的。

我从来就不是性善说的信徒，毋宁说我是倾向性恶说的。古书上说"天命之谓性"，"性"就是我们现在常说的"本能"，而一切生物的本能是力求生存和发展，这难免引起生物之间的矛盾，性善又何从谈起呢？

　　那么，什么又叫作"坏人"呢？记得鲁迅曾说过，干损人利己的事还可以理解，损人又不利己的事千万干不得。我现在利用鲁迅的话来给坏人作一个界定：干损人利己的事是坏人，而干损人又不利己的事，则是坏人之尤者。

　　空口无凭，不妨略举两例。一个人搬到新房子里，照例大事装修，而装修的方式又极野蛮，结果把水管凿破，水往外流。住在楼下的人当然首蒙其害，水滴不止，连半壁墙都浸透了。然而此人却不闻不问，本单位派人来修，又拒绝入门。倘若墙壁倒塌，楼下的人当然会受害，他自己焉能安全！这是典型的损人又不利己的例子。又有一位"学者"，对某一种语言连字母都不认识，却偏冒充专家，不但在国内蒙混过关，在国外也招摇撞骗。有识之士皆嗤之以鼻。这又是一个典型的损人而不利己的例子。

　　根据我的观察，坏人，同一切有毒的动植物一样，是并不知道自己是坏人的，是毒物的。鲁迅翻译的《小约翰》里讲到一个有毒的蘑菇听人说它有毒，它说：这是人话。毒蘑菇和一切苍蝇、蚊子、臭虫等等，都不认为自己有毒。说它们有毒，它们大概也会认为：这是人话。可是被群众公推为坏人的人，他们难道能说：说他们是坏人的都是人话吗？如果这是"人话"的话，那么他们自己又是什么呢？

　　根据我的观察，我还发现，坏人是不会改好的。这有点像形而上学了。但是，我却没有办法。天下哪里会有不变的事物呢？哪里会有不变的人呢？我观察的几个"坏人"偏偏不变。几十年前是这样，今天还是这样。我想给他们辩护都找不出词儿来。有时候，我简直怀疑，天地间是否有一种叫作"坏人基因"的东西？可惜没有一个生物学家或生理学家提出过这种理论。我自己既非生物学家，又非生理学家，只能凭空臆断。我但愿有一个坏人改变一下，改恶从善，堵住了我的嘴。

1999年7月24日

傻　　瓜

　　天下有没有傻瓜？有的，但却不是被别人称作"傻瓜"的人，而是认为别人是傻瓜的人，这样的人自己才是天下最大的傻瓜。

　　我先把我的结论提到前面明确地摆出来，然后再条分缕析地加以论证。这有点违反胡适之先生的"科学方法"。他认为，这样做是西方古希腊亚里士多德首倡的演绎法，是不科学的。科学的做法是他和他老师杜威的归纳法，先不立公理或者结论，而是根据事实，用"小心的求证"的办法去搜求证据，然后才提出结论。

　　我在这里实际上并没有违反"归纳法"。我是经过了几十年的观察与体会，阅尽了芸芸众生的种种相，去粗取精、去伪存真以后，才提出了这样的结论的。为了凸现它的重要性，所以提到前面来说。

　　闲言少叙，书归正传。有一些人往往以为自己最聪明。他们争名于朝，争利于世，锱铢必较，斤两必争。如果用正面手段，表面上的手段达不到目的的话，则也会用些负面的手段，暗藏的手段，来蒙骗别人，以达到损人利己的目的。结果怎样呢？结果是：有的人真能暂时得逞，"春风得意马蹄疾，一日看遍长安花"，大大地辉煌了一阵，然后被人识破，由座上客一变而为阶下囚。有的人当时就能丢人现眼。《红楼梦》中有两句话说："机关算尽太聪明，反误了卿卿性命。"这话真说得又生动，又真实。我绝不是说，世界上人人都是这样子，但是，从中国到外国，从古代到现代，这样的例子还算少吗？

原因何在？原因就在于：这些人都把别人当成了傻瓜。

我们中国有几句尽人皆知的俗话："善有善报，恶有恶报；不是不报，时候未到；时候一到，一切皆报。"这真是见道之言。把别人当傻瓜的人，归根结底，会自食其果。古代的统治者对这个道理似懂非懂。他们高叫："民可使由之，不可使知之。"是想把老百姓当傻瓜，但又很不放心，于是派人到民间去采风，采来了不少政治讽刺歌谣。杨震是聪明人，对向他行贿者讲出了"四知"。他知道得很清楚：除了天知、地知、你知、我知之外，不久就会有一个第五知：人知。他是不把别人当作傻瓜的。还是老百姓最聪明。他们中的聪明人说："若要人不知，除非己莫为。"他们不把别人当傻瓜。

可惜把别人当傻瓜的现象，自古亦然，于今尤烈。救之之道只有一条：不自作聪明，不把别人当傻瓜，从而自己也就不是傻瓜。哪一个时代，哪一个社会，只要能做到这一步，全社会就都是聪明人，没有傻瓜，全社会也就会安定团结。

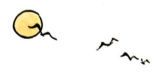

我害怕"天才"

人类的智商是不平衡的，这种认识已经属于常识的范畴，无人会否认的。不但人类如此，连动物也不例外。我在乡下观察过猪，我原以为这蠢然一物，智商都一样，无所谓高低的。然而事实上猪们的智商颇有悬殊。我喜欢养猫，经我多年的观察，猫们的智商也不平衡，而且连脾气都不一样，颇使我感到新奇。

猪们和猫们有没有天才，我说不出。专就人类而论，什么叫作"天才"呢？我曾在一本书里或一篇文章里读到过一个故事。某某数学家，在玄秘深奥的数字和数学符号的大海里游泳，如鱼得水，圆融无碍。别人看不到的问题，他能看到；别人解答不了的方程式之类的东西，他能解答。于是众人称之为"天才"。但是，一遇到现实生活中的问题，他的智商还比不了一个小学生。比如猪肉三角三分一斤，五斤猪肉共值多少钱呢？他瞠目结舌，无言以对。

因此，我得出一个结论："天才"即偏才。

在中国文学史或艺术史上，常常有几"绝"的说法。最多的是"三绝"，指的是诗、书、画三绝。所谓"绝"，就是超越常人，用一个现成的词儿，就是"天才"。可是，如果仔细分析起来，这个人在几绝中只有一项，或者是两项是真正的"绝"，为常人所不能及，其他几绝都是为了凑数凑上去的。因此，所谓"三绝"或几绝的"天才"，其实也是偏才。

可惜古今中外参透这一点的人极少极少，更多的是自命"天才"的人。这样的人老中青都有。他们仿佛是从菩提树下金刚台上走下来的如来佛，开口便昭告天下："天上天下，唯我独尊。"这种人最多是在某一方面稍有成就，便自命不凡起来，看不起所有的人，一副"天才气"，催人欲呕。这种人在任何团体中都不能团结同仁（人），有的竟成为害群之马。从前在某个大学中有一位年轻的历史教授，自命"天才"，瞧不起别人，说这个人是"狗蛋"，那个人是"狗蛋"。结果是投桃报李，群众联合起来，把"狗蛋"的尊号恭呈给这个人，他自己成了"狗蛋"。

这样的人在当今社会上并不少见，他们成为社会上不安定的因素。

蒙田在一篇名叫《论自命不凡》的随笔中写道：

对荣誉的另一种追求，是我们对自己的长处评价过高。这是我们对

88

自己怀有的本能的爱，这种爱使我们把自己看得和我们的实际情况完全不同。

我决不反对一个人对自己本能的爱。应该把这种爱引向正确的方向。如果把它引向自命不凡，引向自命"天才"，引向傲慢，则会损己而不利人。

我害怕的就是这样的"天才"。

1999年7月25日

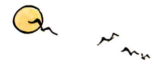

才、学、识

我认为，要想从事科学研究工作，应该在四个方面下功夫：一、理论；二、知识面；三、外语；四、汉文。唐代刘知几主张，治史学要有才、学、识。我现在勉强套用一下，理论属识，知识面属学，外语和汉文属才，我在下面分别谈一谈。

理　　论

现在一讲理论，我们往往想到马克思主义。这样想，不能说不正确。但是，必须注意几点：一、马克思主义随时代而发展，绝非僵化不变的教条。二、不要把马克思主义说得太神妙，令人望而生畏，对它可以批评，也可以反驳。我个人认为，马克思主义的精髓就是唯物主义和辩证法。唯物主义就是实事求是。把黄的说成是黄的，是唯物主义。把黄的说成是黑的，是唯心主义。事情就是如此简单明了。哲学家们有权力去作深奥的阐述，我辈外行，大可不必。至于辩证法，也可以作如是观。看问题不要孤立，不要僵死，要注意多方面的联系，在事物运动中把握规律，如此而已。我这种幼儿园水平的理解，也许更接近事实真相。

除了马克思主义以外，古今中外一些所谓唯心主义哲学家的著作，他们的思维方式和推理方式，也要认真学习。我有一个奇怪的想法：百分之百的唯物主义哲学家和百分之百的唯心主义哲学家，都是没有的。这就和真空一样，绝对的真空在地球上是没有的。中国古话说"智者千虑，必有一失"，就是这个意思。因此，所谓唯心主义哲学家也有不少东西值得我们学习的。我们千万不要像过去那样把十分复杂的问题简单化和教条化，把唯心主义的标签一贴，就"奥伏赫变"。

知识面

要求知识面广，大概没有人反对。因为，不管你探究的范围多么窄狭，多么专门，只有在知识广博的基础上，你的眼光才能放远，你的研究才能深入。这样说已经近于常识，不必再做过多的论证了。我想在这里强调一点，这就是，我们从事人文科学和社会科学研究的人，应该学一点科学技术知识，能够精通一门自然科学，那就更好。今天学术发展的总趋势是，学科界限越来越混同起来，边缘学科和交叉学科越来越多。再像过去那样，死守学科阵地，鸡犬之声相闻，老死不相往来，已经完全不合时宜了。此外，对西方当前流行的各种学术流派，不管你认为多么离奇荒诞，也必须加以研究，至少也应该了解其轮廓，不能简单地盲从或拒绝。

外　语

外语的重要性，尽人皆知。若再详细论证，恐成蛇足。我在这里只想强调一点：从今天的世界情势来看，外语中最重要的是英语，它已经成为名副其实的世界语。这种语言，我们必须熟练掌握，不但要能读，能译，而且要能听，能说，能写。今天写学术论文，如只用汉语，则不能出国门一步，不能同世界各国的同行交流。如不能听说英语，则无法参加国际学术会议。情况就是如此的咄咄逼人，我们不能不认真严肃地加以考虑。

汉　语

我在这里提出汉语来，也许有人认为是非常异议可怪之论。"我还不能说汉语吗？""我还不能写汉文吗？"是的，你能说，也能写。然而仔细一观察，我们就不能不承认，我们今天的汉语水平是非常成问题的。每天出版的报章杂志，只要稍一注意，就能发现别字、病句。我现在越来越感到，真要想写一篇准确、鲜明、生动的文章，绝非轻而易举。要能做到这一步，还必须认真下点功夫。我甚至想到，汉语掌握到一定程度，想再前进一步，比学习外语还难。只有承认这一个事实，我们的汉语水平才能提高，别字、病句才能减少。

我在上面讲了四个方面的要求。其实这些话都属于老生常谈，都平淡无奇。然而真理不往往就寓于平淡无奇之中吗？这同鲁迅先生讲的笑话中的"勤捉"一样，看似平淡，实则最切实可行，而且立竿见影。我想到这样平凡的真理，不敢自秘，便写了出来，其意不过如野叟献曝而已。

1988年

第二章

纵浪大化中　不喜亦不惧

假若我再上一次大学

"假若我再上一次大学",多少年来我曾反复思考过这个问题。我曾一度得到两个截然相反的答案:一个是最好不要再上大学,"知识越多越反动",我实在心有余悸。一个是仍然要上,而且偏偏还要学现在学的这一套。后一个想法最终占了上风,一直到现在。

我为什么还要上大学而又偏偏要学现在这一套呢?没有什么堂皇的理由。我只不过觉得,我走过的这一条道路,对己,对人,都还有点好处而已。我搞的这一套东西,对普通人来说,简直像天书,似乎无补于国计民生。然而世界上所有的科技先进国家,都有梵文、巴利文以及佛教经典的研究,而且取得了辉煌的成绩。这一套冷僻的东西与先进的科学技术之间,真似乎有某种联系。其中消息耐人寻味。

我们不是提出了弘扬祖国优秀文化、发扬爱国主义吗?这一套天书确实能同这两句口号挂上钩。我举一个具体的例子。日本梵文研究的泰斗中村元博士在给我的散文集日译本《中国知识人の神史》写的序中说到,中国的南亚研究原来是相当落后的,可是近几年来,突然出现了一批中年专家,写出了一些水平较高的作品,让日本学者有"攻其不备"之感。这是几句非常有意思的话。实际上,中国梵学学者同日本同行们的关系是十分友好的。我们一没有"攻",二没有争,只是坐在冷板凳上辛苦耕耘。有了一点成绩,日本学者看在眼里,想在心里,觉得过去对中国南亚研究的评价过时了。我觉得,这里面既包含着"弘扬",也包含着"发扬"。怎么能说,我们这一套无补于国计民生呢?

话说远了，还是回来谈我们的本题。

我的大学生活是比较长的：在中国念了四年，在德国哥廷根大学又念了五年，才获得学位。我在上面所说的"这一套"就是在国外学到的。我在国内时，对"这一套"就有兴趣，但苦无机会。到了哥廷根大学，终于找到了机会，我简直如鱼得水，到现在已经坚持学习了将近六十年。如果马克思不急于召唤我，我还要坚持学下去的。

如果想让我谈一谈在上大学期间我收获最大的是什么，那是并不困难的。在德国学习期间有两件事情是我毕生难忘的，这两件事都与我的博士论文有关联。

我想有必要在这里先谈一谈德国的与博士论文有关的制度。当我在德国学习的时候，德国并没有规定学习的年限。只要你有钱，你可以无限期地学习下去。德国有一个词儿是别的国家没有的，这就是"永恒的大学生"。德国大学没有空洞的"毕业"这个概念。只有博士论文写成，口试通过，拿到博士学位，这才算是毕了业。

写博士论文也有一个形式上简单而实则极严格的过程，一切决定于教授。在德国大学里，学术问题是教授说了算。德国大学没有入学考试。只要高中毕业，就可以进入任何大学。德国学生往往是先入几个大学，过了一段时间以后，自己认为某个大学、某个教授，对自己最适合，于是才安定下来。在一个大学，从某一位教授学习。先听教授的课，后参加他的研讨班。最后教授认为你"孺子可教"，才会给你一个博士论文题目，再经过几年的努力，搜（收）集资料，写出论文提纲，经教授过目。论文写成的年限没有规定，至少也要三四年，长则漫无限制。拿到题目，十年八年写不出论文，也不是稀见的事。所有这一切都决定于教授，院长、校长无权过问。写论文，他们强调一个"新"字，没有新见解，就不必写文章。见解不论大小，唯新是图。论文题目不怕小，就怕不新。我个人觉得，这是非常重要的一点。只有这样，学术才能"日日新"，才能有进步。否则满篇陈言，东抄西抄，饾饤拼凑，尽是冷饭，虽洋洋数十万甚至数百万言，除了浪费纸张、浪费读者的精力以外，还能有什么效益呢？

我拿到博士论文题目的过程，基本上也是这样。我拿到了一个有关佛教混合梵语的题目，用了三年的时间，搜（收）集资料，写成卡片，又到处搜寻有关图书，翻阅书籍和杂志，大约看了总有一百多种书刊。然后整理资料，使之条理化、系统化，写出提纲，最后写成文章。

我个人心里琢磨：怎样才能向教授露一手儿呢？我觉得，那几千张卡片，虽然抄写时好像蜜蜂采蜜，极为辛苦；然而却是干巴巴的，没有什么文采，或者无法表现文采。于是我想在论文一开始就写上一篇"导言"，这既能炫学，又能表现文采，真是一举两得的绝妙主意。我照此办理。费了很长的时间，写成一篇相当长的"导言"。我自我感觉良好，心里美滋滋的，认为教授一定会大为欣赏，说不定还会夸上几句哩。我先把"导言"送给教授看，回家做着美妙的梦。我等呀，等呀，终于等到教授要见我，我怀着走上领奖台的心情，见到了教授。然而却使我大吃一惊。教授在我的"导言"前画上了一个前括号，在最后画上了一个后括号，笑着对我说："这篇导言统统不要！你这里面全是华而不实的空话，一点新东西也没有！别人要攻击你，到处都是暴露点，一点防御也没有！"对我来说，这真如晴天霹雳，打得我一时说不上话来。但是，经过自己的反思，我深深地感觉到，教授这一棍打得好，我毕生受用不尽。

第二件事情是，论文完成以后，口试接着通过，学位拿到了手。论文需要从头到尾认真核对，不但要核对从卡片上抄入论文的篇、章、字、句，而且要核对所有引用过的书籍、报纸和杂志。要知道，在三年以内，我从大学图书馆，甚至从柏林的普鲁士图书馆，借过大量的书籍和报刊，耗费了大量的时间。当时就感到十分烦腻。现在再在短期内，把这样多的书籍重新借上一遍，心里要多腻味就多腻味。然而老师的教导不能不遵行，只有硬着头皮，耐住性子，一本一本地借，一本一本地查，把论文中引用的大量出处重新核对一遍，不让它发生任何一点错误。

后来我发现，德国学者写好一本书或者一篇文章，在读校样的时候，都是用这种办法来一一仔细核对。一个研究室里的人，往往都参加看校样的工作。每人一份校样，也可以协议分工。他们是以集体的力量，来保证不出错误。这个法子看起来极笨，然而除此以外，还能有"聪明的"办法吗？德国书中的错误之少，是举世闻名的。有的极为复杂的书竟能一个错误都没有，连标点符号都包括在里面。读过校样的人都知道，能做到这一步，是非常非常不容易的。德国人为什么能做到呢？他们并非都是超人的天才，他们比别人高出一头的诀窍就在于他们的"笨"。我想改几句中国古书上的话：德国人其智可及也，其笨（愚）不可及也。

反观我们中国的学术界，情况则颇有不同。在这里有几种情况。中国学者博闻强记，世所艳称。背诵的本领更令人吃惊。过去有人能背诵四书五经，据说还能倒背。写文章时，用不着去查书，顺手写出，即成文章。但是记忆力会时不时出点问题的。中国近代一些大学者的著作，若加以细致核对，也往往有引书出错的情况。这是出上乘的错。等而下之，作者往往图省事，抄别人的文章时，也不去核对，于是写出的文章经不起核对。这是责任心不强，学术良心不够的表现。还有更坏的就是胡抄一气。只要书籍文章能够印出，哪管他什么读者！名利到手，一切不顾。我国的书评工作又远远跟不上。即使发现了问题，也往往"为贤者讳"，怕得罪人，一声不吭。在我们当前的学术界，这种情况能说是稀少吗？我希望我们的学术界能痛改这种极端恶劣的作风。

我上了九年大学，在德国学习时，我自己认为收获最大的就是以上两点。也许有人会认为这卑之无甚高论。我不去争辩。我现在年届耄耋，如果年轻的学人不弃老朽，问我有什么话要对他们讲，我就讲这两点。

1991年5月5日写于北京大学

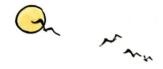

老年谈老

老年谈老，就在眼前，然而谈何容易！

原因何在呢？原因就在，自己有时候承认老，有时候又不承认，真不知道从何处谈起。

记得很多年以前，自己还不到六十岁的时候，有人称我为"季老"，心中颇有反感，应之逆耳，不应又不礼貌，左右两难，极为尴尬。然而曾几何时，在不知不觉中，渐渐地听得入耳了，有时甚至还有点甜蜜感。自己吃了一惊：原来自己真是老了，而且也承认老了。至于这个大转变是从什么时候开始的，自己有点茫然懵然，我正在推敲而且研究。

不管怎样，一个人承认老是并不容易的。我的一位九十岁出头的老师有一天对我说，他还不觉得老，其他可知了。我认为，在这里关键是一个"渐"字。若干年前，我读过丰子恺先生一篇含有浓厚哲理的散文，讲的就是这个"渐"字。这个字有大神通力，它在人生中的作用绝不能低估。人们有了忧愁痛苦，如果不渐渐地淡化，则一定会活不下去的。人们逢到极大的喜事，如果不渐渐地恢复平静，则必然会忘乎所以，高兴得发狂。人们进入老境，也是逐渐感觉到的。能够感觉到老，其妙无穷。人们渐渐地觉得老了，从积极方面来讲，它能够提醒你：一个人的岁月绝不是取之不尽用之不竭的，应该抓紧时间，把想做的事情做完、做好，免得无常一到，后悔无及。从消极方面来讲，一想到自己的年龄，那些血气方刚时干的勾当就不应该再去硬干。个别喜欢争名于朝、争利于市的人，或许也能收敛一点。老之为用大矣哉！

我自己是怎样对待老年呢？说来也颇为简单。我虽年届耄耋，内部零件也并不都非常健全，但是我处之泰然。我认为，人上了年纪，有点这样那样的病，是合乎自然规律的，用不着大惊小怪。如果年老了，硬是一点病都没有，人人活上二三百岁甚至更长的时间，那么今日狂呼"老龄社会"者，恐怕连嗓子也会喊哑，而且吓得浑身发抖，连地球也会被压塌的。我不想做长生的梦。我对老年，甚至对人生的态度是道家的。我信奉陶渊明的两句诗：

纵浪大化中，

不喜亦不惧。

这就是我对待老年的态度。

看到我已经有了一把子年纪，好多人都问我：有没有什么长寿秘诀。我的答复是：我的秘诀就是没有秘诀，或者不要秘诀。我常常看到有一些相信秘诀的人，禁忌多如牛毛。这也不敢吃，那也不敢尝，比如，吃鸡蛋只吃蛋清，不吃蛋黄，因为据说蛋黄胆固醇高；动物内脏绝不入口，同样因为胆固醇高。有的人吃一个苹果要消三次毒，然后削皮；削皮用的刀子还要消毒，不在话下；削了皮以后，还要消一次毒，此时苹果已经毫无苹果味道，只剩下消毒药水味了。从前有一位化学系的教授，吃饭要仔细计算卡路里的数量，再计算维生素的数量，吃一顿饭用的数学公式之多等于一次实验。结果怎样呢？结果每月饭费超过别人十倍，而人却瘦成一只干巴鸡。一个人到了这个地步，还有什么人生之乐呢？如果再戴上放大百倍的显微镜眼镜，则所见者无非细菌，试问他还能活下去吗？

至于我自己呢，我绝不这样做，我一无时间，二无兴趣。凡是我觉得好吃的东西我就吃，不好吃的我就不吃，或者少吃，卡路里维生素统统见鬼去吧。心里没有负担，胃口自然就好，吃进去的东西都能很好地消化。再辅之以腿勤、手勤、脑勤，自然百病不生了。脑勤我认为尤其重要。如果非要让我讲出一个秘诀不行的话，那么我的秘诀就是：千万不要让脑筋懒惰，脑筋要永远不停地思考问题。

　　我已年届耄耋，但是，专就北京大学而论，倚老卖老，我还没有资格。在教授中，按年龄排队，我恐怕还要排到二十多位以后。我幻想眼前有一个按年龄顺序排列的向八宝山进军的北大教授队伍。我后面的人当然很多。但是向前看，我还算不上排头，心里颇得安慰，并不着急。可是偏有一些排在我后面的比我年轻的人，风风火火，抢在我前面，越过排头，登上山去。我心里实在非常惋惜，又有点怪他们，今天我国的平均寿命已经超过七十岁，比解放前增加了一倍，你们正在精力旺盛时期，为国效力，正是好时机，为什么非要抢先登山不行呢？这我无法阻拦，恐怕也非本人所愿。不过我已下定决心，绝不抢先加塞。

　　不抢先加塞活下去目的何在呢？要干些什么事呢？我一向有一个自己认为是正确的看法：人吃饭是为了活着，但活着却不是为了吃饭。到了晚年，更是如此。我还有一些工作要做，这些工作对人民对祖国都还是有利的，不管这个"利"是大是小。我要把这些工作做完，同时还要再给国家培养一些人才。我仍然要老老实实干活，清清白白做人；绝不干对不起祖国和人民的事；要尽量多为别人着想，少考虑自己的得失。人过了八十，金钱富贵等同浮云，要多为下一代操心，少考虑个人名利，写文章绝不剽窃抄袭，欺世盗名。等到非走不行的时候，就顺其自然，坦然离去，无愧于个人良心，则吾愿足矣。

　　要说的话已经说完，但是我还想借这个机会发点牢骚。我在上面提到"老龄社会"这个词儿。这个概念我是懂得的，有一些措施我也是赞成的。什么干部年轻化，教师年轻化，我都举双手赞成。但是我对报纸上天天大声叫嚷"老龄社会"，却有极大的反感。好像人一过六十就成了社会的包袱，成了阻碍社会进步的绊脚石，我看有点危言耸听，不知道用意何在。我自己已是老人，我也观察过许多别的老人。他们中游手好闲者有之，躺在医院里不能动的有之，天天提鸟笼持钓竿者有之，如此等等，不一而足。但这只是少数，并不是老人的全部。还有不少老人虽然已经寿登耄耋，年逾期颐，向着米寿甚至茶寿进军，但仍然勤勤恳恳，焚膏继晷，兀兀穷年，难道这样一些人也算是社会的包袱吗？我倒不一定赞成"姜是老的辣"这样一句话。年轻人朝气蓬勃，是我们未来希望之所在，让他们登上要津，是完全必要的。但是对老年人也不必天天絮絮叨叨，耳提面命："你们已经老了！你们已经不行了！对老龄社会的形成你们不能辞其咎呀！"这样做有什么用处呢？随着生活的日益改善，人们的平均寿命还要提高，将来老年人在社会中所占的比例还要提高。即使你认为这是一件坏事，你也没有法子改变。听说从前钱玄同先生主张，人过四十一律枪毙。这只是愤激之辞（词），有人作诗讽刺他自己也活过了四十而照样活下去。我们有人老是为社会老龄化担忧，难道能把六十岁以上的人统统赐自尽吗？老龄化同人口多不是一码事。担心人口爆炸，用计划生育的办法就能制止。老龄化是自然趋势，而且无法制止。既然无法制止，就不必瞎嚷，这是徒劳无益的。我总怀疑，"老龄化"这玩意儿也是从外国进口的舶来品。西方人有同我们不同的伦理概念。我们大可以不必东施效颦。质诸高明，以为如何？牢骚发完，文章告终，过激之处，万望包容。

1991年7月15日

人间自有真情在

前不久，我写了一篇短文：《园花寂寞红》，讲的是楼右前方住着的一对老夫妇。男的是中国人，女的是德国人。他们在德国结婚后，移居中国，到现在已将近半个世纪了。哪里想到，一夜之间，男的突然死去。他天天莳弄的小花园，失去了主人。几朵仅存的月季花，在秋风中颤抖、挣扎，苟延残喘，浑身凄凉、寂寞。

我每天走过那个小花园，也感到凄凉、寂寞。我心里总在想：到了明年春天，小花园将日益颓败，月季花不会再开。连那些在北京只有梅兰芳家才有的大朵的牵牛花，在这里也将永远永远地消逝了。我的心情很沉重。

昨天中午，我又走过这个小花园，看到那位接近米寿的德国老太太，在篱笆旁忙活着。我走近一看，她正在采集大牵牛花的种子。这可真是件新鲜事儿。我在这里住了三十年，从来没有见到过她莳弄过花。我满腹疑团：德国人一般都是爱花的，这老太太真有点个别。可今天她为什么也忙着采集牵牛花的种子呢？她老态龙钟，罗锅着腰，穿一身黑衣裳，瘦得像一只螳螂。虽然采集花种不是累活，她干起来也是够呛的。我问她，采集这个干什么？她的回答极简短："我的丈夫死了，但是他爱的牵牛花不能死！"

我心里一亮，一下子顿悟出了一个道理。她男人死了，一儿一女都在德国。老太太在中国可以说是举目无亲。虽然说是入了中国籍，但是在中国将近半个世纪，中国话说不了十句，中国饭吃不惯。她好像是中国社会水面上的一滴油，与整个社会格格不入。平常只同几个外国人和中国留德学生来往，显得很孤单。我常开玩笑说：她是组织上入了籍，思想上并没有入。到了此时，老头已去，儿女在外，返回德国，正其时矣，然而她却偏偏不走。道理何在呢？我百思不得其解。现在，一个非常偶然的机会让我看到她采集大牵牛花的种子。我一下子明白了：这一切都是为了死去的丈夫。

丈夫虽然走了，但是小花园还在，十分简陋的小房子还在。这小花园和小房子拴住了她那古老的回忆，长达半个世纪的甜蜜的回忆。这是他俩共同生活过的地方。为了忠诚于对丈夫的回忆，她不肯离开，不忍离开。我能够想象，她在夜深人静时，独对孤灯。窗外小竹林的窸窣声，穿窗而入。屋后土山上草丛中秋虫哀鸣。此外就是一片寂静。丈夫在时，她知道对面小屋里还睡着一个亲人，自己不会感到孤独。然而现在呢，那个人突然离开自己，走了，永远永远地走了。茫茫天地，好像只剩下自己孤零一人。人生至此，将何以堪！设身处地，如果我处在她的地位上，我一定会马上离开这里，回到自己的祖国，同儿女在一起，度过余年。

然而，这一位瘦得像螳螂似的老太太却偏偏不走，偏偏死守空房，死守这一个小花园。我知道：这一切都是为了死去的丈夫。

这一位看似柔弱实则极坚强的老太太，已经走到了人生的尽头。这一点恐怕她比谁都明白，然而她并未绝望，并未消沉，她还是浑身洋溢着生命力，在心中对未来还抱满了希望。她还想到明年春天，她还想到牵牛花，她眼前一定不时闪过春天小花园杂花竞芳的景象。谁看到这种情况会不受到感动呢？我想，牵牛花若有知，到了明年春天，虽然男主人已经不在了，一定会精神抖擞，花朵一定会开得更大，更大；颜色一定会更鲜艳，更鲜艳。

1992年9月20日

我写我

我写我，真是一个绝妙的题目；但是，我的文章却不一定妙，甚至很不妙。

每一个人都有一个"我"，二者亲密无间，因为实际上是一个东西。按理说，人对自己的"我"应该是十分了解的；然而，事实上却不尽然。依我看，大部分人是不了解自己的，都是自视过高的。这在人类历史上竟成了一个哲学上的大问题。否则古希腊哲人发出狮子吼："要认识你自己！"岂不成了一句空话吗？

我认为，我是认识自己的，换句话说，是有点自知之明的。我经常像鲁迅先生说的那样剖析自己。然而结果并不美妙，我剖析得有点过了头，我的自知之明过了头，有时候真感到自己一无是处。

这表现在什么地方呢？

拿写文章做一个例子。专就学术文章而言，我并不认为"文章是自己的好"。我真正满意的学术论文并不多。反而别人的学术文章，包括一些青年后辈的文章在内，我觉得是好的。为什么会出现这种心情呢？我还没得到答案。

再谈文学作品。在中学时候，虽然小伙伴们曾赠我一个"诗人"的绰号，实际上我没有认真写过诗。至于散文，则是写的，而且已经写了六十多年，加起来也有七八十万字了。然而自己真正满意的也屈指可数。在另一方面，别人的散文就真正觉得好的也十分有限。这又是什么原因呢？我也还没得到答案。

在品行的好坏方面，我有自己的看法。什么叫好？什么又叫坏？我不通伦理学，没有深邃的理论，我只能讲几句大白话。我认为，只替自己着想，只考虑个人利益，就是坏。反之能替别人着想，考虑别人的利益，就是好。为自己着想和为别人着想，后者能超过一半，他就是好人。低于一半，则是不好的人；低得过多，则是坏人。

拿这个尺度来衡量一下自己，我只能承认自己是一个好人。我尽管有不少的私心杂念，但是总起来看，我考虑别人的利益还是多于一半的。

至于说真话与说谎，这当然也是衡量品行的一个标准。我说过不少谎话，因为非此则不能生存，但是我还是敢于讲真话的。我的真话总是大大地超过谎话。因此我是一个好人。

我这样一个自命为好人的人，生活情趣怎样呢？我是一个感情充沛的人，也是兴趣不老少的。然而事实上生活了八十年以后，到头来自己都感到自己枯燥乏味，干干巴巴，好像是一棵枯树，只有树干和树枝，而没有一朵鲜花，一片绿叶。自己搞的所谓学问，别人称之为"天书"。自己写的一些专门的学术著作，别人视之为神秘。年届耄耋，过去也曾有过一些幻想，想在生活方面改弦更张，减少一点枯燥，增添一点滋润，在枯枝粗干上开出一点鲜花，长上一点绿叶；然而直到今天，仍然是忙忙碌碌，有时候整天连轴转，"为他人作嫁衣裳"，而且退休无日，路穷有期，可叹亦复可笑！

我这一生，同别人差不多，阳关大道，独木小桥，都走过跨过。坎坎坷坷，弯弯曲曲，一路走了过来。我不能不承认，我运气不错，所得到的成功，所获得的虚名，都有点名不副实。在另一方面，我的倒霉也有非常人所可得者。在那骇人听闻的所谓什么"大革命"中，因为敢于仗义执言，几乎把老命赔上。皮肉之苦也是永世难忘的。

现在，我的人生之旅快到终点了。我常常回忆八十年来的历程，感慨万端。我曾问过自己一个问题：如果真有那么一个造物主，要加恩于我，让我下一辈子还转生为人，我是不是还走今生走的这一条路？经过了一些思虑，我的回答是：还要走这一条路。但是有一个附带条件：让我的脸皮厚一点，让我的心黑一点，让我考虑自己的利益多一点，让我自知之明少一点。

1992年11月16日

最可敬的人——中国大学校长忆恩师（序）

《礼记·学记》说："凡学之道，严师为难。师严，然后道尊；道尊，然后民知敬学。"郑玄注："严，尊敬也。尊师重道焉。"从那以后，"尊师重道"这句话，就广泛流行于神州大地。这也确实反映了中华民族优秀文化的一个方面，不只是停留在字面上。

先师陈寅恪先生在《王观堂先生挽词·序》中说："吾中国文化之定义，具于《白虎通》三纲、六纪说，其意义为抽象理想最高之境，犹希腊柏拉图所谓 idea 者。""六纪"中之一纪即为师长。可见尊师也属于抽象理想最高之境，是中华民族优秀文化传统的一个组成部分。决不可等闲视之。

我并不是说，西方国家不尊重师长。然而同中国比较起来，犹如小巫见大巫，迥乎不侔矣。因此，谁要是想找一个尊师重道的大国，他必须到中国来。

尊师重道的传统，在中国流传了几千年。到了十年空前浩劫期间，遭到了毁灭性的破坏。拨乱反正以后，虽有所恢复，然而已非昔比了。好学深思之士，关心我国文化教育发展的前途，怒然忧之。

现在，童宗盛先生编选了这一部《最可敬的人——中国大学校长忆恩师》。这虽然只能说是尊师重道的一个方面，然而其意义是决不能低估的。如果我说，童宗盛先生是颇有一点"挽狂澜于既倒"的劲头的，这恐怕绝非过誉吧。我相信，全国有识之士，承认尊师重道的必要性的人，关心中华文化教育发展的人，志在弘扬中华优秀文化的人，会欢迎这一部书的。因此，我怀着愉快而又渴望的心情，写了这一篇短序。

1993年6月30日

老　　年

　　人确实是极为奇怪的动物，到了老年，往往还不承认自己老。我也并非例外，过了还历之年，有人喊自己"季老"，还觉得很刺耳，很不舒服。只是在到了耄耋之年，对这个称呼，才品出来了一点滋味，觉得有点舒服。我在任何方面都是后知后觉。天性如此，无可奈何。

　　我觉得，在人类前进的极长的历史过程中，每一代人都只是一条链子上的一个环。拿接力赛来作比，每一代人都是从前一代手中接过接力棒，跑完了一棒，再把棒递给后一代人。这就是人生。人生的意义与价值就在于认真负责地完成自己这一棒的任务。做到这一步，就可以心安理得了。古代印度人有人生四阶段的说法，是颇有见地的。

　　这个道理其实是极为明白易懂的，但是却极少人了解。古代有一些人，主要是皇帝老子，梦想长生不老，结果当然是竹篮子打水一场空。古代和近代，甚至当代，有一些人，到了老年愁这愁那：一方面为子孙积财，甚至不择手段；一方面又为自己的身后着想，修造坟场，筹建祠堂。这是有钱人的事。没有钱的老年人心事更多，想为子孙积攒钱财，又力不从心，捉襟见肘。财积不成，又良心难安，等到大限来到之时，还是两手空空，抱着无限负疚的心情，去见阎罗大王。大概在望乡台上，还是老泪纵横哩。

108

最近翻看明人笔记，在一本名叫《霏雪录》的书里读到了一段话，是抄的唐代大诗人白居易的一首自警诗，原诗是：

蚕老茧成不庇身，

蜂饥蜜熟属他人。

须知年老忧家者，

恐似二虫虚苦辛。

诗句明白易懂，道理浅显清楚。在中国历代著名的文人中，白居易活的年龄算是相当老的。他到了老年，有了这样通脱的想法，耐人寻味。这恐怕同他晚年的信仰有关。他信仰佛教，大概又受到了中国传统道教的影响。这一首诗可以帮助我们思考一些问题。

1993年12月26日

新年抒怀

除夕之夜，半夜醒来，一看表，是一点半钟，心里轻轻地一颤：又过去一年了。

小的时候，总希望时光快快流逝，盼过节，盼过年，盼迅速长大成人。然而，时光却偏偏好像停滞不前，小小的心灵里溢满了忿忿（愤愤）不平之气。

但是，一过中年，人生之车好像是从高坡上滑下，时光流逝得像电光一般。它不饶人，不了解人的心情，愣是狂奔不已。一转眼间，"两岸猿声蹄不住，轻舟已过万重山"，滑过了花甲，滑过了古稀，少数幸运者或者什么者，滑到了耄耋之年。人到了这个境界，对时光的流逝更加敏感。年轻的时候考虑问题是以年计，以月计。到了此时，是以日计，以小时计了。

我是一个幸运者或者什么者，眼前正处在耄耋之年。我的心情不同于青年，也不同于中年，纷纭万端，绝不是三两句就能说清楚的。我自己也理不出一个头绪来。

过去的一年，可以说是我一生最辉煌的年份之一。求全之毁根本没有，不虞之誉却多得不得了，压到我身上，使我无法消化，使我感到沉重。有一些称号，初戴到头上时，自己都感到吃惊，感到很不习惯。就在除夕的前一天，也就是前天，在解放后第一次全国性国家图书奖会议上，在改革开放以来十几年的，包括文、理、法、农、工、医以及军事等方面的五十一万多种图书中，在中宣部和财政部的关怀和新闻出版署的直接领导下，经过全国七十多位专家的认真细致的评审，共评出国家图书奖四十五种。只要看一看这个比例数字，就能够了解获奖之困难。我自始至终参加了评选工作。至于自己同获奖有份，一开始时，我连做梦都没有梦到，然而结果我却有两部书获奖。在小组会上，我曾要求撤出我那一本书，评委不同意。我只能以不投自己的票的办法来处理此事。对这个结果，要说自己不高兴，那是矫情，那是虚伪，为我所不取。我更多地感觉到的是惶恐不安，感觉到惭愧。许多非常有价值的图书，由于种种原因，没有评上，自己却一再滥竽。这也算是一种机遇，也是一种幸运吧。我在这里还要补上一句：在旧年的最后一天的《光明日报》上，我读到老友邓广铭教授对我的评价，我也是既感且愧。

我过去曾多次说到，自己向无大志，我的志是一步步提高的，有如水涨船高。自己绝非什么天才，我自己评估是一个中人之才。如果自己身上还有什么可取之处的话，那就是，自己是勤奋的，这一点差堪自慰。我是一个富于感情的人，是一个自知之明超过需要的人，是一个思维不

110

懒惰，脑筋永远不停地转动的人。我得利之处，恐怕也在这里。过去一年中，在我走的道路上，撒满了玫瑰花，到处是笑脸，到处是赞誉。我成为一个"很可接触者"。要了解我过去一年的心情，必须把我的处境同我的性格，同我内心的感情联系在一起。现在写"新年抒怀"，我的"怀"，也就是我的心情，在过去一年我的心情是什么样子的呢？

首先是，我并没有被鲜花和赞誉冲昏了头脑，我的头脑是颇为清醒的。一位年轻的朋友说我似乎忘记了自己的年龄。这只是一个表面现象。尽管从表面上来看，我似乎是朝气蓬勃，在学术上野心勃勃，我揽的工作远远超过一个耄耋老人所能承担的，我每天的工作量在同辈人中恐怕也居上乘。但是我没有忘乎所以，我并没有忘记自己的年龄。在朋友欢笑之中，在家庭聚乐之中，在灯红酒绿之时，在奖誉纷至潮来之时，我满面含笑，心旷神怡，却暮地会在心灵中一闪念："这一出戏快结束了！"我像撞钟的人一样，这一闪念紧紧跟随着我，我摆脱不掉。

是我怕死吗？不，不，绝不是的。我曾多次讲过：我的性命本应该在"十年浩劫"中结束的。在比一根头发丝还细的偶然性中，我侥幸活了下来。从那以后，我所有的寿命都是白捡来的；多活一天，也算是"赚了"。而且对于死，我近来也已形成了一套完整的看法："应尽便须尽，无复独多虑。"死是自然规律，谁也违抗不得。用不着自己操心，操心也无用。

那么我那种快煞戏的想法是怎样来的呢？记得在大学读书时，读过俞平伯先生的一篇散文：《重过西园码头》，时隔六十余年，至今记忆犹新。其中有一句话："从现在起我们要仔仔细细地过日子了。"这就说明，过去日子过得不仔细，甚至太马虎。俞平伯先生这样，别的人也是这样，我当然也不例外。日子当前，总过得马虎。时间一过，回忆又复甜蜜。宋词中有一句话："当时只道是寻常。"真是千古名句，道出了人们的这种心情。我希望，现在能够把当前的日子过得仔细一点，认为不寻常一点。特别是在走上了人生最后一段路程时，更应该这样。因此，我的快煞戏的感觉，完全是积极的，没有消极的东西，更与怕死没有牵连。

在这样的心情的指导下，我想得很多很多，我想到了很多的人。首先是想到了老朋友。清华时代的老朋友胡乔木，最近几年曾几次对我说，他想要看一看年轻时候的老朋友。他说："见一面少一面了！"初听时，我还觉得他过于感伤，后来逐渐品味出他这一句话的分量。可惜他前年就离开了我们，走了。去年我用实际行动响应了他的话，我邀请了六七位有五六十年友谊的老友聚了一次。大家都白发苍苍了，但都兴会淋漓。我认为自己干了一件好事。我哪里会想到，参加聚会的吴组缃现已病卧医院中。我听了心中一阵颤动。今年元旦，我潜心默祷，祝他早日康复，参加我今年准备的聚会。没有参加会的老友还有几位，我都一一想到了，我在这里也为他们的健康长寿祷祝。

我想到的不只有老年朋友，年轻的朋友，包括我的第一代、第二代、第三代的学生，无论是在国内，还是在国外，我也都一一想到了。我最近颇接触了一些青年学生，我认为他们是我的小友。不知道为什么我对这一群小友的感情越来越深，几乎可以同我的年龄成正比。他们朝气蓬勃，前程似锦。我发现他们是动脑筋的一代，他们思考着许许多多的问题。淳朴、直爽，处处感动着我。俗话说："长江后浪推前浪，世上新人换旧人。"我们祖国的希望和前途就寄托在他们身上，全人类的希望和前途也寄托在他们身上。对待这一批青年，唯一正确的做法是理解和爱护，诱导与教育，同时还要向他们学习。这是就公而言。在私的方面，我同这些生龙活虎般的青年们在一起，他们身上那一股朝气，充盈洋溢，仿佛能冲刷掉我身上这一股暮气，我顿时觉得自己年轻了若干年。同青年们接触真能延长我的寿命。古诗说："服食求神仙，多为药所误。"我一不服食，二不求神。青年学生就是我的药石，就是我的神仙。我企图延长寿命，并不是为了想多吃人间几千顿饭。我现在吃的饭并不特别好吃，多吃若干顿饭是毫无意义的。我现在计划要做的学术工作还很多，好像一个人在日落西山的时分，前面还有颇长的路要走。我现在只希望多活上几年，再多走几程路，在学术上再多做点工作，如此而已。

在家庭中，我这种快煞戏的感觉更加浓烈。原因也很简单，必然是因为我认为这一出戏很有看头，才不希望它立刻就煞住，因而才有这种浓烈的感觉。如果我认为这一出戏不值一看，它煞不煞与己无干，淡然处之，这种感觉从何而来？过去几年，我们家屡遭大故。老祖离开我们，走了。女儿也先我而去。这在我的感情上留下了永远无法弥补的伤痕。尽管如此，我仍然有一个温馨的家。我的老伴、儿子和外孙媳妇仍然在我的周围。我们和睦相处，相亲相敬。每一个人都是一个最可爱的人。除了人以外，家庭成员还有两只波斯猫，一只顽皮，一只温顺，也都是最可爱的猫。家庭的空气怡然，盎然。可是，前不久，老伴突患脑溢血（脑出血），住进医院。在她没病的时候，她已经不良于行，整天坐在床上。我们平常没有多少话好说，可是我每天从大图书馆走回家来，好像总嫌路长，希望早一点到家。到了家里，在破藤椅上一坐，两只波斯猫立即跳到我的怀里，让我搂它们睡觉。我也眯上眼睛，小憩一会儿。睁眼就看到从窗外流进来的阳光，在地毯上流成一条光带，慢慢地移动，在百静中，万念俱息，怡然自得。此乐实不足为外人道也。然而老伴却突然病倒了。在那些严重的日子里，我在从大图书馆走回家来，我在下意识中，总嫌路太短，我希望它长，更长，让我永远走不到家。家里缺少一个虽然坐在床上不说话却散发着光与热的人。我感到冷清，我感到寂寞，我不想进这个家门。在这样的情况下，我心里就更加频繁地出现那一句话："这一出戏快煞戏了！"但是，就目前的情况来看，老伴虽然仍然住在医院里，病情已经有了好转。我在盼望着，她能很快回到家来，家里再有一个虽然不说话但却能发光发热的人，使我再能静悄悄地享受沉静之美，让这一出早晚要煞戏的戏再继续下去演上几幕。

按世俗算法，从今天起，我已经达到八十三岁的高龄了，几乎快到一个世纪了。我虽然不爱出游，但也到过三十个国家，应该说是见多识广。在国内将近半个世纪，经历过峰回路转，经历过柳暗花明，快乐与苦难并列，顺利与打击杂陈。我脑袋里的回忆太多了，过于多了。眼前的工作又是头绪万端，谁也说不清我究竟有多少名誉职称，说是打破纪录，也不见得是夸大，但是，在精神上和身体上的负担太重了。我真有点承受不住了。尽管正如我上面所说的，我一不悲观，二不厌世，可是我真想休息了。古人说："夫大块劳我以生，息我以死。"德国伟大诗人歌德晚年有一首脍炙人口的诗，最后一句是"你也休息"，仿佛也表达了我的心情，我真想休息一下了。

心情是心情，活还是要活下去的。自己身后的道路越来越长，眼前的道路越来越短，因此前面剩下的这短短的道路，更弥加珍贵。我现在过日子是以天计，以小时计。每一天每一个小时都是可贵的。我希望真正能够仔仔细细地过，认认真真地过，细细品味每一分钟每一秒钟，我认为每一分每一秒都不"寻常"。我希望千万不要等到以后再感到"当时只道是寻常"，空吃后悔药，徒唤奈何。对待自己是这样，对待别人，也是这样。我希望尽上自己最大的努力，使我的老朋友，我的小朋友，我的年轻的学生，当然也有我的家人，都能得到愉快。我也绝不会忘掉自己的祖国，只要我能为她做到的事情，不管多么微末，我一定竭尽全力去做。只有这样，我心里才能获得宁静，才能获得安慰。"这一出戏就要煞戏了"，它愿意什么时候煞，就什么时候煞吧。

现在正是严冬。室内春意融融，窗外万里冰封。正对着窗子的那一棵玉兰花，现在枝干光秃秃的一点生气都没有。但是枯枝上长出的骨朵儿却象征着生命，蕴涵（含）着希望。花朵正蜷缩在骨朵儿内心里，春天一到，东风一吹，会立即能绽开白玉似的花。池塘里，眼前只有残留的枯叶在寒风中在冰层上摇曳。但是，我也知道，只等春天一到，坚冰立即化为粼粼的春水。现在蜷缩在黑泥中的叶子和花朵，在春天和夏天里都会蹿出水面。在春天里，"莲叶何田田"。到了夏天，"接天莲叶无穷碧，映日荷花别样红"，那将是何等光华烂漫的景色啊（呀）。"既然冬天到了，春天还会远吗？"我现在一方面脑筋里仍然会不时闪过一个念头："这一出戏快煞戏了。"这丝毫也不含糊；但是，另一方面我又觉得这一出戏的高潮还没有到，恐怕在煞戏前的那一刹那才是真正的高潮，这一点也绝不含糊。

1994年1月1日

人生箴言（序）

本书的作者池田大作名誉会长，译者卞立强教授，以及本书一开头就提到的常书鸿先生，都是我的朋友。我同他们的友谊，有的已经超过了四十年，至少也有十几二十年了。都可以算是老朋友了。我尊敬他们，我钦佩他们，我喜爱他们，常以此为乐。

池田大作名誉会长的著作，只要有汉文译本（这些译本往往就出自卞立强教授之手），我几乎都读过。现在又读了他的《人生箴言》。可以说是在旧的了解的基础上，又增添了新的了解。在旧的钦佩的基础上，又增添了新的钦佩，我更以此为乐。

评断一本书的好与坏有什么标准呢？这可能因人而异。但是，我个人认为，客观的能为一般人都接受的标准还是有的。归纳起来，约略有

115

以下几项：一本书能鼓励人前进呢，抑或拉人倒退？一本书能给人以乐观精神呢，抑或使人悲观？一本书能增加人的智慧呢，抑或增强人的愚蠢？一本书能提高人的精神境界呢，抑或降低？一本书能增强人的伦理道德水平呢，抑或压低？一本书能给人以力量呢，抑或使人软弱？一本书能激励人向困难作斗争呢，抑或让人向困难低头？一本书能给人以高尚的美感享受呢，抑或给人以低级下流的愉快？类似的标准还能举出一些来，但是，我觉得，上面这一些也就够了。统而言之，能达到问题的前一半的，就是好书。若只能与后一半相合，这就是坏书。

拿上面这些标准来衡量池田大作先生的《人生箴言》，读了这一本书，谁都会承认，它能鼓励人前进；它能给人以乐观精神；它能增加人的智慧；它能提高人的精神境界；它能增强人的伦理道德水平；它能给人以力量；它能鼓励人向困难作斗争；它能给人以高尚的美感享受。总之，在人生的道路上，它能帮助人明辨善与恶，明辨是与非；它能帮助人找到正确的道路，而不致迷失方向。

因此，我的结论只能是：这是一本好书。

如果有人认为我在上面讲得太空洞，不够具体，我不妨说得具体一点，并且从书中举出几个例子来。书中许多精辟的话，洋溢着作者的睿智和机敏。作者是日本蜚声国际的社会活动家、思想家、宗教活动家。在他那波澜壮阔的一生中，通过自己的眼睛和心灵，观察人生，体验人生，终于参透了人生，达到了圆融无碍的境界。书中的话就是从他深邃的心灵中撒出来的珠玉，句句闪耀着光芒。读这样的书，真好像是走入七宝楼台，发现到处是奇珍异宝，拣不胜拣。又好像是行在山阴道上，令人应接不暇。本书"一、人生"中的第一段话，就值得我们细细地玩味："我认为人生中不能没有爽朗的笑声。"第二段话："我希望能在真正的自我中，始终保持不断创造新事物的创造性和为人们为社会作出贡献的社会性。"这是多么积极的人生态度，真可以振聋发聩！我自己已经到了耄耋之年，我特别欣赏这一段话："'老'的美，老而美——这恐怕是比人生的任何时期的美都要尊贵的美。老年或晚年，是人生的秋天。要说它的美，我觉得那是一种霜叶的美。"我读了以后，陡然觉得自己真"美"起来了，心里又溢满了青春的活力。这样精彩的话，书中到处都是，我不再作文抄公了。读者自己去寻找吧。

现在正是秋天。红于二月花的霜叶就在我的窗外。案头上正摆着这一部书的译稿。我这个霜叶般的老年人，举头看红叶，低头读华章，心旷神怡，衰颓的暮气一扫而光，提笔写了这一篇短序，真不知老之已至矣。

1994年11月8日

希望在你们身上

人类社会的进步，有如运动场上的接力赛。老年人跑第一棒，中年人跑第二棒，青年人跑第三棒。各有各的长度，各有各的任务，互相协调，共同努力，以期获得最后胜利。这里面并没有高低之分，而只有前后之别。老年人不必"倚老卖老"，青年人也不必"倚少卖少"。老年人当然先走，青年人也会变老。如此循环往复，流转不息。这是宇宙和人世间的永恒规律，谁也改变不了一丝一毫。所谓社会的进步，就寓于其中。

中国古话说："长江后浪推前浪，世上新人换旧人。"像我这样年届耄耋的老朽，当然已是"旧人"。我们可以说是已经交了棒，看你们年轻人奋勇向前了。但是我们虽无棒在手，也绝不会停下不走，"坐以待毙"；我们仍然要焚膏继晷，献上自己的余力，跟中青年人同心协力，把我们国家的事情办好。

　　我说的这一番道理，迹近老生常谈，然而却是真理。人世间的真理都是明白易懂的。可是，芸芸众生，花花世界，浑浑噩噩者居多，而明明白白者实少。你们青年人感觉锐敏，英气蓬勃，首先应该认识这个真理。要想树立正确的人生观和价值观，也必须从这里开始。换句话说就是，要认清自己在人类社会进化的漫漫长河中的地位。人类的前途要由你们来决定，祖国的前途要由你们来创造。这就是你们青年人的责任。千万不要把人生观和价值观当作一个哲学命题来讨论，徒托空谈，无补实际。一切人生观和价值观，离开了这个责任感，都是空谈。

　　那么，我作为一个老人，要对你们说些什么座右铭呢？你们想要从我这里学些什么经验呢？我没有多少哲理，我也讨厌说些空话、废话、假话、大话。我一无灵丹妙药，二无锦囊妙计。我只有一点明白易懂简单朴素、迹近老生常谈又确实是真理的道理。我引一首宋代大儒朱子的诗：

　　少年易老学难成，

　　一寸光阴不可轻。

　　未觉池塘春草梦，

　　阶前梧叶已秋声。

　　明白易懂，用不着解释。这首诗的关键有二：一是要学习，二是要惜寸阴。朱子心目中的"学"，同我们的当然不会完全一样。这个道理也用不着多加解释，只要心里明白就行。至于爱惜光阴，更是易懂，然而真正能实行者，却不多见。

　　这就是一个耄耋老人对你们的肺腑之谈。

　　青年们，好自为之。世界是你们的。

1994年12月4日

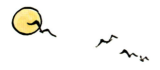

漫谈人生的意义与价值

当我还是一个青年大学生的时候，报纸杂志上曾刮起一阵讨论人生的意义与价值的微风，文章写了一些，议论也发表了一通。我看过一些文章，但自己并没有参加进去。原因是，有的文章不知所云，我看不懂。更重要的是，我认为这种讨论本身就无意义，无价值，不如实实在在地干几件事好。

时光流逝，一转眼，自己已经到了望九之年，活得远远超过了我的预算。有人认为长寿是福，我看也不尽然，人活得太久了，对人生的种种相，众生的种种相，看得透透彻彻，反而鼓舞时少，叹息时多。远不如早一点离开人世这个是非之地，落一个耳根清净。

那么，长寿就一点好处都没有吗？也不是的。这对了解人生的意义与价值，会有一些好处的。

根据我个人的观察，对世界上绝大多数人来说，人生一无意义，二无价值。他们也从来不考虑这样的哲学问题。走运时，手里攥满了钞票，白天两顿美食城，晚上一趟卡拉 OK，玩一点小权术，耍一点小聪明，甚至恣睢骄横，飞扬跋扈，昏昏沉沉，浑浑噩噩，等到钻入了骨灰盒，也不明白自己为什么活这一生。

其中不走运的则穷困潦倒，终日为衣食奔波，愁眉苦脸，长吁短叹。即使日子还能过得去的，不愁衣食，能够温饱，然也终日忙忙碌碌，被困于名缰，被缚于利锁。同样是昏昏沉沉，浑浑噩噩，不知道为什么活这一生。

对这样的芸芸众生，人生的意义与价值从何处谈起呢？我自己也属于芸芸众生之列，也难免浑浑噩噩，并不比任何人高一丝一毫。如果想勉强找一点区别的话，那也是有的：我，当然还有一些别的人，对人生有一些想法，动过一点脑筋，而且自认这些想法是有点道理的。

我有些什么想法呢？话要说得远一点。当今世界上战火纷飞，人欲横流，"黄钟毁弃，瓦釜雷鸣"，是一个十分不安定的时代。但是，对于人类的前途，我始终是一个乐观主义者。我相信，不管还要经过多少艰难曲折，不管还要经历多少时间，人类总会越变越好的，人类大同之域绝不会仅仅是一个空洞的理想。但是，想要达到这个目的，必须经过无数代人的共同努力。有如接力赛，每一代人都有自己的一段路程要跑。又如一条链子，是由许多环组成的，每一环从本身来看，只不过是微末不足道的一点东西；但是没有这一点东西，链子就组不成。在人类社会发展的长河中，我们每一代人都有自己的任务，而且是绝非可有可无的。如果说人生有意义与价值的话，其意义与价值就在这里。

但是，这个道理在人类社会中只有少数有识之士才能理解。鲁迅先生所称之"中国的脊梁"，指的就是这种人。对于那些肚子里吃满了肯德基、麦当劳、比萨饼，到头来终不过是浑浑噩噩的人来说，有如夏虫不足以语冰，这些道理是没法谈的。他们无法理解自己对人类发展所应当承担的责任。

话说到这里，我想把上面说的意思简短扼要地归纳一下：如果人生真有意义与价值的话，其意义与价值就在于对人类发展的承上启下、承先启后的责任感。

1995年3月2日

第三章

当时只道是寻常

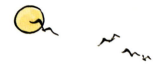

我 的 性 格

　　我一生自认为是一个性格内向的人，一个上不得台盘的人。每次参加大会，在大庭广众中，浑身觉得不自在，总想找一个旮旯儿藏在那里，少与人打交道。"今天天气，哈、哈、哈"一类的话，我不愿意说，说出来也不地道。每每看到一些男女交际花，在人群中走来走去，如鱼得水，左边点头，右边哈腰，脸上做微笑状，纵横捭阖，折冲樽俎，得意洋洋（扬扬），顾盼自雄，我真是羡慕得要死，可我做不到。我现在之所以被人看作社会活动家，甚至国际活动家，完全是环境造成的。是时势造"英雄"，我是一只被赶上了架的鸭子。

　　可是现在回想起来，我在新育小学时期，性格好像不是这个样子，一点也不内向，而是外向得很。我喜欢打架，欺负人，也被人欺负。有一个男孩子，比我大几岁，个子比我高半头，总好欺负我。最初我有点怕他，他比我劲大。时间久了，我忍无可忍，同他干了一架。他个子高，打我的上身。我个子矮，打他的下身。后来搂抱住滚在双杠下面的沙土堆里，有时候他在上面，有时候我在上面，没有决出胜负。上课铃响了，各回自己的教室。从此他再也不敢欺负我，天下太平了。

　　我却反过头来又欺负别的孩子。被我欺负得最厉害的是一个名叫刘志学的小学生，岁数可能比我小，个头差不多，但是懦弱无能，一眼被我看中，就欺负起他来。根据我的体会，小学生欺负人并没有任何原因，也没有什么仇恨。只是个人有劲使不出，无处发泄，便寻求发泄的对象了。刘志学就是我寻求的对象，于是便开始欺负他，命令他跪在地下，不听就拳打脚踢。如果他鼓起勇气，抵抗一次，我也许就会停止，至少会收敛一些。然而他是个窝囊废，一丝抵抗的意思都没有。这当然更增加了我的气焰，欺负的次数和力度都增加了。刘志学家同婶母是拐弯抹角的亲戚。他向家里告状，他父母便来我家告状。结果是我挨了婶母一阵数落，这一幕悲喜剧才告终。

从这一件小事来看，我无论如何也不能算是一个内向的孩子。怎么会一下子转成内向了呢？这问题我从来没有想到过。现在忽然想起来了，也就顺便给它一个解答。我认为，《三字经》中有两句话："性相近，习相远。""习"是能改造"性"的。我六岁离开母亲，童心的发展在无形中受到了阻碍。我能躺在一个非母亲的人的怀抱中打滚撒娇吗？这是不能够想象的。我不能说，叔婶虐待我，那样说是谎言；但是在日常生活中小小的歧视，却是可以感觉得到的。比如说，做衣服，有时就不给我做。在平常琐末的小事中，偏心自己的亲生女儿，这也是人之常情，不足为怪。一个七八岁的孩子对于这些事情并不敏感。但是，积之既久，在自己潜意识中难免留下些印记，从而影响到自己的行动。我清晰地记得，向婶母张口要早点钱，在我竟成了难题。有一个夏天的晚上，我们都在院子里铺上席，躺在上面纳凉。我想到要早点钱，但不敢张口，几次欲言又止，最后时间已接近深夜，才鼓起了最大的勇气，说要几个小制钱。钱拿到手，心中狂喜，立即躺下，进入梦乡，睡了一整夜。对一件事来说，这样的心理状态是影响不大的，但是时间一长，性格就会受到影响。我觉得，这个解释是合情合理的。

我在这里必须补充几句。我为什么能够从乡下到济南来呢？原因极为简单。我的上一辈大排行兄弟十一位，行一的大大爷和行二的二大爷是亲兄弟，是举人的儿子。我父亲行七，叔父行九，还有一个十一叔，是一母一父所生。最后一个因为穷，而且父母双亡，送给了别人，改姓刁。其余的行三四五六八十的都因穷下了关东，以后失去了联系，不知下落。

123

留下的五个兄弟，大大爷有一个儿子，早早死去。我生下来时，全族男孩就我一个，成了稀有金属，传宗接代的大任全压在我一个人身上。在我生前很多年，父亲和九叔不到二十岁的时候，失怙失恃，无衣无食，兄弟俩被迫到济南去闯荡，经过了千辛万苦，九叔立定了脚跟。我生下来六岁时，把我接到济南。如果当时他有一个男孩的话，我是到不了济南的。如果我到不了济南，也不会有今天的我。我大概会终生成为一个介乎贫雇农之间的文盲，也许早已不在人世，墓木久拱了，所以我毕生感谢九叔。上面说到的那一些家庭待遇，并没有逾越人情的常轨，我并不怀恨在心。不过，既然说到我的小学和我的性格，不得不说说而已。

九月九庙会

每年到了旧历九月初九日，是所谓重阳节，是登高的好日子。这个节日来源很古，可能已有几千年的历史。济南的重阳节庙会（实际上并没有庙，姑妄随俗称之）是在南圩子门外大片空地上，西边一直到山水沟。每年，进入夏历九月不久，就有从全省一些地方，甚至全国一些地方来的艺人会聚此地，有马戏团、杂技团、地方剧团、变戏法的、练武术的、说山东快书的、玩猴的、耍狗熊的，等等，应有尽有。他们各圈地搭席棚围起来，留一出入口，卖门票收钱。规模大小不同，席棚也就有大有小，总数至少有几十座。在夜里有没有"夜深千帐灯"的气派，我没有看到过，不敢瞎说。反正白天看上去，方圆几十里，颇有点动人的气势。再加上临时赶来的，卖米粉、炸丸子和豆腐脑等的担子，卖花生和糖果的摊子，特别显眼的柿子摊——柿子是南山特产，个大色黄，

非常吸引人，这一切混合起来，形成了一种人声嘈杂、歌吹沸天的气势，仿佛能南摇千佛山、北震大明湖、声撼济南城了。

我们的学校，同庙会仅一墙（圩子墙）之隔，会上的声音依稀可闻。我们这些顽皮的孩子能安心上课吗？即使勉强坐在那里，也是身在课堂心在会。因此，一有机会，我们就溜出学校，又嫌走圩子门太远，便就近爬过圩子墙，飞奔到庙会上，一睹为快。席棚很多，我们光拣大的去看。我们谁身上也没有一文钱，门票买不起。好在我们都是三块豆腐干高的小孩子，混在购票观众中挤了进去，也并不难。进去以后，就成了我们的天地，不管耍的是什么，我们总要看个够。看完了，走出来，再钻另外一个棚，几乎没有钻不进去的。实在钻不进去，就绕棚一周，看看哪一个地方有小洞，我们就透过小洞往里面看，也要看个够。在十几天的庙会中，我们钻遍了大大小小的棚，对整个庙会一览无遗，一文钱也没有掏过。可是，对那些卖吃食的摊子和担子，则没有法钻空子，只好口流涎水，望望然而去之。虽然不无遗憾，也只能忍气吞声了。

学英文

我在上面曾说到李老师辅导我们学英文字母的事情。英文补习班似乎真有过，但具体的情况则完全回忆不起来了。时间大概是在晚上。我的记忆中有很清晰的一幕：在春天的晚间，上过课以后，在校长办公室高房子前面的两座花坛中间，我同几个小伙伴在说笑，花坛里的芍药或牡丹的大花朵和大叶子，在暗淡的灯光中，分不清红色和绿色，但是鼻子中似乎能嗅到香味。芍药和牡丹都不以香名。唐人诗"国色朝酣酒，

126

天香夜染衣"，其中用"天香"二字，似指花香。不管怎样，当时，在料峭的春夜中，眼前是迷离的花影，鼻子里是淡淡的清香，脑袋里是刚才学过的英文单词，此身如遗世独立。这一幅电影画面以后常在我眼中展现，至今不绝。我大概确实学了不少的英文单词。毕业后报考正谊中学时，不意他们竟考英文，内容是翻译几句话："我新得了一本书，已经读了几页；不过有些字我不认识。"我大概是翻出来了，所以才考了一个一年半级。

国文竞赛

有一年，在秋天，学校组织全校学生游开元寺。

开元寺是济南名胜之一，坐落在千佛山东群山环抱之中。这是我经常来玩的地方。寺上面的大佛头尤其著名，是把一面巨大的山崖雕凿成了一个佛头，其规模虽然比不上四川的乐山大佛，但是在全国的石雕大佛中也是颇有一点名气的。从开元寺上面的山坡往上爬，路并不崎岖，爬起来比较容易。爬上一刻钟到半个小时就到了佛头下。据说佛头的一个耳朵眼里能够摆一桌酒席。我没有试验过，反正其大概可想见了。从大佛头再往上爬，山路当然更加崎岖，山石更加亮滑，爬起来颇为吃力。我曾爬上来过多次，颇有驾轻就熟之感，感觉不到多么吃力。爬到山顶上，有一座用石块垒起来的塔似的东西。从济南城里看过去，好像是一个橛子，所以这一座山就得名橛山。同泰山比起来，橛山不过是小巫见大巫；但在济南南部群山中，橛山却是鸡群之鹤，登上山顶，望千佛山顶如在肘下，大有"一览众山小"之慨了。可惜的是，这里一棵树都没有，不但没有松柏，连槐柳也没有，只有蒹草遍山，看上去有点童山濯濯了。

从檄山山顶，经过大佛头，走了下来，地势渐低，树木渐多，走到一个山坳里，就是开元寺。这里松柏参天，柳槐成行，一片浓绿，间以红墙，仿佛在沙漠里走进了一片绿洲。虽然大庙那样的琳宫梵宇、崇阁高塔在这里找不到；但是也颇有几处佛殿，佛像庄严。院子里有一座亭子，名叫静虚亭。最难得最引人注目的是一泓泉水，在东面石壁的一个不深的圆洞中。水不是从下面向上涌，而是从上面石缝里向下滴，积之既久，遂成清池，名之曰秋棠池，洞中水池的东面岸上长着一片青苔，栽着数株秋海棠。泉水是上面群山中积存下来的雨水，汇聚在池上，一滴一滴地往下滴。泉水甘甜泠冽，冬不结冰。庙里住持的僧人和络绎不绝的游人，都从泉中取水喝。用此水煮开泡茶，也是茶香水甜，不亚于全国任何名泉。有许多游人是专门为此泉而来开元寺的。我个人很喜欢开元寺这个地方，过去曾多次来过。这一次随全校来游，兴致仍然极高，虽归而兴未尽。

回校后，学校出了一个作文题目《游开元寺记》，举行全校作文比赛，把最好的文章张贴在教室西头走廊的墙壁上。前三名都是我在上面提到过的从曹州府来的三位姓李的同学所得。第一名作文后面教师的评语是"颇有欧苏真气"。我也榜上有名，但却在八九名之后了。

偷看小说

那时候，在我们家，小说被称为"闲书"，是绝对禁止看的。但是，我和秋妹都酷爱看"闲书"，高级的"闲书"，像《红楼梦》《西游记》之类，我们看不懂，也得不到，所以不看。我们专看低级的"闲书"，如《彭公案》

《施公案》《济公传》《七侠五义》《小五义》《东周列国志》《说唐》《封神榜》等等。我们都是小学水平，秋妹更差，只有初小水平，我们认识的字都有限。当时没有什么词典，有一部《康熙字典》，我们也不会也不肯去查。经常念别字，比如把"飞檐走壁"，念成了"飞 dàn 走壁"，把"气往上冲"念成了"气住上冲"。反正，即使有些字不认识，内容还是能看懂的。我们经常开玩笑说："你是用笤帚扫，还是用扫帚扫？"不认识的字少了，就是笤帚，多了就用扫帚。尽管如此，我们看闲书的瘾头仍然极大。那时候，我们家没有电灯，晚上，把煤油灯吹灭后，躺在被窝里，用手电筒来看。那些闲书都是油光纸石印的，字极小，有时候还不清楚。看了几年，我居然没有变成近视眼，实在是出我意料。

我不但在家里偷看，还把书带到学校里去，偷空就看上一段。校门外左手空地上，正在施工盖房子。运来了很多红砖，摞在那里，不是一摞，而是很多摞，中间有空隙，坐在那里，外面谁也看不见。我就搬几块砖下来，坐在上面，在下课之后，且不回家，掏出闲书，大看特看。书中侠客们的飞檐走壁，刀光剑影，仿佛就在我眼前晃动，我似乎也参与其间，乐不可支。等到脑筋清醒了一点，回家已经过了吃饭的时间，常常挨数落。

这样的闲书，我看得数量极大，种类极多。光是一部《彭公案》，我就看了四十几遍。越说越荒唐，越说越神奇，到了后来，书中的侠客个个赛过《西游记》的孙猴子，但这有什么害处呢？我认为没有。除了我一度想练铁砂掌以外，并没有持刀杀人，劫富济贫，做出一些荒唐的事情，危害社会。不但没有害处，我还认为有好处。记得鲁迅先生在答复别人问他怎样才能写通写好文章的时候说过，要多读多看。千万不要相信《文章作法》一类的书籍。我认为，这是至理名言。现在，对小学生，在课外阅读方面，同在别的方面一样，管得过多，管得过严，管得过死，这不一定就是正确的方法。无为而治，我并不完全赞成，但"为"得太多，我是不敢苟同的。

129

我的生活和学习

关于生活，前面谈到的学生生活，我都有份儿，这里用不着再来重复。

但是，我也有独特的地方，我喜欢自然风光，特别是早晨和夜晚。早晨，在吃过早饭以后上课之前，在春秋佳日，我常一个人到校舍南面和西面的小溪旁去散步，看小溪中碧水潺潺，绿藻飘动，顾而乐之，往往看上很久。到了秋天，夜课以后，我往往一个人走出校门在小溪边上徘徊流连。上面我曾提到王昆玉老师出的作文题"夜课后闲步校前溪观捕蟹记"，讲的就是这个情景。我最喜欢看的就是捕蟹。附近的农民每晚来到这里，用苇箔插在溪中，小溪很窄，用不了多少苇箔，水能通过苇箔流动，但是鱼蟹则是过不去的。农民点一盏煤油灯，放在岸边。我在回忆正谊中学的文章中，曾说到蛤蟆和虾是动物中的笨伯。现在我要说，螃蟹绝不比它们聪明。在夜里，只要看见一点亮，就从芦苇丛中爬出来，奋力爬去，爬到灯边，农民一伸手就把它捉住，放在水桶里，等待上蒸笼。间或也有大鱼游来，被苇箔挡住，游不过去，又不知回头，只在箔前跳动。这时候农民就不能像捉螃蟹那样，一举手，一投足，就能捉到一只，必须动真格的了。只见他站起身来，举起带网的长竿，鱼越大，劲越大，它不会束"手"待捉，奋起抵抗，往往斗争很久，才能把它捉住。这是我最爱看的一幕。我往往蹲在小溪边上，直到夜深。

在学习方面，我现在开始买英文书。我经济大概是好了一点，不像上正谊时那么窘，节衣缩食，每年大约能省出二三块大洋，我就用这钱去买英文书。买英文书，只有一个地方，就是日本东京的丸善书店。办法很简便，只需写一张明信片，写上书名，再加上三个英文字母 COD（cash on delivery），日文叫作"代金引换"，意思就是：书到了以后，拿着钱到邮局去取书。我记得，在两年之内，我只买过两三次书，其中至少有一次买的是英国作家 kipling 的短篇小说集。不知道为什么我当时竟迷上了 kipling。后来学了西洋文学，才知道，他在英国文学史上是一个上不得大台盘的作家。我还试着翻译过他的小说，只译了一半，稿子早就不知道丢到哪里去了。反正我每次接到丸善书店的回信，就像过年一般的欢喜。我立即约上一个比较要好的同学，午饭后，立刻出发，沿着胶济铁路，步行走向颇远的商埠，到邮政总局去取书，当然不会忘记带上两三块大洋。走在铁路上的时候，如果适逢有火车开过，我们就把一枚铜圆放在铁轨上，火车一过，拿来一看，已经压成了扁的，这个铜圆当然就作废了，这完全是损己而不利人的恶作剧。要知道，当时我们才十五六岁，正是顽皮的时候，不足深责的。有一次，我特别惊喜。我们在走上铁路之前，走在一块荷塘边上。此时塘里什么都没有，荷叶、苇子和稻子都没有。一片清水像明镜一般展现在眼前，"天光云影共徘徊"。风光极为秀丽。我忽然见（不是看）到离开这二三十里路的千佛山的倒影清晰地印在水中，我大为惊喜。记得刘铁云《老残游记》中曾写到在大明湖看到千佛山的倒影。有人认为荒唐，离开二十多里，怎能在大明湖中看到倒影呢？我也迟疑不决。今天竟于无意中看到了，证明刘铁云观察得细致和准确，我怎能不狂喜呢？

从邮政总局取出了丸善书店寄来的书以后，虽然不过是薄薄的一本，然而内心里却似乎增添了极大的力量。一种语言文字无法传达的幸福之感油然溢满心中。在走回学校的路上，虽然已经步行了二十多里路，却一点也不感到疲倦。同来时比较起来，仿佛感到天空更蓝，白云更白，绿水更绿，草色更青，荷花更红，荷叶更圆，蝉声更响亮，鸟鸣更悦耳，连刚才看过的千佛山倒影也显得更清晰，脚下的黄土也都变成了绿茵，踏上去软绵绵的，走路一点也不吃力。这是我第一次用自己省下来的钱买自己心爱的英文书的感觉，七十多年以后的今天，一回忆起来，仍仿佛就在眼前。这种好买书的习惯一直伴随着我，至今丝毫没有减退。

北园高中对我一生的影响，还不仅仅是培养购书的兴趣一项，还有更重要的影响。这种影响是关键性的，夸大一点说是一种质变。

我在许多文章中都写到过，我幼无大志。小学毕业后，我连报考著名的一中的勇气都没有，可见我懦弱、自卑到什么程度。在回忆新育小学和正谊中学的文章中，特别是在第二篇中，我曾写到，当时表面上看起来很忙；但是我并不喜欢念书，只是贪玩。考试时虽然成绩颇佳，距离全班状元道路十分近，可我从来没有产生过当状元的野心，对那玩意儿一点兴趣都没有。钓虾、捉蛤蟆对我的引诱力更大。至于什么学者，我更不沾边儿，我根本不知道天壤间还有学者这一类人物。自己这一辈子究竟想干什么，也从来没有想过。朦朦胧胧地似乎觉得，自己反正是一个上不得台盘的人，一辈子能混上一个小职员当当，也就心满意足了，我常想，自己是有自知之明的，但是自知得过了头，变成了自卑。家里的经济情况始终不算好。叔父对我大概也并不望子成龙。婶母则是希望我能尽早挣钱。正谊中学毕业后，我曾被迫去考邮政局，邮政局当时是在外国人手中，公认是铁饭碗。幸而我没有被录取。否则我就会干一辈子邮政局，完全走另外一条路了。

但是，人的想法是能改变的，有时甚至是180度的改变。我在北园高中就经历了这样的改变。这一次改变，不是由于我参禅打坐顿悟而来的，也不是由于天外飞来的什么神力，而完全是由于一件非常偶然的事件。

北园高中是附设在山东大学之下的。当时山大校长是山东教育厅长王寿彭，是前清倒数第二或第三位状元，是有名的书法家，提倡尊孔读经。我在上面曾介绍过高中的教员，教经学的教员就有两位，可见对读经的重视，我想这与状元公不无关联。这时的山东督军是东北军的张宗昌，绿林出身，绰号狗肉将军，不知道自己有多少兵，不知道自己有多少钱，不知道自己有多少姨太太，以这"三不知"蜚声全国。他虽一字不识，也想附庸风雅。有一次竟在山东大学校本部举行祭孔大典，状元公当然必须陪同。督军和校长一律长袍马褂，威仪俨然。我们附中学生十五六岁的大孩子也奉命参加，大概想对我们进行尊孔的教育吧。可惜对我们这一群不识抬举的顽童来说，无疑是对牛弹琴。我们感兴趣的不是三跪九叩，而是院子里的金线泉。我们围在泉旁，看一条金线从泉底袅袅地向上飘动，觉得十分可爱，久久不想离去。

在第一年级第一学期结束时考试完毕以后，状元公忽然要表彰学生了。大学的情况我不清楚，恐怕同高中差不多。高中表彰的标准是每一班的甲等第一名，平均分数达到或超过95分者，可以受到表彰。表彰的办法是得到状元公亲书的一个扇面和一副对联。王寿彭的书法本来就极有名，再加上状元这一个吓人的光环，因此他的墨宝就极具有经济价值和荣誉意义，很不容易得到的。高中共有六个班，当然就有六个甲等第一名；但他们的平均分数都没有达到95分。只有我这个甲等第一名平均分数是97分，超过了标准，因此，我就成了全校中唯一获得状元公墨宝的人，这当然算是极高的荣誉。不知是何方神灵呵护，经过了七十多年，经过了不知道多少世局动荡，这一个扇面竟然保留了下来，一直保留到今天。扇面的全文是：

净几单床月上初，主人对客似僧庐。

春来预作看花约，贫去宜求种树书。

隔巷旧游成结托，十年豪气早消除。

依然不坠风流处，五亩园开手剪蔬。

录樊榭山房诗丁卯夏五

羡林老弟正王寿彭

至于那一副对联，似尚存在于天壤间，但踪迹虽有，尚未到手。大概当年家中绝粮时，婶母取出来送给了名闻全国的大财主山东章丘旧津孟家，换面粉一袋，孟家是婶母的亲戚。这个踪迹是友人山大蔡德贵教授侦查出来的。我非常感激他；但是，从寄来的对联照片来看，字迹不类王寿彭，而且没有"羡林老弟"这几个字。因此，我有点怀疑。我已经发出了"再探"的请求，将来究竟如何，只有"且看下回分解"了。

王状元这一个扇面和一副对联对我的影响万分巨大，这看似出乎意料，实际上却在意料之中。虚荣心恐怕人人都有一点的，我自问自己的虚荣心不比任何人小。我屡次讲到幼无大志，讲到自卑。这其实就是有虚荣心的一种表现。如果一点虚荣心都没有，哪里还会有什么自卑呢？

这里面有三层意思。第一层意思是，97分这个平均分数给了我许多启发和暗示。我在上面已经说到过，分数与分数之间是不相同的。像历史、地理等的课程，只要不是懒虫或者笨伯，考试前，临时抱一下佛脚，硬背一通，得个高分并不难。但是，像国文和英文这样的课程，必须有长期的积累和勤奋，还须有一定的天资，才能有所成就，得到高分。如果没有基础，临时无论怎样努力，也是无济于事的。我大概是在这方面有比较坚实的基础，非其他五个甲等第一名可比。他们的国文和英文也绝不会太差，否则就考不到第一名。但是，同我相比，恐怕要稍逊一筹。言念及此，心中未免有点沾沾自喜，觉得过去的自卑实在有点莫名其妙，甚至有点可笑了。

第二层意思是，这样的荣誉过去从未得到过，它是来之不易的。现在于无意中得之，就不能让它再丢掉，如果下一学期我考不到甲等第一，我这一张脸往哪里搁呀！这是最原始最简单的虚荣心，然而就是这一点虚荣心，促使我在学习上改弦更张，要认真埋头读书了。就在不到一年前的正谊中学时期，虾和蛤蟆对我的引诱力远远超过书本。眼前的北园，荷塘纵横，并不缺少虾和蛤蟆，然而我却视而不见了。俗话说："浪子回头金不换。"我现在成了回头的浪子，勤奋用功的好学生了。

第三层意思是，我原来的想法是，中学毕业后，当上一个小职员，抢到一只饭碗，浑浑噩噩地，甚至窝窝囊囊地过上一辈子，算了。我只是一条小蛇，从来没有幻想成为一条大龙。这一次表彰却改变了我的想法：自己即使不是一条大龙，也决（绝）不是一条平庸的小蛇。最明显的例证是几年以后我到北京来报考大学的情况。当时北京的大学五花八门，鱼龙混杂，有的从几十个报考者中选一人，而有的则是来者不拒，因为多一个学生就多一份学费。从山东来的几十名学员中大都报考六七个大学，我则信心十足地只报考了北大和清华。这同小学毕业时不敢报考一中，形成了鲜明的对比。好像我变了一个人。

以上三层意思说明了我从自卑到自信，从不认真读书到勤奋学习，一个关键就是虚荣心。是虚荣心作祟呢，还是虚荣心作福？我认为是后者。虚荣心是不应当一概贬低的。王状元表彰学生可能完全是出于偶然性。他万万不会想到，一个被他称为"老弟"的十五岁的大孩子，竟由于这个偶然事件而改变为另一个人。我永远不会忘记王寿彭老先生。

北园高中可回忆的东西还有一些，但是最重要的印象最深的印象前面都已经写到了。因此，我的回忆就写到这里为止。

我在北园白鹤庄的两年，我十五岁到十六岁，正是英国人称之为turn的年龄，也就是人生最美好的年龄。我的少年，因为不在母亲身边，并不能说是幸福的，但是，我在白鹤庄，却只能说是幸福的。只是"白鹤庄"这个名字，就能引起人们许多美丽的幻影。古人诗："西塞山前白鹭飞"，多么美妙绝伦的情境。我不记得在白鹤庄曾见到白鹭；但是，从整个北园的景色来看，有白鹭飞来是必然会有的。到了现在，我离开北园已经七十多年了，再没有回去过。可是我每每会想到北园，想到我的

turn，每一次想到，心头总会油然漾起一股无比温馨无比幸福的感情，这感情将会伴我终生。

2002年2月24日写完

羡林按：以上一段文字是去年二月写的。到今天还不到一年的时间。前几天，李玉洁和杨锐整理我的破旧东西，突然发现了王状元的这副对联。打开一看，楮墨如新。

写的是：

羡林老弟雅詧

才华舒展临风锦

意气昂藏出岫云

王寿彭

我们都大喜过望。一个六十岁老状元对一个十六岁的大孩子的赞誉使我忐忑不安，真仿佛有神灵呵护，才出现了这样一个奇迹。

2003年1月9日补记

上国文课

胡也频先生教的是国文；但是，正如前面所讲的那样，他从来没有认真讲过国文。胡去董来，教学风格大变。董老师认认真真地讲解文艺理论，仔仔细细地修改学生的作文。他为人本分、老实、忠厚、纯诚，不慕荣利，淡泊宁静，在课堂上不说一句闲话，从而受到了学生们的爱戴。至于我自己，从写文言文转到写白话文，按理说，这个转变过程应该带给我极大的困难。然而，实际上我却一点困难都没有。原因并不复杂。从我在一师附小读书起，"五四"新文化运动的大潮，汹涌澎湃，向全国蔓延。"骆驼说话事件"发生以后，我对阅读"五四"初期文坛上各大家的文章，极感兴趣。不能想象，我完全能看懂；但是，不管我手里拿的是笤帚或是扫帚，我总能看懂一些的。再加上我在新育小学时看的那些"闲书"，《彭公案》《济公传》之类，文体用的都是接近白话的。所以由文言转向白话文，我不但一点勉强的意思都没有，而且还颇有一点水到渠成的感觉。

　　写到这里，我想写几句题外的话。现在的儿童比我们那时幸福多了。书店里不知道有多少专为少年和儿童编著的读物，什么小人书，什么连环画，什么看图识字，等等，印刷都极精美，插图都极漂亮，同我们当年读的用油光纸石印的《彭公案》一类的"闲书"相比，简直有天渊之别。当年也有带画的"闲书"，叫作绣像什么什么，也只在头几页上印上一些人物像，至于每一页上上图下文的书也是有的，但十分稀少。我觉得，今天的少儿读物图画太多，文字过少，这是过低估量了少儿的吸收能力，不利于他们写文章，不利于他们增强读书能力。这些话看上去似属题外，但仔细一想也实在题内。

　　我觉得，我由写文言文改写白话文而丝毫没有感到什么不顺手，与我看"闲书"多有关，我不能说，每一部这样的"闲书"文章都很漂亮，都是生花妙笔。但是，一般说起来，文章都是文从字顺，相当流利。而且对文章的结构也十分注意，决（绝）不是头上一榔头，屁股上一棒槌。此外，我读中国的古文，几乎每一篇流传几百年一两千年的文章在结构方面都十分重视。在潜移默化中，在我根本没有意识到的情况下，我无论是写文言文，或是写白话文，都非常注意文章的结构，要层次分明，要有节奏感。对文章的开头与结尾更特别注意。开头如能横空出硬语，自为佳构。但是，貌似平淡也无不可，但要平淡得有意味，让读者读了前几句必须继续读下去。结尾的诀窍是言有尽而意无穷，如食橄榄，余味更美。到了今天，在写了七十多年散文之后，我的这些意见不但没有减退，而且更加坚固，更加清晰。我曾在许多篇文章中主张惨淡经营，反对松松垮垮，反对生造词句。我力劝青年学生，特别是青年作家多读些中国古文和中国过去的小说；如有可能，多读些外国作品，以提高自己的文化修养和审美情趣。我这种对文章结构匀称的追求，特别是对文章节奏感的追求，在我自己还没有完全清楚之前，一语破的点破的是董秋芳老师。在一篇比较长的作文中，董老师在作文簿每一页上端的空白处批上了"一处节奏""又一处节奏"等等的批语。他敏锐地发现了我作文中的节奏，使我惊喜若狂。自己还没能意识到的东西，竟蒙老师一语点破，能不狂喜吗？这一件事影响了我一生的写作。我的作文，董老师大概非常欣赏。在一篇作文的后面，他在作文簿上写了一段很长的批语，其中有几句话是："季羡林的作文，同理科一班王联榜的一样，大概是全班之冠，也可以说是全校之冠吧。"这几句话，同王状元的对联和扇面差不多，大大地增强了我的荣誉感。虽然我在高中毕业后在清华学西洋文学，在德国治印度及中亚古代文字，但文学创作始终未停。我觉得，科学研究与文学创作不但没有矛盾，而且可以互济互补，身心两利。所有这一切都同董老师的鼓励是分不开的，我终生不忘。

北大1930年入学考试

1930年，我高中毕业。当时山东只有一个高中，就是杆石桥山东省立高中，文理都有，毕业生有七八十个人。除少数外，大概都要进京赶考的。我之所谓"京"是一个形象的说法，就是指的北京，当时还叫"北平"。其实山东也有一所大学：山东大学，但是名声不显赫，同北京的北大、清华无法并提。所以，绝大部分高中毕业生都进京赶考。

当时北平的大学很多。除了北大、清华以外，还有朝阳大学、中国大学、辅仁大学、燕京大学等等。

有的同学大概觉得自己底气不足，一口气报了五六个大学的名。报名费每校三元，有几千名学生报名，对学校来说是一笔不小的收入。我本来是一个上不了台面的人，新育小学毕业就没有勇气报考一中。但是，高中一年级时碰巧受到了王寿彭状元的奖励。于是我的虚荣心起了作用：既然上去，就不能下来！结果三年高中，六次考试，我考了六个第一名。心中不禁"狂"了起来。我到了北平，只报了两个学校：北大与清华。结果两校都录取了我。经过反复的思考，我弃北大而取清华。后来证明我这个判断是正确的，否则我就不会有留德十年。没有留德十年，我以后走的道路会是完全不同的。

那一年的入学考试，北大就在沙滩，清华因为离城太远，借了北大的三院做考场。清华的考试平平常常，没有什么特别之处。北大则极有特色，至今忆念难忘。首先是国文题就令人望而生畏，题目是"何谓科学方法？试分析评论之"。又要"分析"，又要"评论之"，这究竟是考学生什么呢？我哪里懂什么"科学方法"。幸而在高中读过一年逻辑，遂将逻辑的内容拼拼凑凑，写成了一篇答卷，洋洋洒洒，颇有一点神气。北大英文考试也有特点。每年必出一首旧诗词，令考生译成英文。那一年出的是"别来春半，触目愁肠断。砌下落梅如雪乱，拂了一身还满"。所有的科目都考完以后，又忽然临时加试一场英文听写。一个人在上面念，让考生整个记录下来。这玩意儿我们山东可没有搞。我因为英文单词记得多，整个故事我听得懂，大概是英文《伊索寓言》一类书籍抄来的一个故事。总的来讲，我都写了下来，但仓皇中把 suffer（遭受）写成了 safer。

我们山东赶考的书生们经过了这几大"灾难"，才仿佛井蛙从井中跃出，大开了眼界，并了解到了当时山东中学的教育水平是相当低的。

2003年9月28日

教　员

我离开高中四年了。四年的时间，应该说并不算太长。但是，在我的感觉上却仿佛是换了人间。虽然校舍依旧巍峨雄伟，树木花丛、一草、一木依旧蓊郁葳蕤；但在人事方面却看不到几张旧面孔了。校长换了人，一套行政领导班子统统换掉。在教员中，我当学生时期的老教员没有留下几个。当年的国文教员董秋芳、董每戡、夏莱蒂诸先生都已杳如黄鹤，不知所往。此时，我的心情十分复杂，在兴奋欣慰之中又杂有凄凉寂寞之感。

在国文教员方面，全校共有三个年级，每个年级四个班，共有十二个班，每一位国文教员教三个班，共有国文教员四名。除我以外应该还有三名。但是，我现在能回忆起来的却只有两名。一位是冉性伯先生，是山东人，是一位资深的国文教员。另一位是童经立先生，是江西人，什么时候到高中来的，我完全不知道。他们两位都不是作家，都是地地道道大学国文系的毕业生，教国文是内行里手。这同四年前完全不一样了。

英文教员我只能记起两位，都不是山东人。一位是张友松，一位是顾绥昌。前者后来到北京来，好像是在人民文学出版社当编审。后者则在广东中山大学做了教授。有一年，我到广州中大时，到他家去拜望过他，相见极欢，留下吃了一顿非常丰富的晚餐。从这两位先生身上可以看到，当时济南高中的英文教员的水平是相当高的。

至于其他课程的教员，我回忆不起来多少。和我同时进校的梁竹航先生是历史教员，他大概是宋校长的嫡系，关系异常密切。一位姓周的，名字忘记了，是物理教员，我们之间的关系颇好。1934年秋天，我曾同周和另外一位教员共同游览泰山，一口气登上了南天门，在一个鸡毛小店里住了一夜，第二天凌晨登上玉皇顶，可惜没能看到日出。我离开高中以后，不知道周的情况如何，从此杳如黄鹤了。最让我觉得有趣的是，我八九岁入济南一师附小，当时的校长是一师校长王祝晨（士栋，绰号王大牛）先生兼任，我一个乳臭未干的顽童与校长之间宛如天地悬隔，我从来没有见过他的面，曾几何时，我们今天竟成了同事。他是山东教育界的元老之一，热情地支持"五四"运动，脾气倔犟耿直，不讲假话，后来在1957年反右时，被划为右派。他对我怎么看，我不知道。我对他则是执弟子礼甚恭，我尊敬他的为人，至于他的学问怎么样，我就不敢妄加评论了。

同我往来最密切的是张叙青先生，他是训育主任，主管学生的思想工作，讲党义一课。他大概是何思源（山东教育厅长）、宋还吾的嫡系部队的成员。我1946年在去国十一年之后回到北平的时候，何思源是北平市长，张叙青是秘书长。在高中时，他虽然主管国民党的工作，但是脸上没有党气，为人极为洒脱随和，因此，同教员和学生关系都很好。他常到我屋里来闲聊。我们同另外几个教员经常出去下馆子。济南一些只有本地人才知道的小馆子，由于我是本地人，我们都去过。那时高中教员工资相当高，我的工资是每月一百六十元，是大学助教的一倍。每人请客一次不过二三元，谁也不在乎。我虽然同张叙青先生等志趣不同，背景不同；但是，作为朋友，我们是能谈得来的。有一次，我们几个人骑自行车到济南南面众山丛中去游玩，骑了四五十里路，一路爬高，极为吃力，经过八里窪、土屋，最终到了终军镇（在济南人口中读若仲宫）。终军是汉代人，这是他降生的地方，可见此镇之古老。镇上中学里的一位教员热情地接待了我们，设盛宴表示欢迎之意。晚饭之后，早已过了黄昏时分。我们走出校门，走到唯一的一条横贯全镇的由南向北的大路上，想领略一下古镇傍晚的韵味。此时，全镇一片黢黑，不见一个人影，没有一丝光亮。黑暗仿佛凝结成了固体，伸手可摸。仰望天空没有月亮，群星似更光明。身旁大树的枝影撑入天空，巍然，森然。万籁俱寂，耳中只能听到远处泉声潺潺。我想套用一句唐诗："泉响山愈静。"在这样的情况下，我真仿佛远离尘境、遗世而独立了。我们在学校的一座小楼上住了一夜。这是我一生最难忘记的一夜。第二天早晨，我们又骑上自行车向南行去，走了二三十里路，到了柳埠，已经是泰山背后了。抬头仰望，泰山就在眼前。"岱宗夫如何？齐鲁青未了。"泰山的青仿佛就扑在我们背上。我们都不敢再前进了。拨转车头，向北骑去，骑了将近百里，回到了学校。这次出游，终生难忘。过了不久，我们又联袂游览了济南与泰山之间的灵岩古寺，也是我多年向往而未能到过的地方。从上面的叙述可以看到，我同高中的教员之间的关系是十分融洽的。

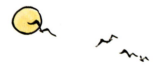

寅恪先生二三事

陈寅恪先生是中国20世纪最伟大的学者之一。他的学生中山大学胡守为教授曾在中大为他举办过几次纪念会或学术座谈会，不少海内外学者赶来参加，取得了成功。台湾一位参加过会的历史教授在一篇文章写道，在会上，只听到了"伟大""伟大"，言外颇有愤愤不平之意，令我难解，不知道究竟是什么原因。但是，伟大是一个客观存在的事实，不是哪一个人可以任意乱用的。依不佞鄙见，寅恪先生不但在伟大处是伟大的，在琐细末节方面他也是伟大的。现在举出二三事，以概其余。

临财不苟得

优秀文化之列。然而，几千年来，有多少人能够做到？所以老百姓说："人为财死，鸟为食亡。"可见此风之普遍，至今尤甚。什么叫"贪污腐化"，其中最主要的还是钱。不要认为这是一件小事。

青少年时期，寅恪先生家境大概还是富裕的，否则就不会到欧、美、日等地去留学。20年代中到30年代中，在北京清华园居住教书，工资优厚，可能是他一生中经济情况最辉煌的时期。七七事变以后，日寇南侵。寅恪先生携家带口，播迁流转于香港和大西南诸省之间，寝不安席，食不果腹。他一向身体多病，夫人唐篔女士也同病相怜，三个女儿也间有病者。加之他眼睛又出了毛病，曾赴英国动过手术，亦未好转，终致失明。此事与在越南丢掉两箱重要图书不无关系。寅恪先生这若干年的生活，只有两句俗话"屋漏偏遭连夜雨，船破又遇打头风"可以形容于万一。记述他这时期生活的文字颇多。但是，我觉得，表现得最朴素、最真实、最详尽的还是其在致傅斯年的许多封信中（见《陈寅恪集·书信集》，三联书店，2001年出版）。我在下面的引文，也都出于此书，只写页数、行数，不再写书名。下面我就根据这一本书，按时间顺序，选取一些材料。

P.33　左起第4—5行"不必领中央研究院之薪水。"

P.45　左起第5—7行同上

羡林按：这件事发生在1933年。时先生任清华教授兼中央研究院历史语言研究所第一组主任。

P.52　右起第1—2行不能到会，不领取川资。

羡林按：这件事发生在1936年。与前件事一样，是先生经济情况比较好的时候。

P.56—57　1939年，赴英国牛津大学任教，借英庚款会二百英镑。"如入境许可证寄来，而路仍可通及能上岸，则自必须去，否则即将此借款不用，依旧奉还。"

P.109　左起第6行："兄及第一组诸位先生欲赠款，极感，但弟不敢收，必退回，故请不必寄出。"

以上两件事，一在1939年，一在1945年，正是先生极贫困的时候；但是他仍坚决不取不该取之钱，可见先生之耿介。

P.53　右起第4行，先生说："弟好利而不好名。"这是先生的戏言，他名与利是都不好的。在这方面，寅恪先生是我们的榜样。

仁人志士所遵守。但是，最近一个时期以来，由于一些不尽相同的原因，贪污腐化之风，颇有抬头之势。贪污与腐化，虽名异而实同，都与不同形式的"财"有关。二者互为表里，互为因果，最后又必同归于尽，这已经是社会上常见的现象。寅恪先生，一介书生，清廉自持，不该取之财，一文不取。他是我们学术界以及其他各界的一面明镜。

备　课

我一生是教书匠，同别的教书匠一样，认为教书备课是天经地义。寅恪先生也是一生教书，但是，对于他的备课，我却在潜意识中有一种想法：他用不着备课。他十几岁时就已遍通经史。其后在许多国家留学，专攻不古不今、不中不西之学，具体地讲，就是魏晋南北朝以及隋唐史和佛典翻译问题，等等。有的课程，他已经讲过许多遍。像这样子，他还需要备什么课呢？然而，事实却不是这样子，他对备课依然异常认真。我列举几点资料。

P.28中"陈君学问确是可靠，且时时努力求进，非其他国学教员之身（？）以多教钟点而绝无新发明者同也。"

P.39左起第3行"且一年以来，为清华预备功课几全费去时间精力。"

P.50右起3—4行"在他人，回来即可上课，弟则非休息及预备功课数日不能上课。"

P.51左起第3行"弟虽可于一星期内往返，但事实上因身体疲劳及预备功课之故，非请假两星期不可。"

P.206中"因弟在此所授课有'佛经翻译'一课，若无大藏则征引无从矣。"

羡林按：30年代初，我在清华旁听先生的课听的就是这一门"佛经翻译文学"。上面这一段话是在1938年写的，中间大概已经讲过数次；然而他仍然耿耿于没有《大藏经》，无从征引。仅这一个小例子就足以证明先生备课之认真，对学生之负责。

根据我个人的经验，虽然有现成的讲义，但上课前仍然必须准备，其目的在于再一次熟悉讲义的内容，使自己的讲授思路条理化，讲来容易生动而有系统。但是，寅恪先生却有更高的要求。上面引的资料中有"新发明"这样的字样，意思就是，在同一门课两次或多次讲授期间，至少要隔上一两年或者更长的时间，在这期间，可能有新材料出现，新观点产生，这一些都必须反映在讲授中，任何课程都没有万古常新的教条。当年我在德国哥廷根大学读书时，常听到老学生讲教授的笑话。一位教授夫人对人发牢骚说："我丈夫教书，从前听者满堂盈室。但是，到了今天，讲义一个字没有改，听者却门可罗雀。"言下愤愤不平，大叹人心之不古。这位教授夫人的重点是"讲义一个字没有改"，她哪里知道，这正是致命之处。

根据我的观察，在清华大学我听过课的教授中，完全不备课的约占百分之七十，稍稍备课者约占百分之二十，情况不明者占百分之十。完全不备课者，情况又各有不同，第一种是有现成的写好的讲义。教授上课堂，一句闲话也不说，立即打开讲义，一字一句地照读下去。下课铃声一响，不管是读到什么地方，一节读完没读完，便立即合上讲义，出门扬长而去。下一堂课再在打住的地方读起。有两位教授在这方面给我留下的印象最生动深刻，一位是教"莎士比亚"的，讲义用英文写成；一位是教"文学概论"的，讲义是中文写成。我们学生不是听课，而是作听写练习。

第二种是让学生读课本，自己发言极少。我们大一英文，选的课本是英国女作家（Jane Austin）的 *Pride and Preju dice*（《傲慢与偏见》）。上课时从前排右首起学生依次朗读。读着读着，台上一声"stop！"学生应声 stop。台上问："有问题没有？"最初有一个学生遵命问了一个问题。只听台上一声断喝："查字典去！"声如河东狮吼，全班愕然。从此学生便噤若寒蝉，不再出声。于是天下太平。教授拿了工资，学生拿了学分，各得其所，猗欤休哉！

第三种是教外语的教员。几乎全是外国人，国籍不同，教学语言则统统是英语。教员按照已经印好的教本照本宣科。教员竟有忘记上次讲课到何处为止者，只好临时问学生，讲课才得以进行。可见这一位教员在登上讲台之一刹那方才进入教员角色，哪里还谈到什么备课！有一位教员，考试时，学生一交卷，他不看内容，立即马上给分数。有一个同学性格黏糊。教员给了他分数，他还站着不走。教员问："你嫌分数低了，是不是？再给你加上五分。"

以上是西洋文学系的众师相。虽然看起来颇为滑稽，但决（绝）无半点妄语。别的系也不能说没有不备课的老师，但决（绝）不会这样严重。可是像寅恪先生这样备课的老师，清华园中决难找到第二人。在这一方面，他也是我们的榜样。

不请假

教师上课，有时因事因病请假，是常见的事。但是，陈寅恪先生却把此事看得极重，我先引一点资料。

P.50左起第4—8行　"但此一点犹不甚关重要。别有一点，则弟存于心中尚未告人者，即前年弟发现清华理工学院之教员，全年无请假一点钟者，而文法学院则大不然。彼时弟即觉得此虽小事，无怪乎学生及社会对于文法学院印象之劣，故弟去学年全年未请假一点钟，今年至今亦尚未请一点钟假。其实多上一点钟与少上一点钟毫无关系，不过为当时心中默自誓约（不敢公然言之以示矫激，且开罪他人，此次初以告公也），非有特别缘故必不请假，故常有带病而上课之时也。"

P.64左起第6行—P.65右起第一行　"现已请假一星期未上课（此为"九一八"以来所未有，唯除去至牯岭祝寿一次不计）。（中略）但此点未决定，非俟在此间毫无治疗希望，或绝对不能授课，则不出此。仍欲善始善终，将校课至暑假六月完毕后，始返港也。"

P.71左起第1—2行　"今港大每周只教一二小时，且放假时多，中研评会开会之时正不放假，且又须回港授课，去而复回，仍旋移居内地。"

P.72右起第1—2行　"但因此耽搁港大之功课，似得失未必相偿。"

P.76右起第2行　"因耶稣复活节港大放假无课。"

P.79左起第3行　"近日因上课太劳，不能多看书作文。"

P.82右起第5行　"若不在其假期中往渝，势必缺课太多。"

P.95左起第2行　"故终亦不能不离去，以有契约及学生功课之关系，不得不顾及，待暑假方决定一切也。"

上面，我根据寅恪先生的书信，列举了他的三件事。第一件事，大家当然认为是大事。其实第二三件事，看似琐细，也是大事。这说明了他对学生功课之负责，对教育事业之忠诚。这非大事而何！

当年我在北京读书时，有的教授在四五所大学中兼课，终日乘黄包车奔走于城区中，甚至城内外。每学期必须制定（订）请假计划，轮流在各大学中请假，以示不偏不倚，否则上课时间冲突矣。每月收入多达千元。我辈学生之餐费每月六元，已可吃得很好。拿这些教授跟寅恪先

148

生比，岂非有如天壤吗？因此我才说，寅恪先生在伟大处是伟大的，在细枝末节方面也是伟大的。在这两个方面，他都是我们的楷模。

2002年7月7日写完

痛悼钟敬文先生

昨天早晨，突然听说，钟敬文先生走了。我非常哀痛，但是并不震惊。钟老身患绝症，住院已半年多，我们早有思想准备。但是听说，钟老在病房中一向精神极好，关心国事、校事，关心自己十二名研究生的学业，关心老朋友的情况。我心中暗暗地期望，他能闯过百岁大关，把病魔闯个落花流水，闯向茶寿，为我们老知识分子创造一个奇迹。然而，事实证明，我的期望落了空。岂不大可哀哉！

钟老长我八岁，如果在学坛上论资排辈的话，他是我的前辈。想让我说出认识钟老的过程，开始阶段有点难说。我在读大学的时候，他已经在民俗学的研究上颇有名气。虽然由于行当不同，没有读过他的书，但是大名却已是久仰了。这时是我认识他，他并不认识我。此后，从30年代一直到90年代六十来年的漫长的时期内，我们各走各的路，每个人都有自己的一亩三分地，都在勤恳地耕耘着，不相闻问，事实上也没有互相闻问的因缘。除了大概是在50年代他有什么事到北大外文楼系主任办公室找过我一次之外，再无音讯。

1957年那一场政治大风暴，来势迅猛，钟老也没有能逃过。我一直到现在也不明白，像钟老这样谨言慎行的人，从来不胡说八道，怎样竟也不能逃脱"阳谋"的圈套，堕入陷阱中。自我们相交以来，他对此事没有说过半句抱怨的话，使我在心中暗暗地钦佩。我一向认为，中国知识分子，由几千年历史环境所决定，爱国成性。祖国是我们的母亲。不管受到多么不公平的待遇，母亲总是母亲，我们总是无怨无悔，爱国如故。我觉得，这是中国知识分子最可宝贵的品质，一直到今天，不但没有失去其意义，而且更应当发扬光大。在这方面，钟老是我们的表率。

为什么钟老对我产生了兴趣呢？我有点说不清楚。这大概同我的研究工作有关。我曾用了数年之力翻译了印度两大史诗之一的《罗摩衍那》，也曾对几个民间故事和几种民间习俗，从影响研究的角度上追踪其发展、传播和演变的过程。钟老是民俗学家，所以就发生了兴趣。他曾让我到北师大做过一次有关《罗摩衍那》的学术报告。他也曾让我复印我几篇关于民间故事传播过程的论文。做什么用，我不清楚。对于比较文学，我是浅尝辄止，没有深入钻研。但是，我却倾向于法国学派的影响研究。这种研究摸得着，看得清，是踏踏实实的学问。不像美国学派提倡的平行研究，恍兮惚兮，给许多不学无术之辈提供了藏身洞。钟老可能是倾向于影响研究的，否则他不会复印我的论文。

不管怎样，这样一来，我们就成了朋友，而且是忠诚真挚的朋友。陈寅恪先生《王观堂先生挽词》中说："风义平生师友间。"我同钟老的关系颇有类似之处，我对他尊敬如师长。

他为人正直宽厚，蔼然仁者，每次晤对，如坐春风。由于钟老的缘故，我对北师大的事情也积极起来。每次有会，招之即来，来之必说。主要原因是想见上钟老一面。一面之晤，让我像充了电一般，回校后久久兴奋不已，读书写作更加勤奋。我常常自己想，像钟老这样的老人，忠贞爱国，毕生不贰；百岁敬业，举世无双。他是我们中国知识分子的优秀代表，又是我们学习的楷模。中国人民是永远不会忘记他的。

去年，2001年，是我的九十岁生日。一些机关、团体和个人变着花样为我祝寿。我常常自嘲是"祝寿专业户"。每次祝寿活动，我总忘不了钟老，只要有借口，我必设法请他参加，他也是每请必到。至于他自己却缺少官样的借口来祝寿，米寿已过，九十也被他甩在后面，离开自寿（九十九岁）最近，可也还有一些距离。去年年初，我们想了一个主意，把接近九十或九十以上的老朋友六七位邀请到一起，来一个联合祝寿，林庚、侯仁之、张岱年等等都参加了。大家都不会忘记钟老，钟老也来参加了。大家尽欢而散，成为一次难能可贵的盛会。可是走出勺园七号楼的大门时，我看到大红布标仍然写着"庆祝季羡林先生九十华诞"，我心中十分愧怍。9月29日，我又以给钟老祝寿的名义，在勺园举办了一次有将近二百人参加的大会，群贤毕至，发言热烈。

去年下半年，钟老因病住院，我曾几次心血来潮，要到医院里去看他。但是，他正在医生的严密的"控制"下，不许会见老朋友，怕他兴奋激动，到了今年年初，我也因病进了医院，也处在大夫的严密"控制"下。可我还梦想，在预定本月中旬中央几个机构为钟老庆祝百岁华诞时说不定能见他一面，然而他却匆匆忙忙地不辞而别。我见他一面的梦想永远化为幻影了。现在他的面影时时在我眼前晃动，然而面影毕竟代替不了真正的面孔，而真正的面孔却永远一去不复返了，奈之何哉！奈之何哉！

写这篇短文，几次泫然泪下。回想同钟老几年的交往，"许我忘年为气类，北海今知有刘备。"而今而后，哪里再找这样的人啊！茫茫苍天，此恨曷极！

2002年2月12日

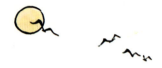

痛悼克家

克家走了，永远永远地走了。有人认为是意内之事：一个老肺病，能活到九十九岁，才撒手人寰，不能不算是一个奇迹。在这个奇迹中建立首功者是克家夫人郑曼女士。每次提到郑曼，北大教授邓广铭则赞不绝口。他还利用他的相面的本领，说郑曼是什么"南人北相"。除了相面一点我完全不懂外，邓的意见我是完全同意的。

克家和我都是山东人，又都好舞笔弄墨。但是认识比较晚，原因是我在欧洲滞留太久。从1935年到1946年，一去就是十一年。我们不可能有机会认识。但是，却有机会打笔墨官司。在他的诗集《烙印》中，有一首写洋车夫的诗，其中有两句话：

夜深了不回家，

还等什么呢？

这种连三岁孩子都能懂得的道理——无非是想多拉几次，多给家里的老婆孩子带点吃的东西回去。而诗人却浓笔（墨）重彩，仿佛手持宝剑追苍蝇，显得有点滑稽而已。因此，我认为这是败笔。

类似这样的笔墨官司向来是难以做结论的。这一场没有结论的官司导致了我同克家成了终身挚友。我去国十一年，1946年夏回到上海，没有地方可住，就睡在克家的榻榻米上。我生平第一次，也是唯一的一次喝醉了酒，地方就在这里，时间是1946年的中秋节。

此时，我已应北京大学任教授之聘。下学期开学前，我无事可做。克家是有工作的，只在空闲的时候带我拜见了几位学术界的老前辈。在上海住够了，卖了一块瑞士表，给家寄了点钱，又到南京去看望长之。白天在无情的台城柳下漫游，晚上就睡在长之的办公桌上。六朝胜境，恍如烟云。

到了三秋树删繁就简的时候，我们陆续从上海、南京迁回北平。但是，他住东城赵堂子胡同，我住西郊北京大学，相距大概总有七八十里路。平常日子，除了偶尔在外面参加同一个会，享受片刻的晤谈之乐之外，要相见除非是梦里相逢了。

然而，忘记了是从什么时候起，我们有了一个不言的君子协定：每年旧历元旦，我们必然会从西郊来到东城克家家里，同克家、郑曼等全家共进午餐。

克家天生是诗人，脑中溢满了感情，尤其重视友谊，视朋友逾亲人。好朋友进门，看他那一副手欲舞足欲蹈的样子，真令人心旷神怡。他里表如一，内外通明。你无论如何也不会想到有半句假话会从他的嘴中流出。

就连那不足七八平（方）米的小客厅，也透露出一些诗人的气质。一进门，就碰到逼人的墨色。三面壁上挂着许多名人的墨迹，郭沫若、冰心、王统照、沈从文等人的都有。这就证明，这客厅真有点像唐代刘禹锡的"陋室"，"谈笑有鸿儒，往来无白丁。"这两句有名的话，也确实能透露出客室男女主人做人的风范。

郑曼这一位女主人，我在前面已经说了一些好话，但是还没有完。她除了身上有那些美德外，根据我的观察，她似乎还有一点特异功能。别人做不到的事她能做到，这不是特异功能又是什么呢？我举一个小例子——种兰花。兰花是长在南方的植物，在北方很难养。我事前也并不知道郑曼养兰花。有一天，我坐在"陋室"中，在不经意中，忽然感到有几缕兰花的香气流入鼻中。鼻管里没有多大地方，容不下多少香气。人一离开赵堂子胡同，香气就随之渐减。到了车子转进燕园深处后湖十里荷香中时，鼻管里已经恍兮惚兮，但是其中有物无物却不知道了。

明眼人一看就知道，上面的说法，或者毋宁说是幻想，是没有人会认真付诸实践的。既然不能去实行，想这些劳什子干吗？这就如镜中月、水中花，聊以自怡悦而已。

写到这里我偶然想到克家的两句诗，大意是：有的人在活着，其实已经死了。有的人死了，其实还在活着。

克家属于后者，他永远永远地活着。

2004年10月22日

悼巴老

巴金老人离开我们，走了，永远永远地走了。此事本在意内，因为他因病卧床不起有年矣。但又极出意外，因为，只要他还有一口气活着，一盏明灯就会照亮中国的文坛。鼓励人们前进，鼓励人们向上。

论资排辈，巴老是我的师辈，同我的老师郑振铎是一辈人。我在清华读书时，就已经读过他的作品，并且认识了他本人。当时，他是一个大作家，我是一个穷学生。然而他却一点架子都没有，不多言多语，给人一个老实巴交的印象。这更引起了我的敬重。

我觉得，一个作家最重要的品德是爱祖国，爱人民，爱人类。在这"三爱"的基础上，那些皇皇巨著才能有益于人，无愧于己。

巴老一生创作了大量的作品，在国内外广泛流传。特别是他晚年那些随笔，爱国爱民的激情，炽燃心中，而笔锋又足以力透纸背，更引起了广泛的注意和反响。

巴老！你永远永远地走了。你的作品和人格却会永远永远地留下来。在学习你的作品时，有一个人决不会掉队，这就是九十五岁的季羡林。

当 时 只 道 是 寻 常

这是一句非常明白易懂的话，却道出了几乎人人都有的感觉。所谓"当时"者，指人生过去的某一个阶段。处在这个阶段中时，觉得过日子也不过如此，是很寻常的。过了十几二十年或者更长的时间，回头一看，当时实在有不寻常者在。

因此有人，特别是老年人，喜欢在回忆中生活。

在中国，这种情况更比较突出，魏晋时代的人喜欢做羲皇上人。这是一种什么心理呢？"鸡犬之声相闻，而老死不相往来"，真就那么好吗？人类最初不会种地，只是采集植物，猎获动物，以此为生。生活是十分艰苦的。这样的生活有什么可向往的呢！

然而，根据我个人的经验，发思古之幽情，几乎是每个人都有的。到了今天，沧海桑田，世界有多少次巨大的变化。人们思古的情绪却依然没变。我举一个具体的例子。十几年前，我重访了我曾待过十年的德国哥廷根。我的老师瓦尔特史米特（又译瓦尔德施米特）教授夫妇都还健在，但已今非昔比，房子捐给梵学研究所，汽车也已卖掉。他们只有一个独生子，"二战"中阵亡。此时老夫妇二人孤零零地住在一座十分豪华的养老院里。院里设备十分齐全，游泳池、网球场等一应俱全。但是，

155

这些设备对七八十岁八九十岁的老人有什么用处呢？让老人们触目惊心的是，每隔一段时间就有某一个房号空了出来，主人见上帝去了。这对老人们的刺激之大是不言而喻的。我的来临大出教授的意料，他简直有点喜不自胜的意味。夫人摆出了当年我在哥廷根时常吃的点心。教授仿佛返老还童，回到了当年去了。他笑着说："让我们好好地过一过当年过的日子，说一说当年常说的话。"我含着眼泪离开了教授夫妇，嘴里说着连自己都不相信的话："过几年，我还会来看你们的。"

我的德国老师不会懂"当时只道是寻常"的隐含的意蕴，但是古今中外人士所共有的这种怀旧追忆的情绪却是有的。这种情绪通过我上面描述的情况完全流露出来了。

仔细分析起来，"当时"是很不相同的。国王有国王的"当时"，有钱人有有钱人的"当时"，平头老百姓有平头老百姓的"当时"。在李煜眼中，"当时"是车如流水马如龙，花月正春风游上林苑的"当时"。对此，他没有别的办法，只有哀叹"天上人间"了。

我不想对这个概念再进行过多的分析。本来是明明白白的一点真理，过多的分析反而会使它迷离模糊起来。我现在想对自己提出一个怪问题：你对我们的现在，也就是眼前这个现在，感觉到是寻常呢还是不寻常？这个"现在"，若干年后也会成为"当时"的。到了那时候，我们会不会说"当时只道是寻常"呢？现在无法预言。现在我住在医院中，享受极高的待遇。应该说，没有什么不满足的地方。但是，倘若扪心自问："你认为是寻常呢，还是不寻常？"我真有点说不出，也许只有到了若干年后，我才能说："当时只道是寻常。"

2003年6月20日

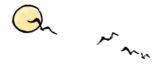

天上人间

　　大家一看就知道，这个题目来自南唐李后主的词："流水落花春去也，天上人间。"这是表示他生活中巨大的落差的：从一个偏安的小君主一落而为宋朝的阶下囚，这落差真可谓大矣。我们平头老百姓是没有这些福气的。

　　但是，比这个较小的生活落差，我们还会有的。我现在已住在医院中，是赫赫有名的301医院。这一所医院规模大、设备全、护士大夫水平高、敬业心强。

　　在这里治病，当然属于天上。

　　现在就让我在北京找一个人间的例子，我还真找不出来，因为我没有到过几家医院。

　　在这里，我只有乞灵于回忆了。

　　大约在六七十年以前，当时还在济南读书，父亲在故乡清平官庄病倒了。叔父和我不远数百里回老家探亲。父亲直挺挺地躺在土炕上，面色红润，双目甚至炯炯有光，只是不能说话。

　　那时候，清平官庄一带没有医生，更谈不到医院。只有北边十几里路的地方，有一个地主大庄园，这个地主被誉为医生。谁也不会去打听，他在哪里学的医。只要有人敢说自己是医生，百姓就趋之若鹜了。我当然不能例外。我从二大爷那里要了一辆牛车。隔几天上午就从官庄乘牛车，嘎悠嘎悠走十多里路去请大夫，决（绝）不会忘记在路上某一小村买一木盒点心。下午送大夫回家的时候，又不会忘记到某一小村去抓一服草药。

当时正是夏天，青纱帐苗起，正是绿林大王活动的好时候，青纱帐深处好像有许多只不怀好意的眼睛在瞅着我们，并不立即有什么行动，但是威胁是存在的。我并不为我自己担心，我贫无立锥之地，不管山大王或山小王，都不会对我感什么兴趣；但是坐在车里面的却有大地主。平常时候，青纱帐一起，他就蛰伏在大庄园内，决不出门。现在为了给我这个大学生一个面子，冒险出来，给我父亲治病。

但是，结果怎样呢？结果是：暑假完了，父亲死了，牛车不再嘎悠了，点心匣子不再提了，秋收完毕，青纱帐消失了，地主可以安居大庄园里了。总之，父亲生病和去世这个过程，正好提供了一个与今天301医院相反的例子。现在是天上，那时是人间。如此而已。

忆念宁朝秀大叔

我六岁以前，住在山东省清平县（后归临清）官庄。我们的家是在村外，离开村子还有一段距离。我家的东门外是一片枣树林，林子的东尽头就是宁大叔的家，我们可以说是隔林而居。

宁家是贫农，大概有两三亩地。全家就以此为生。人口只有三人：宁大叔、宁大婶和宁大姑。至于宁大姑究竟多大，要一个六岁前的孩子说出来，实在是要求太高了。宁家三口我全喜欢，特别喜欢宁大姑，因为我同她在一起的时候最多。我当时的伙伴，村里有杨狗和哑巴小。只要我到村里去，就一定找他俩玩。实际上也没有什么可玩的，无非是在泥土地里滚上一身黄泥，然后跳入水沟中去练习狗爬游泳。如此几次反复，终于尽欢而散。

实际上，我最高兴同宁大姑在一起。大概从我三四岁起，宁大姑就带我到离开官庄很远的地方去拾麦穗。地主和富农土地多，自己从来不下地干活，而是雇扛活的替他们耕种，他们坐享其成。麦收的时候，宁大姑就带我去拾麦穗。割过的麦田里间或有遗留下来的小麦穗。所谓"拾麦子"，就是指捡这样的麦穗。我像煞有介事似的提一个小篮子，跟在宁大姑身后捡拾麦穗。每年夏季一个多月，也能拾到十斤八斤麦穗。母亲用手把麦粒搓出来，可能有斤把。数量虽小，可是我们家里绝对没有的。母亲把这斤把白面贴成白面糊饼（词典上无此词），我们当时只能勉强吃红高粱饼子，一吃白面，大快朵颐，是一年难得的一件大事。有一年，不知道母亲是从哪里弄来了一块月饼。这当然比白面糊饼更好吃了。

夏天晚上，屋子里太热，母亲和宁大婶、宁大姑，还有一些住在不远的地方的大婶们和大姑们，凑到一起，坐在或躺在铺在地上的苇子席上，谈一些张家长李家短的琐事。手里摇着大蒲扇驱逐蚊虫。宁大姑和我对谈论这些事情都没有兴趣。我们躺在席子上，眼望着天。乡下的天好像是离地近，天上的星星也好像是离人近，它们在不太辽远的天空里向人们眨巴眼睛。有时候有流星飞过，我们称之为"贼星"，原因不明。

西面离开我们不太远，有一棵大白杨树，大概已有几百年的寿命了。浓荫匝地，枝头凌云，是官庄有名的古树之一。我母亲现在就长眠在这棵大树下。愿她那在天之灵能够得到幸福，能看到自己的儿子，她的儿子没有给她丢人。

我在过去七八十年中写过很多篇怀念母亲的文章。但是，对母亲这个人还从来没有介绍过。现在我想借忆念宁朝秀大叔的机会来介绍一下我的母亲。

母亲姓赵，五里长屯人，离官庄大概有五里路。根据一个五六岁的孩子的观察，赵老娘家大概很穷。我从来不记得她给我过什么好吃的东西。她家的西邻是一家专门杀牛卖酱牛肉的屠户。我只记得，一个冬天，从赵老娘家提回来了一罐子结成了冻儿的牛肉汤。我生平还没有吃过肉，一旦吃到这样的牛肉汤，简直可以比得上龙肝凤髓了。母亲只是尝了一小口，其余全归我包圆儿了。我自己全不体会母亲爱子之情，一味地猛吃猛喝。母亲活了一辈子，连个名字都没捞到，临走时还是一个季赵氏。可怜我那可怜的母亲，可怜兮兮地活了一辈子，最远的长途旅行是从官庄到五里长屯，共五华里，再远的地方没有到过。至于母亲是什么模样，很惭愧，即使我是画家，我也拿不出一幅素描来。1932年母亲去世的时候，我痛不欲生，曾写过一副类似挽联的东西："为母子一场，只留得面影迷离，入梦浑难辨，茫茫苍天，此恨曷极！"可见当时已经不清楚了。现在让我全部讲清楚，不亦难乎？但是，有一点我是完全可以肯定的。在八十多年以前，在清平官庄夏季之夜里，母亲抱着我，一个胖墩墩的男孩，从场院里抱回家里放在坑头上睡觉。此时母亲的心情该是多么愉快，多么充实，多么自傲，又是多么丰盈。然而好景不长，过了没有几年，她这一个宝贝儿子就被"劫持"到了济南。这是母亲完全没有料到的，也是完全无能为力的。此后，由于家里出了丧事，我回家奔丧，曾同母亲小住数日最后竟至八年没有见面。我回家奔母亲之丧时，棺材盖已经钉死，终于也没有能见到母亲一面，抱恨终天矣。我只知道儿子想念母亲的痴情，何曾想到母亲倚闾望子之痴情。我把宝押在大学毕业上。只要我一旦毕业，立即迎养母亲进城。古人说："树欲静而风不止，子欲养而亲不待。"正应到我身上。我在外面是有工作的，不能够用全部时间来怀念母亲，而母亲是没有活可干的，她几乎是用全部时间来怀念儿子。看到房门前的大杏树，她会想到，这是儿子当年常爬上去的。看到房后大苇坑里的水，她会想到，这是儿子当年洗澡的地方。回顾四面八方，无处不见儿子的影子。然而这个儿子却如海上蓬莱三山之外的仙山，不可望不可即了。奈之何哉！奈之何哉！

我曾写过很多篇怀念母亲的文章，自谓一个做儿子的所应做的事情，我都已做到了。现在才知道，我对母亲思子之情并不了解。现在才稍稍开了点窍。

上面我借写宁朝秀大叔的机会，介绍了一下我的母亲。

现在仍然回头来写宁大叔。

我在前面已经说过，宁大叔家是贫农，只有两三亩地。宁大婶和宁大姑都是妇道人家，参加不了种地的活。所有种地的活都靠宁大叔一个人。耕地要牛，人之常识。但是，有牛又谈何容易。官庄前街有牛的人家屈指可数。首先是大地主张家楼张家，住在一条胡同里，家里有五条牛。主人从来不走出家门。其次一家就是我的二大爷，是举人的第二个儿子，属于富农，有两头牛和一个扛活的。至于杨家和马家是否有牛，我就不清楚了。

反正宁大叔家里只有他，没有牛。在这种情况下，只有把人变成牛，才能种庄稼。"锄禾日当午，汗滴禾下土。谁知盘中餐，粒粒皆辛苦。"至于宁大叔是怎么操作的，我没有看到过，不敢乱说。

不知是由于什么原因，也不知是从什么时候起，我们家长期保留着三分地。早先是怎么耕种，我不清楚。自我父亲去世到我母亲去世长达八年的时间内，耕种都由宁大叔一人承担，这是非常清楚的。在这八年内，母亲一文钱的收入也没有，靠的就是这三分地。如果我是一个脑筋灵活的人，每年给母亲寄三四十元钱，这能力我还是有的。可怜我的脑筋是一个死木头疙瘩，把希望统统放在大学毕业上，真是其愚不可及也。

在农民中，我们家算是什么成分呢？我一直不清楚。土改时，宁大叔当时是贫协主席，还给我们家分了地，对我母亲和我而言，我认为，这是公正的。但是，对是家长的我父亲而言，却是不公正的。

我现在就来谈一谈我的父亲。我不奉行那种为尊者讳、为贤者讳的教条。反正你不说，人家也都知道。这些事情都已经成了历史，历史是无法改变的。我在官庄的上一辈，大排行十一人。只有一、二、七、九、十一留在关内，其余六人全因穷下了关东。我的父亲排行七、济南的叔父行九、与行十一的一叔是同母所生。一叔生下后，父母双亡，他被送了人，改姓刁。父亲和叔父，无父无母，留在官庄，饿得只能以捡掉在地上的干枣果腹。日子实在无法过下去，便商量到济南去闯荡。两人大概很受了不少的苦，当过巡警，扛过大件。最终叔父在济南立定了脚跟。兄弟两人便商议，父亲回家，好好务农。叔父留在济南挣钱，寄回家去。有朝一日，两人衣锦荣归，消泯胸中那一团郁闷之气。完全出人意料，这样的机会不久就得到了。叔父在东北中了湖北水灾头奖，十分之一共三千元。在当时，三千元是一个极大的数目。当时我还没有生下。后来听说，雇人用车往官庄推制钱。可见钱之多。现在兄弟俩真是衣锦还乡了，好不神气！父亲要盖大宅子。碰巧当时附近砖瓦窑都没有开窑。父亲便昭告天下：有谁拆了自己的房子，出卖砖瓦，他将用十倍的价钱来收购。结果宅子盖成了：五间北房，东西房各三间，大门朝南，极有气派。一时颇引起了轰动，弟兄俩算是露了脸。但是，时隔没有多久，父亲把能挥霍的都挥霍光了，最后只能打房子的主意。整个地卖，没有人买得起；分开来卖，没有人买。于是自留西房三间，其余北房五间，东房三间统统拆掉，卖砖卖瓦，没有人买，只好把价钱降到最低，等于破砖烂瓦。

我讲到父亲的挥霍，其实他既不酗酒，嗜赌，也不嫖、吃，自己没有什么嗜好。据我观察，他的唯一嗜好是充大爷。有点孟尝君的味道。他能在庙会上大言宣布："今天到会的，我都请客！"他去世的时候，我奔丧回家，为他还账，只是下酒吃的炸花生米钱就有一百多元。那时候一百元是个大数目。大学助教每月工资八十元，这些东西当然都不是他自己吃的，而是他那些酒友。

父亲认字，能读书，年幼的时候，他那中了举的大伯大概教他和九叔念书认字。他在农村算是什么成分，我说不清。他反正从来也没有务过农，没有干过庄稼活。我到了济南以后，有很多年，他在农村把钱挥霍光了，就进城找叔父要钱。直到有一年，他又进城来要钱。他坐在北屋里，婶母在西屋里使用了中国旧式妇女传统的办法，扬声大喊，指桑骂槐，把父亲数落了一阵。父亲没有办法，只有走人，婶母还当面挽留。从此父亲就几乎不到济南来了。他在农村怎样过日子，我不知道。我自己寄人篱下，想什么都没有用了。

父亲卧病的时候，叔父还让我陪他回官庄一趟。此时，父亲已经不能说话，难兄难弟，只能相对而泣而已。我叔父对他这一位败家能手的哥哥，尽悌道可谓尽到了百分之百。这给我留下了毕生难忘的印象，认为是常人难以做到的。

这一篇文章本来是写宁朝秀大叔的，结果是鹊巢鸠占，大部分篇幅都让老季家占了。我在这里介绍了我的母亲，介绍了我的父亲，介绍了父亲和叔父的关系，把一个宁大叔不知挤到哪里去了。事实上，我奔父丧回家的时候，天天见到宁大叔，还有宁大婶和宁大姑。离开官庄以后，直到母亲逝世长达八年的时间内，我不但没能看到宁家一家人，联想到他们的时间也几乎没有。我奔母丧回到官庄，当然天天同宁家一家见面。宁大姑特别怀念当年挎一个小篮子随着她去拾麦穗的情景，想不到我一转眼竟变成了大人。当时我们家已经没有了主妇，事情大概都由宁大婶操办。

我离开官庄后，在欧洲待了十年多。回国后不久，就迎来了解放。家乡的情况极不清楚。一直到今天，自己已经九十多岁了。但是想到宁大叔一家的时间却越来越多。宁大叔一家将永远活在我的记忆中。

2003年7月7日 于301医院

病房杂忆

住到全国最有名的医院之一的301医院的病房里来，已经两年多了。要说有什么致命的大病，那不是事实。但是，要说一点病都没有，那也不是事实。一个人活到了九十五岁而一点病都没有，那不成了怪事了吗？我现在的处境是，有一点病而享受一个真正病人的待遇，此我的心之所以不能安也。

我今年已经九十五岁，几乎等于一个世纪，而过去这一个世纪，又非同寻常。光是世界大战，就打过两次。虽然第一次没有打到中国来，但是，中国人民也没有少受罪。在第二次世界大战期间，日本一大撮"浪人"（大家都会理解，我为什么只提"浪人"。实际上不止这些人）乘机占领了中国大片土地，烧杀掳掠，无所不用其极。以致杀人成山，流血成河，中国人民陷入空前的灾难中。

此后是一个长达几十年的漫长的时间过程。

盼星星

盼月亮

盼到东方出太阳

盼到狗年旺旺旺

盼到我安然坐在这大病房中，光亮又宽敞。

现在我的回忆特别活跃。上下五千年，纵横十万里，旮旮旯旯，我无所不忆。回忆是一种思想活动。大家都知道，这玩意儿，最无羁绊，最无阻碍，这可以说是思想的特点和优点。胡适之先生提倡大胆的假设，小心的求证。这话是绝对没有错的。假设越大胆越好，求证越小心越好。这都是思维活动。世界科学之所以能够进步，就因为有这种精神。

是不是思想活动要有绝对的自由呢？关于这个问题，大概有不同意见。中国过去，特别是在古典小说中，有时候把思想活动称之为心猿。一部《西游记》的主角是孙悟空，就是一只猴子。这一只猴子，本领极大，法力无边。从花果山造反，打上天宫，视天兵天将如草芥。连众神之主的玉皇大帝，他都不放在眼中，玉皇为了安抚他，把他请上天去，封他为弼马温。他嫌官小，立即造反，大闹天宫，把天宫搞得一塌糊涂。结果惊动了西天佛祖、南海菩萨，使用了大法力，把猴子制服，压在五行山下，等待唐僧取经时，才放他出来，成为玄奘的大弟子。又怕他恶性难改，在他头上箍上了一圈铁箍。又把紧箍咒教给了唐僧。一旦猴子猴性发作，唐僧立即口中念念有词，念起紧箍咒来。猴头上的铁箍随之紧缩起来，让猴子疼痛难忍，于是立即改恶向善，成为一只服从师父教导的好猴子。

写到这里，我似乎听到了批评的意见：你不是写病房杂忆吗？怎么漫无边际，写到了紧箍咒和孙行者身上来了？这不是离题万里了吗？我考虑了一下，敬谨答曰：没有离题。即使离的话，也只有一里。那九千九百九十九里，是你硬加到我头上来的。我不过想说，任何人，任何社会，都必须有紧箍意识。法院和警察局固然有紧箍的意义，连大马路上的红绿灯不也有紧箍的作用吗？

绕了一个小弯子，让我们回到我们的原题上：病房杂忆。"杂"者，乱七八糟之谓也。既然是乱七八糟，更需要紧箍的措施。我们必须在杂中求出不杂的东西，求出一致的东西。决不能让回忆这玩意儿忽然而天也，忽然而地也，任意横行。我们必须把它拴在一根柱子上。我现在坐在病房里就试着拴几根柱子。目前先拴两根：

一　小姐姐

回想起来，已经是八十年前的事情了。那时，我们家住在济南南关佛山街柴火市。我们住前院，彭家住后院。彭家二大娘有几个女儿和男孩子。小姐姐就是二大娘的二女儿。比我大，所以称之为姐姐；但是大不了几岁，所以称之为小姐姐。

我现在一闭眼，就能看到小姐姐不同凡俗标致的形象。中国旧时代赞扬女性美有许多词句。什么沉鱼落雁，什么闭月羞花。这些陈词滥调，用到小姐姐身上，都不恰当，都有点可笑。倒是宋词里面有一些丽词秀句，可供参考。我在下面举几个例子：

苏东坡《江城子》：

腻红匀脸衬檀唇，晚妆新，暗伤春。手捻花枝，谁会两眉颦？

苏东坡《雨中花慢》：

嫩脸羞蛾，因甚化作行云，却返巫阳。

苏东坡《三部乐》：

美人如月，乍见掩暮云，更增妍绝。算应无恨，安用阴晴圆缺。

苏东坡《鹧鸪天》：

罗带双垂画不成，殢人娇态最轻盈。酥胸斜抱天边月，玉手轻弹水面冰。无限事，许多情。四弦丝竹苦丁宁。饶君拨尽相思调，待听梧桐叶落声。

类似的例子还可举出一些来，我不再列举了。我的意思无非是想说，小姐姐秀色天成。用平常的陈词滥调来赞誉，反而适得其反。倘若把宋词描绘美人的一些词句，拿来用到小姐姐身上，将更能凸显她的风采。我在这里想补充几句：宋人那一些词句描绘的多半是虚无缥缈的美人。而小姐姐却是活灵活现，真实存在的人物。倘若宋代词人眼前真有一个小姐姐，他们的词句将会更丰满，更灵透，更有感染力。

小姐姐是说不完的。上面讲到的都是外面的现象。在内部，她有一颗真诚、热情、同情别人、同情病人的心。大家都知道，麻风病是一种非常凶恶、非常可怕的病。在山东济南，治疗这种病的医院，不让在城内居留，而是在南门外千佛山下一片荒郊中修建的疗养院中。可见人们对这种恶病警惕性之高。然而小姐姐家里却有一位患麻风病的使女。自我认识小姐姐起就在她家里。我当时虽然年小，懂事不多，然而也感到有点别扭。这位使女一直待在小姐姐家中，后来不知所终。我也没有这个闲心，去刺探研究——随它去吧。

但是，对于小姐姐，我却不是这样随便。小姐姐是说不完的。在当时，我语不惊人，貌不压众，只不过是寄人篱下的一只丑小鸭。没有人瞧得起，没有人看得上。连叔父也认为我没有多大出息，最多不过是一个邮务生的材料。他认为我不闯实，胆小怕事。他哪里知道，在促进我养成这样的性格过程中，他老人家就起了不小的作用。一个慈母不在跟前的孩子，哪里敢飞扬跋扈呢。我在这里附带说上几句话：不管是由于什么原因，出于什么动机。毕竟是叔父从清平县穷乡僻壤的官庄把我带到了济南。我因此得到了念书的机会，才有了今天的我。我永远感谢他。

闲言少叙，书归正传。话头仍然又回到小姐姐身上。但是，在谈小姐姐之前，我先粗笔勾画一下我那几年的情况。在小学和初中时期。我贪玩，不喜欢念书，也并无什么雄心壮志，不羡慕别人考甲等第一。但是，不知道是由于哪一路神仙呵护，我初中毕业考试平均分竟达到了九十七分，成为文理科十几个班之冠。这一件个人大事，公众小事，触动了当时的山东教育厅长前清状元王寿彭老先生。他亲自命笔，写了一副对联和一个扇面给我，算是对我的奖励。我也是一个颇有点虚荣心的人。受到了王状元这样的礼遇，心中暗下决心：既然上来了，就不能再下去。于是，奋发图强，兀兀穷年。结果是，上了三年高中，六次期考，考了六个甲等第一。高中最后一年，是在大院子里度过的。此时，我已经小有名气。国文，被国文教员董秋芳先生评为全校之冠（同我并列的还有一个人王俊岑，后入北大数学系）；英文，我被大家称为 Greathome（大家，戏笑之词，不足为训）。我当时能用英文写相当长的文章。我现在回想起来，自己都有点惊诧。当我看到英文教员同教务处的几位职员在一起谈到我的英文作文，那种眉开眼笑的样子，我真不禁有点飘飘然了。

上面这些情况，都是我们家搬离柴火市以后发生的，此时，即使小姐姐来走娘家，前面院子也已经是人去屋空。那一位小兄弟也已杳若黄鹤，不知飞向何处去了。事实上，我飞的真不能算近。我于1935年离开祖国，到了德国，一住就是十年。一直到1946年，才辗转回国。当时国内正在进行战争。我从上海乘轮船到了秦皇岛，又乘火车到了北京。此时正是秋风吹昆明（湖），落叶满长安（街）的深秋。离京十载，一旦回来，心中喜悦之情，不足为外人道也。

然而小姐姐却仍然见不到。

我被聘为北京大学教授，兼东方语言文学系主任。时间是1946年。1946年和1947年两年，仍然教书。此时战争未停，铁路不通。航空又没有定期航班，只能碰巧搭乘别人定好的包机。这种机会是不容易找的。我一直等到1948年，才碰到了这样的好机会。于是我就回到了阔别十三年的济南，见到了我家里的人。也见到了小姐姐。

二　大宴群雌

那一年，我三十七岁。若以四十岁为分界线的话，我还不到中年，还是一个青少年。然而，当时知识分子最高的追求有二：一个是有一个外国博士头衔（当时中国还没有授予博士的办法）；第二个是有大学教授的称号。这两件都已是我囊中之物。旧时代所谓"少年得志"差堪近之。要说没有一点沾沾自喜，那不是真话。此时，工资也相当高，囊中总是鼓鼓囊囊的。我处心积虑，想让大家痛快一下。在中国，率由旧章，就是请大家吃一顿。这对我来说并不困难。我想立即付诸实施。

但是，且慢。在中国请客吃饭是一门学问。中国智慧（Chinese

Wisdom）有一部分就蕴藏在这里面。家人父子，至亲好友，大家随便下个馆子，撮上一顿。这里面没有很深的哲学。但是，一旦请外人吃饭，就必须考虑周详：请什么人？为什么请？怎样请？其中第一个问题最重要。中国有一句俗话："做菜容易请客难。"对我来说，做菜确实很容易。请客也并不难。以我当时的身份和地位，请谁，他也会认为是一个光荣。可是，一想到具体的人，又须伤点脑筋。第一个，小姐姐必须请，这毫无问题，无复独多虑。第二个就是小姐姐的亲妹妹，彭家四姑娘，我叫她"荷姐"的。这个人比漂亮，虽然比不上她姐姐的花容月貌；但也似乎沾了一点美的基因，看上去赏心悦目，伶俐，灵活，颇有一些耐看的地方。我们住在佛山街柴火市前后院的时候，仍然处于丑小鸭阶段，但是四姐和我的关系就非常好。她常到我住的前院北屋同我闲聊，互相开点玩笑。说心里话，她就是我心想望的理想夫人。但是，阻于她母亲的短见，西湖月老祠的那两句话没有能实现在我们俩身上。现在，隔了十几二十年了，我们又会面了。她知道，我有几个博士学位，便嬉皮笑脸地开起了玩笑，左一声"季大博士"，右一声"季大博士"。听多了，我蓦地感到有一点凄凉之感发自她的内心。胡为乎来哉！难道她又想到了二十年前那一段未能成功的姻缘吗？我这个人什么都不迷信，只迷信缘分二字，有缘千里来相会，无缘对面不相识。我们俩之间的关系难道还不是为缘分所左右的吗？奈之何哉！奈之何哉！

我继续考虑要邀请的客人。但是，考虑来考虑去，总离不开妇女这个圈子。群雄哪里去了呢？群雄是在的。在我们的亲戚朋友中，我这个年龄段的小伙子有二十多个人。家庭经济情况不同，有的蛮有钱的，他们的共同情况是不肯念书。有的小学毕业，就算完成了学业。有的上到初中，上高中者屈指可数。到北京来念书，则无异于玄奘的万里求法矣。其中还有极少数人，用小学时代学到的那一点文化知识，在社会上胡混。他们有不同的面孔：少爷、姑爷、舅爷、师爷，如此等等。有如面具一般，拿在手里，随时取用，现在要我请这样的人吃饭，我实在脸上有点发红，下不了这个决心。我考虑来考虑去，最后桌子一拍，下了决心。各路英雄，暂时委屈，我现在只请英雌了。

我选定济南最著名的大饭店之一的聚丰德，定了几桌上好的翅子席（有鱼翅之谓也）。最后还加了几条新捉到的黄河鲤鱼。我请了二十来位青年妇女，其中小姐姐姊妹当然是心中的主客。宴会极为成功，大家都极为满意。我想，她们中有的人生平第一次吃这样的好饭，也许就是最后一次。我每次想到那种觥筹交错、杯盘齐鸣的情况，就不禁心满意足。

公德（一）

什么叫"公德"？查一查字典，解释是"公共道德"。这等于没有解释。继而一想，也只能这样。字典毕竟不是哲学教科书，也不是法律大全。要求它做详尽的解释，是不切实际的。

先谈事实。

我住在燕园最北部，北墙外，只隔一条马路，就是圆明园。门前有清塘一片，面积仅次于未名湖。时值初夏，湖水潋滟，波平如镜。周围垂杨环绕。柳色已由鹅黄转为嫩绿，衬上后面杨树的浓绿，浓淡分明，景色十分宜人。北大人口中称之为后湖。因为僻远，学生来者不多，所以平时显得十分清静。为了有利于居住者纳凉，学校特安上了木制长椅十几个，环湖半周。现在每天清晨和黄昏，椅子上总是坐满了人。据知情人的情报，坐者多非北大人，多来自附近的学校，甚至是外地来的游人。

这样一个人间仙境，能吸引外边的人来，我们这里的居民，谁也不会反对，有时还会窃喜。我们家住垂杨深处，却如入芝兰之室，久而不闻其香。有外来人来共同分享，焉得而不知喜呢？

然而且慢。这里不都是芝兰，还有鲍鱼。每天十点，玉洁来我家上班时，我们有时候也到湖边木椅上小坐。几乎每次都看到椅前地上，铺满了瓜子皮、烟头，还有不同颜色的垃圾。有时候竟有饭盒的残骸，里面吐满了鸡骨头和鱼刺。还有各种的水果皮，狼藉满地，看了令人头痛生厌，屁股再也坐不下去。有一次我竟看到，附近外国专家招待所的一对外国夫妇，手持塑料袋和竹夹，在椅子前面，弯腰曲背，捡地上的垃圾。我们的脸腾地一下子红了起来。看了这种情况，一个稍有公德心的中国人，谁还能无动于衷呢？我于是同玉洁约好：明天我们也带塑料袋和竹夹子来捡垃圾，企图给中国人挽回一点面子。捡这些垃圾并不容易。大件的好办，连小件的烟头也并不困难。最难捡的是瓜子皮，体积小而薄，数量多而广，吐在地上，脚一踩，就与泥土合二而一，一个个地从泥土中抠出来，真是煞费苦心。捡不多久，就腰酸腿痛、气喘吁吁了。本来是想出来纳凉的，却带一身臭汗回家。但我们心里却是高兴的，我们为我们国家做了一件小到不能再小的事情。此外，我们也有"同志"。一位邻居是新华社退休老干部，他同我们一样，对这种现象看不下去。有一次，我们看到他赤手空拳、搜捡垃圾。吾道不孤，我们更高兴了。

中华民族是伟大的民族，这一点，全世界谁也不敢否认。可是，到了今天，由于种种原因，一部分人竟然沦落到不知什么是公德，实在是给我们脸上抹黑。现在许多有识之士高呼提高人民素质，其中当然也包括道德素质。这实在是当务之急。

2002年5月28日

公德（四）

已经写了三篇《公德》，但仍然觉得不够。现在再写上一篇，专门谈"国吐"。

随地吐痰这个痼疾，过去已经有很多人注意到了。记得鲁迅在一篇杂文中，谈到旧时代中国照相，常常是一对老年夫妇，分坐茶几左右，几前置一痰桶，说明这一对夫妇胸腔里痰多。据说，美国前总统访华时，特别买了一个痰桶，带回了美国。

中国官方也不是没有注意到这个现象。很多年以前，北京市公布了一项罚款的规定：凡在大街上随地吐痰者，处以五毛钱的罚款。有一次，一个人在大街上吐痰，被检查人员发现，立刻走过来，向吐痰人索要罚款。那个人处变不惊，立刻又吐一口痰在地上，嘴里说："五毛钱找钱麻烦，我索性再吐上一口，凑足一元钱，公私两利。"这个故事真实性如何，我不是亲身经历，不敢确说，但是流传得纷纷扬扬，我宁信其有，而不信其无。

也是在很多年以前，北大动员群众，反击随地吐痰的恶习。没有听说有什么罚款。仅在学校内几条大马路上，派人检查吐痰的痕迹，查出来后，用红粉笔圈一个圆圈，以痰迹为中心。这种检查简直易如反掌，隔不远，就能画一个大红圈。结果是满地斑斓，像是一幅未来派的图画。

结果怎样呢？在北京大街上照样能够看到和听到，左右不远，有人吭、咔（喀）一声，一团浓痰飞落在人行道上，熟练得有如大匠运斤成风，北大校园内也仍然是痰迹斑驳陆离。

我们中华民族是伟大的民族，是英勇善战的民族，我们能够以弱胜强，战胜了武装到牙齿的外敌和国内反动派，对像"国吐"这样的还达不到癣疥之疾的弊端竟至于束手无策吗？

更为严重的是，最近几年来，国际旅游之风兴。"国吐"也随之传入国外。据说，我们近邻的一个国家，为外国游人制定了注意事项，都用英文写成，独有一条是用汉文："请勿随地吐痰！"针对性极其鲜明。但却绝非诬蔑。我们这一张脸往哪里摆呀！

治这样的顽症有办法没有呢？我认为，有的。新加坡的办法就值得我们参考，他们用的是严惩重罚。你要是敢在大街上吐一口痰，甚至只是丢一点垃圾，罚款之重让你多年难忘。如果在北京有人在大街上吐痰，不是罚五毛，而是罚五百元，他就决（绝）不敢再吐第二口了。但这要有两个先决条件：一是耐心的教育，不厌其烦地说明利害，苦口婆心；二是要有国家机关、法院和公安局等的有力支持。决不允许任何人耍赖。实行这个办法，必须持之以恒，而且推向全国。用不了几年的时间，"国吐"这种恶习就可以根除。这是我的希望，也是我的信念。

2002年6月4日

同胞们说话声音放低一点

这是多么怪的问题。

但是请先冷静一下，先别进行批判。听我慢慢道来。

先举例子。事实胜于雄辩嘛。

好多年前，我在《参考消息》上读到中国一个小有名气的音乐家，是什么院长，率领一个音乐家代表团到澳大利亚去访问。当然是住在高级饭店里。不久住同一楼的外籍人士就反映，他们要搬家。因为住同一层楼的中国客人说话声音实在太高，让人无法忍受。

我在德国的时候，一对中国夫妇生的一个小女孩，大概三岁了吧。一天忽然对父母说：Ihr zankt（你们吵架）。大概父母尚保留"国习"，而女孩则由德国保姆带大，对"国习"很不习惯了。

我初到德国时，在柏林待了几个礼拜。我很少到中国饭馆去吃饭。因为此处是蒋、宋、孔、陈、冯、居等要人的纨绔子弟或千金小姐会聚的地方。这批人我不敢说都不念书。但是，如果说，绝大部分不念书则是名副其实的。中国餐馆就是他们聚会之处。每到开饭时，一进门，一股乌烟瘴气扑面而来。里面人声鼎沸，呱哒（嗒）嘴的声音，仿佛是给这个大混乱敲着鼓点。这情况在国内司空见惯，不图又见于异域柏林。我在大吃一惊之余，赶快逃走，另找一个德国饭馆去吃饭。

年来多病，频频住院。按道理说，医院是最需要肃静的地方。然而在住的医院中，男大夫们往往说话声音极高，护士们是女孩子，说话轻声细语。

我个人认为，说话是传递思想必要的工具。说话声音高到只要让对方（聋子除外）听懂就行了，不必要求每个人都是帕瓦罗蒂。

指责中国人民陋习的文章，古今中外，所在都有。有的是真正的陋习，如随地吐痰。有的也出于偏见。但是，不管有多少陋习，也无法掩去中华民族之伟大。可是，话又说了回来，有陋习，改掉之，不更能显出我们民族的伟大吗？

陋习的种类极多极多。不过把说话声音高也算作陋习，过去却没有见过。有之自不佞始。

2003年6月14日

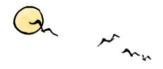

再谈老年

我在《夜光杯》上已经写过多篇关于老年的文章了。可是今天读了范敬宜先生的《"老泪"何以"浑浊"？》，又得了新的启发，不禁对老年再唠叨上几句。

范先生的文章中讲到，齐白石、刘海粟常在书画上写上"年方八十""年方九十"的字样。这事情我是知道的，也亲眼见过的。不知道由于什么原因，我看了总觉得心里不是滋味，觉得过于矫情。这往往使我想到晋代竹林七贤之类的人物，他们以豁达自命，别人也认为他们豁达。他们中有人让一个人携铁锹跟在自己身后，说："死便埋我！"从表面上来看，这对生死问题显得多么豁达。据我看，这正表示他们对死亡念念不忘，是以豁达文恐惧。

好生恶死，好少年恶老年，是人之常情。但是，我们应该有一个正确的生死观，正确的少年观和老年观。我觉得，还是中国古代的道家最聪明，他们说：万物方生方死。一下子就把生与死、少年与老年联系在一起了。从生的方面来看，人一下生，是生的开始，同时也是死的开始。你活上一年，是生了一年，但是同时也是向死亡走近了一年。你是应该高兴呢，还是应该厌恶？你是应该喜呢，还是应该惧？

对于这个问题，我觉得，陶渊明的态度最值得赞美。他有一首诗说："纵浪大化中，不喜亦不惧。应尽便须尽，无复独多虑。"他的"尽"就是死。问题是谁来决定"应"还是"不应"。除非自杀，决定权不在自己手中。既然不在自己手中，你就用不着"多虑"（多操心）。这是最合理的态度。我不相信，人有什么生死轮回。一个人只能生一次，这是一个十分难得的机会，不能轻易放过，只要我们能活一天，我们就必须十分珍视这一天，因为它意味着我们又向死亡前进了一天。我们要抓紧这一天，尽量多做好事，少做或不做坏事。好事就是有利于国家，有利于人民，有利于世界的事。这样做，既能利他，又能利己。损人又不利己的事情是绝对做不得的。至于什么时候"应尽"，那既然不能由我们自己决定，也就不必"多虑"了。题写"年方八十""年方九十"的矫情举动要尽量避免。

攀登八宝山，是人人必走的道路。但这不是平常的登山活动，不必努力攀登，争取个第一名。对于这个活动，我一向是主张序齿的，老年人有优待证。但是，这个优待证他可以不使用。我自己反正已经下定决心，决不抢班夺权，决不夹塞。等到我"应尽"的时候，我会坦然从命，既不"饮恨"，也不"吞声"。

2002年4月4日

反躬自省

我在上面，从病原开始，写了发病的情况和治疗的过程，自己的侥幸心理，掉以轻心，自己的瞎鼓捣，以致酿成了几乎不可收拾的大患，进了301医院，边叙事、边抒情、边发议论、边发牢骚，一直写了一万三千多字。现在写作重点是应该换一换的时候了。换的主要枢纽是反求诸己。

301医院的大夫们发扬了"三高"的医风，熨平了我身上的创伤，我自己想用反躬自省的手段，熨平我自己的心灵。

我想从认识自我谈起。

每一个人都有一个自我，自我当然离自己最近，应该最容易认识。事实证明正相反，自我最不容易认识。所以古希腊人才发出了 Know thyself 的惊呼。一般的情况是，人们往往把自己的才能、学问、道德、成就等评估过高，永远是自我感觉良好。这对自己是不利的，对社会也是有害的。许多人事纠纷和社会矛盾由此而生。

不管我自己有多少缺点与不足之处，但是认识自己我是颇能做到一些的。我经常剖析自己。想回答："自己究竟是一个什么样的人？"这样一个问题。我自信能够客观地实事求是地进行分析的。我认为，自己决（绝）不是什么天才，决（绝）不是什么奇材（才）异能之士，自己只不过是一个中不溜丢的人；但也不能说是蠢材。我说不出，自己在哪一方面有什么特别的天赋。绘画和音乐我都喜欢，但都没有天赋。在中学读书时，在课堂上偷偷地给老师画像，我的同桌同学画得比我更像老师，我不得不心服。我羡慕许多同学都能拿出一手儿来，唯独我什么也拿不出。

我想在这里谈一谈我对天才的看法。在世界和中国历史上，确实有过天才；我都没能够碰到。但是，在古代，在现代，在中国，在外国，自命天才的人却层出不穷。我也曾遇到不少这样的人。他们那一副自命不凡的天才相，令人不敢向迩。别人嗤之以鼻，而这些"天才"则巍然不动，挥斥激扬，乐不可支。此种人物列入《儒林外史》是再合适不过的。我除了敬佩他们的脸皮厚之外，无话可说。我常常想，天才往往是偏才。他们大脑里一切产生智慧或灵感的构件集中在某一个点上，别的地方一概不管，这一点就是他的天才之所在。天才有时候同疯狂融在一起，画家梵（凡·）高就是一个好例子。

在伦理道德方面，我的基础也不雄厚和巩固。我决（绝）没有现在社会上认为的那样好，那样清高。在这方面，我有我的一套"理论"。我认为，人从动物群体中脱颖而出，变成了人。除了人的本质外，动物的本质也还保留了不少。一切生物的本能，即所谓"性"，都是一样的，即一要生存，二要温饱，三要发展，在这条路上，倘有障碍，必将本能地下死力排除之。根据我的观察，生物还有争胜或求胜的本能，总想压倒别的东西，一枝独秀。这种本能人当然也有。我们常讲，在世界上，争来争去，不外名利两件事。名是为了满足求胜的本能，而利则是为了满足求生。二者联系密切，相辅相成，成为人类的公害，谁也铲除不掉。古今中外的圣人贤人都尽过力量，而所获只能说是有限。

至于我自己，一般人的印象是，我比较淡泊名利。其实这只是一个假象，我名利之心兼而有之。只因我的环境对我有大裨益，所以才造成了这一个假象。我在四十多岁时，一个中国知识分子当时所能追求的最高荣誉，我已经全部拿到手。在学术上是中国科学院学部委员，即后来的院士。在教育界是一级教授。在政治上是全国政协委员。学术和教育我已经爬到了百尺竿头，再往上就没有什么阶梯了。我难道还想登天做神仙吗？因此，以后几十年的提升提级活动我都无权参加，只是领导而已。假如我当时是一个二级教授——在大学中这已经不低了——我一定会渴望再爬上一级的。不过，我在这里必须补充几句，即使我想再往上爬，我决不会奔走、钻营、吹牛、拍马，只问目的，不择手段。那不是我的作风，我一辈子没有干过。

写到这里就跟一个比较抽象的理论问题挂上了钩：什么叫好人，什么叫坏人？什么叫好，什么叫坏？我没有看过伦理教科书，不知道其中有没有这样的定义。我自己悟出了一套看法，当然是极端粗浅的，甚至是原始的。我认为，一个人一生要处理好三个关系：天人关系，也就是人与大自然的关系；人人关系，也就是社会关系；个人思想和感情中矛盾和平衡的关系。处理好了，人类就能够进步，社会就能够发展。好人与坏人的问题属于社会关系。因此，我在这里专门谈社会关系，其他两个就不说了。

正确处理人与人的关系，主要是处理利害关系。每个人都有自己的利益，都关心自己的利益。而这种利益又常常会同别人有矛盾的。有了你的利益，就没有我的利益。你的利益多了，我的就会减少。怎样解决这个矛盾就成了芸芸众生最棘手的问题。

人类毕竟是有思想能思维的动物。在这种极端错综复杂的利益矛盾中，他们绝大部分人都能有分析评判的能力。至于哲学家所说的良知和良能，我说不清楚。人们能够分清是非善恶，自己处理好问题。在这里无非是有两种态度，既考虑自己的利益，为自己着想，也考虑别人的利益，为别人着想。极少数人只考虑自己的利益，而又以残暴的手段攫取别人的利益者，是为害群之马，国家必绳之以法，以保证社会的安定团结。

这也是衡量一个人好坏的基础。地球上没有天堂乐园，也没有小说中所说的"君子国"。对一般人民的道德水平不要提出过高的要求。一个人除了为自己着想外能为别人着想的水平达到百分之六十，他就算是一个好人。水平越高，当然越好。那样高的水平恐怕只有少数人能达到了。

大概由于我水平太低，我不大敢同意"毫不利己，专门利人"这种提法，一个"毫不"，再加上一个"专门"，把话说得满到不能再满的程度，试问天下人有几个人能做到？提这个口号的人怎样呢？这种口号只能吓唬人，叫人望而却步，决（绝）起不到提高人们道德水平的作用。

至于我自己，我是一个谨小慎微、性格内向的人。考虑问题有时候细入毫发。我考虑别人的利益，为别人着想，我自认能达到百分之六十。我只能把自己划归好人一类。我过去犯过许多错误，伤害了一些人，但那决（绝）不是有意为之，是为我的水平低修养不够所支配的。在这里，我还必须再做一下老王，自我吹嘘一番。在大是大非问题前面，我会一反谨小慎微的本性，挺身而出，完全不计个人利害。我觉得，这是我身上的亮点，颇值得骄傲的。总之，我给自己的评价是：一个平平常常的好人，但不是一个不讲原则的滥好人。

现在我想重点谈一谈对自己当前处境的反思。

我生长在鲁西北贫困地区一个僻远的小村庄里。晚年，一个幼年时的伙伴对我说："你们家连贫农都够不上。"在家六年，几乎不知肉味，平常吃的是红高粱饼子，白馒头只有大奶奶给吃过。没有钱买盐，只能从盐碱地里挖土煮水醃（腌）咸菜。母亲一字不识，一辈子季赵氏，连个名都没有捞上。

我现在一闭眼就看到一个小男孩，在夏天里浑身上下一丝不挂，滚在黄土地里，然后跳入浑浊的小河里去冲洗。再滚，再冲；再冲，再滚。

"难道这就是我吗？"

"不错，这就是你！"

六岁那年，我从那个小村庄里走出，走向通都大邑，一走就走了将近九十年。我走过阳关大道，也跨过独木小桥。有时候歪打正着，有时候也正打歪着。坎坎坷坷，跌跌撞撞，磕磕碰碰，推推搡搡，云里雾里，不知不觉就走到了现在的九十二岁，超过古稀之年二十多岁了。岂不大可喜哉！又岂不大可惧哉！我仿佛大梦初觉一样，糊里糊涂地成为一位名人。现在正住在301医院雍容华贵的高干病房里。同我九十年前出发时的情况相比，只有李后主的"天上人间"四个字差堪比拟于万一。我不大相信这是真的。

我在上面曾经说到，名利之心，人皆有之。我这样一个平凡的人，有了点名，感到高兴，是人之常情。我只想说一句，我确实没有为了出名而去钻营。我经常说，我少无大志，中无大志，老也无大志。这都是实情。能够有点小名小利，自己也就满足了。可是现在的情况却不是这样子。已经有了几本传记，听说还有人正在写作。至于单篇的文章数量更大。其中说的当然都是好话，当然免不了大量溢美之词。别人写的传

181

记和文章，我基本上都不看。我感谢作者，他们都是一片好心。我经常说，我没有那样好，那是对我的鞭策和鼓励。

我感到惭愧。

常言道："人怕出名猪怕壮。"一点小小的虚名竟能给我招来这样的麻烦，不身历其境者是不能理解的。麻烦是错综复杂的，我自己也理不出个头绪来。我现在想到什么就写点什么，绝对是写不全的。首先是出席会议。有些会议同我关系实在不大，但却又非出席不行，据说这涉及会议的规格。在这一顶大帽子下面，我只能勉为其难了。其次（二）是接待来访者，只这一项就头绪万端。老朋友的来访，什么时候都会给我带来欢悦，不在此列。我讲的是陌生人的来访，学校领导在我的大门上贴出布告：谢绝访问。但大多数人却熟视无睹，置之不理，照样大声敲门。外地来的人，其中多半是青年人，不远千里，为了某一些原因，要求见我。如见不到，他们能在门外荷塘旁等上几个小时，甚至住在校外旅店里，每天来我家附近一次。他们来的目的多种多样，但是大体上以想上北大为最多。他们慕北大之名，可惜考试未能及格。他们错认我有无穷无尽的能力和权力，能帮助自己。另外想到北京找工作的也有，想找我签个名照张相的也有。这种事情说也说不完。我家里的人告诉他们我不在家。于是我就不敢在临街的屋子里抬头，当然更不敢出门，我成了"囚徒"。其次（三）是来信。我每天都会收到陌生人的几封信。有的也多与求学有关。有极少数的男女大孩子向我诉说思想感情方面的一些问题和困惑。据他们自己说，这些事连自己的父母都没有告诉。我读了真正是万分感动，遍体温暖。我有何德何能，竟能让纯真无邪的大孩子如此信任！据说，外面传说，我每信必复。我最初确实有这样的愿望。但是，时间和精力都有限。只好让李玉洁女士承担写回信的任务。这个任务成了德国人口中常说的"硬核桃"。其次（四）是寄来的稿子，要我"评阅"，提意见，写序言，甚至推荐出版。其中有洋洋数十万言之作。我哪里有能力有时间读这些原稿呢？有时候往旁边一放，为新来的信件所覆盖。过了不知多少时候，原作者来信催还原稿，这却使我作了难。"只在此室中，书深不知处"了。如果原作者只有这么一本原稿，那我的罪孽可就大了。其次（五）是要求写字的人多，求我的"墨宝"，有的是楼台名称，有的是展览会的会名，有的是书名，有的是题词，总之是花样很多。一提"墨宝"，我就汗颜。小时候确实练过字。但是，一入大学，就再没有练过书法，以后长期居住在国外，连笔墨都看不见，何来"墨宝"。现在，到了老年，忽然变成了"书法家"，竟还有人把我的"书法"拿到书展上去示众，我自己都觉得可笑！有比较老实的人，暗示给我：他们所求的不过"季羡林"三个字。这样一来，我的心反而平静了一点，下定决心：你不怕丑，我就敢写。其次（最后）是广播电台、电视台，还有一些什么台，以及一些报纸杂志编辑部的录像采访。这使我最感到麻烦。我也会说一些谎话的，但我的本性是有时嘴上没遮掩，有时说溜了嘴，在过去，你还能耍点无赖，硬不承认。今天他们人人手里都有录音机，"君子一言，驷马难追"，同他们订君子协定，答应删掉；但是，多数是原封不动，和盘端出，让你哭笑不得。上面的这一段诉苦已经够长的了；但是还远远不够，苦再诉下去，也了无意义，就此打住。

　　我虽然有这样多麻烦，但我并没有被麻烦压倒。我照常我行我素，做自己的工作。我一向关心国内外的学术动态。我不厌其烦地鼓励我的学生阅读国内外与自己研究工作有关的学术刊物。一般是浏览，重点必须细读。为学贵在创新。如果连国内外的新都不知道，你的新何从创起？我自己很难到大图书馆看杂志了。幸而承蒙许多学术刊物的主编不弃，定期寄赠，我才得以拜读，了解了不少当前学术研究的情况和结果，不致闭目塞听。我自己的研究工作仍然照常进行。遗憾的是，许多多年来就想研究的大题目，曾经积累过的一些材料，现在拿起来一看，顿时想到自己的年龄，只能像玄奘当年那样，叹一口气说："自量气力，不复办此。"

对当前学术研究的情况，我也有自己的一套看法，仍然是顿悟式地得来的。我觉得，在过去，人文社会科学学者在进行科研工作时，最费时间的工作是搜（收）集资料，往往穷年累月，还难以获得多大成果。现在电子计算机光盘一旦被发明，大部分古籍都已收入。不费吹灰之力，就能涸（竭）泽而渔，过去最繁重的工作成为最轻松的了。有人可能掉以轻心，我却有我的忧虑。将来的文章由于资料丰满可能越来越长，而疏漏则可能越来越多。光盘不可能把所有的文献都吸引进去，而且考古发掘还会不时有新的文献呈现出来。这些文献有时候比已有的文献还更重要，万万不能忽视的。好多人都承认，现在学术界急功近利浮躁之风已经有所抬头，剽窃就是其中最显著的表现，这应该引起人们的戒心。我在这里抄一段朱子的话，献给大家。朱子说："圣人言语，一步是一步。近来一类议论，只是跳踯。初则两三步做一步，甚则十数步做一步，又甚则千百步作（做）一步。所以学之者皆颠狂。"（《朱子语类》124页）。愿与大家共勉力戒之。

我现在想借这个机会廓清与我有关的几个问题。

回　　家

从医院里捡回来了一条命，终于带着它回家来了。

由于自己的幼稚、固执、迷信"癣疥之疾"的说法，竟走到了向阎王爷那里去报到的地步。也许是因为文件盖的图章不够数，或者红包不够丰满，被拒收，又溜达回来，住进了301医院。这一所医德、医术、医风"三高"的医院，把性命奇迹般的还给了我，给了我一次名副其实的新生。

现在我回家来了。

什么叫家？以前没有研究过。现在忽然间提了出来，仍然是回答不上来。要说家是比较长期居住的地方，那么，在欧洲游荡了几百年的吉卜赛人住在流动不居的大车上，这算不算家呢？

我现在不想仔细研究这种介乎形而上学和形而下学之间的学问。还是让我从医院说起吧。

这一所医院是全国著名的，称之为超一流，是完全名副其实的。我相信，即使是最爱挑剔的人也决（绝）不会挑出什么毛病来。从医疗设备到医生水平，到病房的布置，到服务态度，到工作效率，等等，无不尽如人意。就是这样一个地方，我初搬入的时候，心情还浮躁过一阵，我想到我那在燕园垂杨深处的家，还有我那盈塘季荷和小波斯猫。但是住过一阵之后，我的心情平静了，我觉得住在这里就像是住在天堂乐园里一般。一个个穿白大褂的护士小姐都像是天使，幸福就在这白色光芒里闪烁。我过了一段十分愉快的生活。约摸（莫）一个月以后，病情已经快达到了痊愈的程度。虽然我的生活仍然十分甜美，手脚上长出来的丑类已经完全消灭。笔墨照舞照弄不误。我的心情却无端又浮躁起来。我想到，此地"信美非吾土"。我又想到了我那盈塘的季荷和小波斯猫。我要回家了。

回到朗润园的时候，已是黄昏时分。韩愈诗："黄昏到寺蝙蝠飞。"我现在是："黄昏到园蝙蝠飞。"空中确有蝙蝠飞着。全园还没有到灯火辉煌的程度。在薄暗中，盈塘荷花的绿叶显不出绿色，只是灰蒙蒙的一片。独有我那小波斯猫，不知是从什么地方窜（蹿）了出来，坐下惊愕了一阵，认出了是我，立即跳了上来，在我的两腿间蹭来蹭去，没完没了。它好像是要说："老伙计呀！你可是到哪里去了？叫我好想呀！"我一进屋，它立即跳到我的怀里，无论如何，也不离开。

185

第二天早晨，我照例四点多起床。最初，外面还是一片黢黑，什么东西也看不清。不久，东方渐渐白了起来，天蒙蒙亮了，早晨锻炼的人开始出来了。一个穿红衣服的小伙子跑步向西边去了。接着就从西面走来了那一位挺着大肚子的中年妇女，跟在后面距离不太远的是那一位寡居的教授夫人。这些人都是我天天早上必先见到的人物，今天也不例外。一恍神，我好像根本没有离开过这里。在医院里的四十六天，好像是在宇宙间根本没有存在过，在时间上等于一个零。

等到天光大亮的时候，我仔细观察我的季荷。此时，绿盖满塘，浓碧盈空，看了令人精神为之一振。"心有灵犀一点通"，中国人是相信人心是能相通的。我现在却相信，荷花也是有灵魂的，它与人心也能相通的。我的荷花掐指一算，我今年当有新生之喜；于是憋足了劲要大开一番，以示庆祝。第一朵花正开在我的窗前，是想给我一个信号。孤零零的一大朵红花，朝开夜合，确实带给了我极大的欢悦。可是荷花万没有想到，连我自己都没有想到嘛，我突然住进了医院。听北大到医院来看我的人说，荷花先是一朵，后是几朵，再后是十几朵，几十朵，上百朵，超过一百朵，开得盈塘盈池，红光照亮了朗润园，成了燕园中一道亮丽的风景线。可惜我在医院里不能亲自欣赏，只有躺在那里玄想了。

我把眼再略微抬高了一点，看到荷塘对岸的万众楼，依然雕梁画栋，金碧辉煌。楼名是我题写的。因为楼是西向的，我记得过去只有在夕阳返照中才能看清楚那三个金光闪闪的大字。今天，朝阳从楼后升起，楼前当然是黑的；但不知什么东西把阳光反射了回去，那三个大字正处在光环中，依然金光闪闪。这是极细微的小事，但是，我坐在这里却感到有无穷的逸趣。

与万众楼隔塘对峙的是一座小山。出我的楼门，左拐走十余步就能走到。记得若干年前，一到深秋，山上的树丛叶子颜色一变，地上的草一露枯黄相，就给人以萧瑟凄清的感觉，这正是悲秋的最佳时刻。后来栽上了丰花月季，据说一年能开花十个月。前几年，一个初冬，忽然下起了一场大雪。小山上的树枝都变成了赤条条毫无牵挂。长在地上的东西都被覆盖在一片茫茫的白色之下。令我吃惊的是，我瞥见一枝月季，从雪中挺出，顶端开着一朵小花，鲜红浓艳，傲雪独立。它仿佛带给我了灵感，带给我了活力，带给我了无穷无尽的希望。我一时狂欢不能自禁。

小山上，树木丛杂，野草遍地，是鸟类的天堂。当前全世界人口爆炸，人与鸟兽争夺生存空间。燕园这一大片地带，如果从空中下看的话，一定是一片浓绿，正是鸟类所垂青的地方。因为这里的鸟类相对来说还是比较多的。每天早晨，最先出现的往往是几只喜鹊，在山上塘边树枝间跳来跳去，兴高采烈。接着出场的是成群的灰喜鹊，也是在树枝间蹦蹦跳跳，兴高采烈。到了春天，当然会有成群的燕子飞来助兴。此时，啄木鸟也必然飞来凑趣，把古树敲得砰砰作响，好像要给这一场万籁齐鸣的音乐会敲起鼓点儿。空中又响起了布谷鸟清脆的鸣声，由远到近，又由近到远，终于消逝在太空中。我感到遗憾的是，以前每天都看到乌鸦从城里飞向远郊，成百，上千，黑压压一片。今天则片影无存了。我又遗憾见不到多少麻雀。20世纪50年代被某一个人无端定为四害之一的麻雀，曾被全国人民群起而攻之，酿成了举世闻名的闹剧。现在则濒于灭绝。在小山上偶尔见到几只，灰头土脑，然而却惊为奇宝了。

幼时读唐诗，读了"西塞山前白鹭飞""两个黄鹂鸣翠柳，一行白鹭上青天"，曾向往白鹭青天的境界，只是没有亲眼看见过。一直到1951年访问印度，曾在从加尔各答乘车到国际大学的路上，在一片浓绿的树木和荷塘上面的天空里，才第一次看到白鹭上青天的情景，顾而乐之。第二次见到白鹭是在前几年游广东佛山的时候。在一片大湖的颇为遥远的对岸上绿树成林，树上都开着白色的大花朵。最初我真以为是花。然而不久却发现，有的花朵竟然飞动起来，才知道不是花朵而是白鸟。我又顾而乐之。其实就在我入医院前不久，我曾瞥见一只白鸟从远处飞来，一头扎进荷叶丛中，不知道在里面鼓捣了些什么，过了许久，又从另一个地方飞出荷叶丛，直上青天，转瞬就消逝得无影无踪了。我难道能不顾而乐之吗？

现在我仍然枯坐在临窗的书桌旁边，时间是回家的第二天早上。我的身子确实没有挪窝儿，但是思想却是活跃异常。我想到过去，想到眼前，又想到未来，甚至神驰万里想到了印度。时序虽已是深秋，但是我的心中却仍是春意盎然。我眼前所看到的，脑海里所想到的东西，无一不笼罩上一团玫瑰般的嫣红，无一不闪出耀眼的光芒。记得小时候常见到贴在大门上的一副对联："万物静观皆自得，四时佳兴与人同。"现在朗润园中的万物，鸟兽虫鱼，花草树木，无不自得其乐。连这里的天都似乎特别蓝，水都似乎特别清。眼睛所到之处，无不令我心旷神怡。思想所到之处，无不令我逸兴遄飞。我真觉得，大自然特别可爱，生命特别可爱，人类特别可爱，一切有生无生之物特别可爱，祖国特别可爱，宇宙万物无有不可爱者。欢喜充满了三千大千世界。

现在我十分清醒地意识到，我是带着捡回来的新生回家来了。

我的家是一个温馨的家。

2002年10月14日

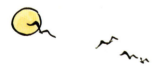

难得糊涂

清代郑板桥提出来的亦书写出来的"难得糊涂"四个大字，在中国，真可以说是家喻户晓、尽人皆知的。一直到今天，二百多年过去了，但在人们的文章里，讲话里，以及嘴中常用的口语中，这四个字还经常出现，人们都耳熟能详。

我也是"难得糊涂党"的成员。

不过，在最近几个月中，在经过了一场大病之后，我的脑筋有点儿开了窍。我逐渐发现，糊涂有真假之分，要区别对待，不能眉毛胡子一把抓。

什么叫真糊涂，而什么又叫假糊涂呢？

用不着做理论上的论证，只举几个小事例就足以说明了。例子就从郑板桥举起。

郑板桥生在清代乾隆年间，所谓康乾盛世的下一半。所谓盛世历代都有，实际上是一块其大无垠的遮羞布。在这块布下面，一切都照常进行。只是外寇来得少，人民作乱者寡，大部分人能勉强吃饱了肚子，"不识不知，顺帝之则"了。最高统治者的宫廷斗争，仍然是血腥淋漓，外面小民是不会知道的。历代的统治者都喜欢没有头脑没有思想的人；有这两个条件的只是士这个阶层。所以士一直是历代统治者的眼中钉，可离开他们又不行。于是胡萝卜与大棒并举。少部分争取到皇帝帮闲或帮忙的人，大致已成定局。等而下之，一大批士都只有一条向上爬的路——科举制度。成功与否，完全看自己的运气。翻一翻《儒林外史》，就能洞悉一切。但同时皇帝也多以莫须有的罪名大兴文字狱，杀鸡给猴看。统治者就这样以软硬兼施的手法，统治天下。看来大家都比较满意。但是我认为，这是真糊涂，如影随形，就在自己身上，并不"难得"。

我的结论是：真糊涂不难得，真糊涂是愉快的，是幸福的。

此事古已有之，历代如此。楚辞所谓"举世皆浊我独清，众人皆醉我独醒"。所谓"醉"，就是我说的糊涂。

可世界上还偏有郑板桥这样的人，虽然人数极少极少，但毕竟是有的。他们为天地留了点儿正气。他已经考中了进士。据清代的一本笔记上说，由于他的书法不是台阁体，没能点上翰林，只能外放当一名知县，

"七品官耳"。他在山东潍县做了一任县太爷，又偏有良心，同情小民疾苦，有在潍县衙斋里所做的诗为证。结果是上官逼，同僚挤，他忍受不了，只好丢掉乌纱帽，到扬州当八怪去了。他一生诗、书、画中都有一种愤懑不平之气，有如司马迁的《史记》。他倒霉就倒在世人皆醉而他独醒，也就是世人皆真糊涂而他独必须装糊涂、假糊涂。

我的结论是：假糊涂才真难得，假糊涂是痛苦，是灾难。

现在说到我自己。

我初进301医院的时候，始终认为自己患的不过是癣疥之疾。隔壁房间里主治大夫正与北大校长商议发出病危通告，我这里却仍然嬉皮笑脸，大说其笑话。住医院里的四十多天，我始终没有危机感。现在想起来，真正后怕。原因就在，我是真糊涂，极不难得，极为愉快。

我虔心默祷上苍，今后再也不要让真糊涂进入我身，我宁愿一生背负假糊涂这一个十字架。

2002年12月2日在301医院于大夫护士嘈杂声中写成，亦一快事也。

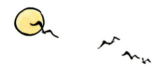

我 的 座 右 铭

多少年以来，我的座右铭一直是：

纵浪大化中，不喜亦不惧。

应尽便须尽，无复独多虑。

老老实实的、朴朴素素的四句陶诗，几乎用不着任何解释。

我是怎样实行这个座右铭的呢？无非是顺其自然，随遇而安而已，没有什么奇招。

"应尽便须尽，无复独多虑。"（到了应该死的时候，你就去死，用不着左思右想），这句话应该是关键性的。但是在我几十年的风华正茂的期间内，"尽"什么的是很难想到的。在这期间，我当然既走过阳关大道，也走过独木小桥。即使在走独木桥时，好像路上铺的全是玫瑰花，没有荆棘。这与"尽"的距离太远太远了。

到了现在，自己已经九十多岁了。离开人生的尽头不会太远了。我在这时候，根据座右铭的精神，处之泰然，随遇而安。我认为，这是唯一正确的态度。

我不是医生，我想贸然提出一个想法。所谓老年忧郁症恐怕十有八九同我上面提出的看法有关，怎样治疗这种病症呢？我本来想用"无可奉告"来答复。但是，这未免太简慢，于是改写一首打油（诗）：题曰"无题"：

人生在世一百年，

天天有些小麻烦。

最好办法是不理，

只等秋风过耳边。

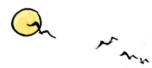

座右铭（老年时期）

我现在的座右铭是：

老骥伏枥，志在十里。

烈士暮年，壮心难已。

读起来一副老调，了无新意。其实是有的。即以"志在十里"而论，为什么不写上百里、千里，甚至万里呢？那有多么威武雄壮呀！其实，如果我讲"志在半里"，也是瞎吹。我现在不能走路，活动全靠轮椅，是要别人推的。我说"十里"，是指一个棒小伙子一口气可以达到的长度。

我 的 美 人 观

纵观动物世界，我们会发现，在雌雄之间，往往是雄的漂亮、高雅，动人心魄，惹人瞩目。拿狮子来说，雄狮多么威武雄壮，英气磅礴。如果张口一吼，则震天动地，无怪有人称之为兽中王。再拿孔雀来看，雄的倘若一开屏，则遍体金碧耀目，非言语所能形容。雄孔雀仪态万方，令人久久不能忘怀。

一讲到人，情况竟完全颠倒过来。我们不知道，造物主囊中卖的是什么药。她先创造人中雌（女人），此时，她大概心情清爽。兴致昂扬，便精雕细琢，刮垢磨光。结果是，创造出来的女子美妙、漂亮、悦目、闪光。她看到了自己的作品，左看右看，十分满意，不禁笑盈脸庞。

但是，她立刻就想到，只造女人是不行的，这样怎么能传宗接代呢？必须再创造人中雌的对应物人中雄。这样，创造活动才算完成。

这样想过，她立即着手创造人中雄。此时，她的感觉比较粗疏，因此手法难以细腻。结果是，造出来的人中雄，一反禽兽的格调，显得有点粗陋。连她自己都不怎么满意。但是，既然造出来了，就只能听之任之，不必再返工了。

到了此时，造物主忽发少年狂，决心在本来已经很秀丽、美妙、赏心悦目的人中雌中，再创造几个出类拔萃、傲视群雌的超级美人。于是，人类就出现了西施、明妃、赵飞燕、貂蝉、二乔、杨贵妃、柳如是、董小宛、陈圆圆等超级美人。这样一来，在中国老百姓的历史观中，就凭空增添了几分靓丽，几分滋润，几分光彩，几分清芬。

为什么只有中国传留下来这么多超级美人，而别的国家则毫无所闻呢？我个人认为，这绝不是一个无足轻重的问题。如果研究比较文化史，这个问题绝对躲不过去。目前，我对于这个问题考虑得还不够深。我只能说，中国老百姓的历史观，是丰富多彩的，有滋有味的，不是一堆干巴巴的"相斫书"。

我现在越来越不安分了，胆子越来越大了。我想在太岁头上动一下土，探讨一下"美人"这个"美"字的含义。我没有研究过美学，只记得在很多年以前，中国美学论坛上忽然爆发了一场论战。专家们意气风发，舌剑唇枪，争得极为激烈。像美这样扑朔迷离、玄之又玄的现象或者问题，一向难以得到大家一致同意的结论或者解释的。专家们讨论完了，一哄而散，问题仍然摆在那里，原封未动。

美人之所以被称为美人，必然有其异于非美人者。但是，她们也只具有五官四肢，造物主并没有给她们多添上一官一肢，也没有挪动官、肢的位置，只在原有的排列上卖弄了一点手法，使这个排列显得更匀称，更和谐，更能赏心悦目。

美人身上有多处美的亮点，我现在不可能一一研究。我只选其中一个最引人注意的来谈一谈，这就是细腰的问题。这是一个极古老的问题，但是，无论多么古老，也古老不到蒙昧的远古。那时候，人类首要的问题，是采集野果，填饱肚子。男女都整天奔波，男女的腰都是粗而又粗的，哪里有什么余裕来要妇女细腰呢？大概到了先秦时期，情况有了改变。《诗经》第一篇中的"窈窕（苗条）淑女，君子好逑"。"窈窕"二字，无论怎样解释也离不开妇女的腰肢。先秦典籍中，还有"楚王好细腰，宫中多饿死"的记载。可见，此风在高贵且不劳动的妇女中已经形成。流风所及，延续未断，可以说到今天也并没有停住。

为什么细腰这个现象会同美联系起来，简单地说一句话，我想使用德国心理学家李普斯的"感情移入"的学说来解决这个问题。比如说，你看一个细腰的美女走在你的眼前，步调轻盈、柔软，好像是曹子建眼中的洛神。你一时失神，产生了感情移入的效应，仿佛与细腰女郎化为一体，得大喜悦，飘飘欲仙了。真诚的喜悦，同美感是互相沟通的。

九十五岁初度

到我九十五岁生日时，我想到一副常见的对联的上联是："天增岁月人增寿。"我又增了一年寿。庄子说：万物方生方死。从这个观点上来看，我又死了一年，向死亡接近了一年。

不管怎么说，从表面上来看，我反正是增长了一岁。

在增寿的过程中，自己在领悟、理解等方面有没有进步呢？

仔细算，还是有的。去年还有一点儿叹时光之流逝的哀感，今年则完全没有了。这种哀感在人们中是最常见的。然而也是最愚蠢的。"人间正道是沧桑。"时光流逝，是万古不易之理。人类以及一切生物，是毫无办法的。夫"天地者，万物之逆旅；光阴者，百代之过客。"对于这种现象，最好的办法是听之任之，用不着什么哀叹。

我现在集中精力考虑的一个问题是：如何避免"当时只道是寻常"的这种尴尬情况。"当时"是指过去的某一个时间。"现在"，过一些时候也会成为"当时"的。这样一来，我们就会永远有这样的哀叹。我认为，我们必须从事实上，也可以说是从理论上考察和理解这个问题。有两个问题，第一个是如何生活？第二个是如何回忆生活？

如何生活？

一般人的生活，几乎普遍有一个现象，就是倥偬。用习惯的说法就是匆匆忙忙。五四运动以后，我在济南读到了俞平伯先生的一篇文章。文中引用了他夫人的话："从今以后，我们要仔仔细细过日子了。"言外之意就是嫌眼前日子过得不够仔细，也许就是日子过得太匆匆的意思。怎样才叫仔仔细细呢？俞先生夫妇都没有解释，至今还是个谜。我现在不揣冒昧，加以解释。所谓仔仔细细就是：多一些典雅，少一些粗暴；多一些温柔，少一些莽撞；总之，多一些人性，少一些兽性；如此而已。

至于如何回忆生活，首先必须指出：这是古今中外一个常见的现象。一个人，不管活得多长多短，一生中总难免有什么难以忘怀的事情。这倒不一定都是喜庆的事情，比如洞房花烛夜、金榜题名时之类。这固然使人终生难忘。反过来，像夜走麦城这样的事，如果关羽能够活下来，他也不会忘记的。

总之，我认为，回想一些"俱往矣"类的事情，总会有点儿好处。回想喜庆的事情，能使人增加生活的情趣，提高向前进的勇气。回忆倒霉的事情，能使人引以为鉴，不致再蹈覆辙。

我还必须谈一个无论如何也绕不过去的问题：死亡问题。我已经活了九十多年。无论如何也必须承认这是高龄。但是，在另一方面，我离开死亡也不会太远了。

一谈到死亡，没有人不厌恶的。我虽然还不知道，死亡究竟是什么样子，我也并不喜欢它。

写到这里，我想加上一段非无意义的闲话。对于寿命的态度，东西方是颇不相同的。中国人重寿，自古已然。汉瓦当文延年益寿，可见汉代的情况。人名李龟年之类，也表示了寿的愿望。从长寿再进一步，就是长生不老。李义山诗："嫦娥应悔偷灵药，碧海青天夜夜心。"灵药当即不死之药。这也是一些人，包括几个所谓英主在内所追求的境界。汉武帝就是一个狂热的长生不老的追求者。精明如唐太宗者，竟也为了追求长生不老而服食玉石散之类的矿物，结果是中毒而死。

上述情况，在西方是找不到的。没有哪一个西方的皇帝或国王会追求长生不老。他们认为，这是无稽之谈，不屑一顾。

我虽然是中国人，是长期在中国传统文化熏陶下成长起来的，但是，在寿与长生不老的问题上，我却倾向西方的看法。中国民间传说中有不少长生不老的故事，这些东西浸入正规文学中，带来了不少的逸趣，但始终成不了正果。换句话说，就是，中国人并不看重这些东西。

中国人是讲求实际的民族。人一生中，实际的东西是不少的。其中最突出的一个东西就是死亡。人们都厌恶它，但是却无能为力。

一个九十多岁的老人，若不想到死亡，那才是天下之怪事。我认为，重要的事情，不是想到死亡，而是怎样理解死亡。世界上，包括人类在内，林林总总，生物无虑上千上万。生物的关键就在于生，死亡是生的对立面，是生的大敌。既然是大敌，为什么不铲除之而后快呢？铲除不了的。有生必有死，是人类进化的规律。是一切生物的规律，是谁也违背不了的。

对像死亡这样的谁也违背不了的灾难，最有用的办法是先承认它，不去同它对着干，然后整理自己的思想感情。我多年以来就有一个座右铭："纵浪大化中，不喜亦不惧。应尽便须尽，无复独多虑。"这是陶渊明的一首诗。"该死就去死，不必多嘀咕。"多么干脆利落！我目前的思想感情也还没有超过这个阶段。江文通《恨赋》最后一句话是："自古皆有死，莫不饮恨而吞声。"我相信，在我上面说的那些话的指引下，我一不饮恨，二不吞声。我只是顺其自然，随遇而安。

我也不信什么轮回转世。我不相信，人们肉体中还有一个灵魂。在人们的躯体还没有解体的时候灵魂起什么作用，自古以来，就没有人说得清楚。我想相信，也不可能。

对我九十多的高龄有什么想法？我既不高兴，也不厌恶。这本来是无意中得来的东西，应该让它发挥作用。比如说，我一辈子舞笔弄墨，现在为什么不能利用我这一支笔杆子来鼓吹升平、增强和谐呢？现在我们的国家是政通人和海晏河清，可以歌颂的东西真是太多太多了。歌颂这些美好的事物，九十多年是不够的。因此，我希望活下去。岂止于此，相期以茶。

封笔问题

旧日的学者，活到了一定的年龄，觉得自己精力不济了，写作有困难了，于是就宣布封笔。封笔者，把笔封起来，不再写作之谓也。

到了什么年龄，封笔最恰当？各个人、各个时代都不同。大抵时代越近，封笔越晚。这与人们寿命的长短有关。唐代的韩愈到了五十岁，就哀叹而发苍苍，而视茫茫，而齿牙摇动。看样子已经到了该封笔的时候了。

我脑筋里还残留着许多旧东西，封笔就是其中之一。我现在虽然真正达到了耄耋之年，但是，我自己曾在脑袋中做过一次体检，结果是非常完满。小毛病有点儿，大毛病没有。岂止于米，相期以茶，对我来说，决（绝）不是一句空话。在这样的情况下，封笔的想法竟然还在脑筋里蠢蠢欲动，岂不是笑话！

我不能封笔。

再环顾一下我们的生活环境。从全世界来看，中国的崛起已成定局，谁也阻挡不住。十几年前，我就根据我了解的那一点地缘政治的知识，大胆地做了一个预言：21世纪是中国的世纪。虽然遭到了不少人的反对，我却坚持如故，而且信心日增，而且证据日多。

总之，从全世界形势来看，对中国来说是一个伟大的时代。

我怎么能封笔！

再从我们身边的生活来看，也会看到空前未有的情况。我们的行政领导人是完全可以信赖的。我们真可以说是政通人和、海晏河清。

我不能封笔。

像我这样的老知识分子，差不多就是文不如司书生，武不如救火兵，手中可以耍的只有一支笔杆子。我舞笔弄墨已有七十来年的历史了，虽然不能说一点东西也没有舞弄出来，但毕竟不能算多。我现在自认还有力量舞弄下去。我怎能放弃这个机会呢？

我不能封笔。

这就是我的结论。

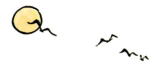

在清华大学念书的时候

我少无大志，从来没有想到做什么学者。中国古代许多英雄，根据正史的记载，都颇有一些豪言壮语，什么"大丈夫当如是也"！什么"彼可取而代也"！又是什么"燕雀焉知鸿鹄之志哉"？真正掷地作金石声，令我十分敬佩，可我自己不是那种人。

在我读中学的时候，像我这种从刚能吃饱饭的家庭出身的人，唯一的目的和希望就是——用当时流行的口头语来说——能抢到一只"饭碗"。当时社会上只有三个地方能生产"铁饭碗"：一个是邮政局，一个是铁路局，一个是盐务稽核所。这三处地方都掌握在不同国家的帝国主义分子手中。在那半殖民地社会里，"老外"是上帝。不管社会多么动荡不安，不管"城头"多么"变幻大王旗"，"老外"是谁也不敢碰的。他们生的"碗"是"铁"的，砸不破，摔不碎。只要一碗在手，好好干活，不违"洋"命，则终生会有饭吃，无忧无虑，成为羲皇上人。

我的家庭也希望我在高中毕业后能抢到这样一只"铁饭碗"。我不敢有违严命，高中毕业后曾报考邮政局。若考取后，可以当一名邮务生。如果勤勤恳恳，不出娄子，干上十年二十年，也可能熬到一个邮务佐，算是邮局里的一个芝麻绿豆大的小官了；就这样混上一辈子，平平安安，无风无浪。幸乎？不幸乎？我没有考上。大概面试的"老外"看我不像那样一块料，于是我名落孙山了。在这样的情况下，我才报考了大学。北大和清华都录取了我。我同当时众多的青年一样，也想出国去学习，目的只在"镀金"，并不是想当什么学者。"镀金"之后，容易抢到一只饭碗，如此而已。在出国方面，我以为清华条件优于北大，所以舍后者而取前者。后来证明，我这一宝算是押中了。这是后事，暂且不提。

清华是当时两大名牌大学之一，前身叫留美预备学堂，是专门培养青年到美国去学习的。留美若干年镀过了金以后，回国后多为大学教授，有的还做了大官。在这些人里面究竟出了多少真正的学者，没有人做过统计，我不敢瞎说。同时并存的清华国学研究院，是一所很奇特的机构，仿佛是西装革履中一袭长袍马褂，非常不协调。然而在这个不起眼的机构里却有名闻宇内的四大导师：梁启超、王国维、陈寅恪、赵元任。另外有一名年轻的讲师李济，后来也成了大师，担任了台湾"中央研究院"的院长。这个国学研究院，与其说它是一所现代化的学堂，毋宁说它是一所旧日的书院。一切现代化学校必不可少的烦琐的规章制度，在这里似乎都没有。师生直接联系，师了解生，生了解师，真正做到了循循善诱，因材施教。虽然只办了几年，梁、王两位大师一去世，立即解体，然而所创造的业绩却是非同小可。我不确切知道究竟毕业了多少人，估计只有几十个人，但几乎全都成了教授，其中有若干位还成了学术界的著名人物。听史学界的朋友说，中国20世纪30年代后形成了一个学术派别，名叫"吾师派"，大概是由某些人写文章常说的"吾师梁任公""吾师王静安""吾师陈寅恪"等衍变而来的。从这一件小事也可以看到清华国学研究院在学术界影响之大。

吾生也晚，没有能亲逢国学研究院的全盛时期。我于1930年入清华时，留美预备学堂和国学研究院都已不再存在，清华改成了国立清华大学。清华有一个特点：新生投考时用不着填上报考的系名，录取后，再由学生自己决定入哪一个系；读上一阵，觉得不恰当，还可以转系。转系在其他一些大学中极为困难——比如说现在的北京大学，但在当时的清华，却真易如反掌。可是根据我的经验：世上万事万物都具有双重性。没有入系的选择自由，很不舒服；现在有了入系的选择自由，反而更不舒服。为了这个问题，我还真伤了点脑筋。系科盈目，左右掂量，好像都有点吸引力，究竟选择哪一个系呢？我一时好像变成了莎翁剧中的 Hamlet 碰到了 To be or not to be-That is the question。我是从文科高中毕业的，按理说，文科的系对自己更适宜。然而我却忽然一度异想天开，想入数学系，真是"可笑不自量"。经过长时间的考虑，我决定入西洋文学系（后改名外国语文系）。这一件事也证明我"少无大志"，我并没有明确的志向，想当哪一门学科的专家。

当时的清华大学的西洋文学系，在全国各大学中是响当当的名牌。原因据说是由于外国教授多，讲课当然都用英文，连中国教授讲课有时也用英文。用英文讲课，这可真不得了呀！只是这一条就能够发聋振聩，于是就名满天下了。我当时未始不在被振发之列，又同我那虚无缥缈的出国梦联系起来，我就当机立断，选了西洋文学系。

从1930年到现在，67个年头已经过去了。所有的当年的老师都已经去世了。最后去世的一位是后来转到北大来的美国的温德先生，去世时已经活过了100岁。我现在想根据我在清华学习4年的印象，对西洋文学系做一点评价，谈一谈我个人的一点看法。我想先从古希腊找一张护身符贴到自己身上："吾爱吾师，吾尤爱真理。"有了这一张护身符，我就可以心安理得，能够畅所欲言了。

我想简略地实事求是地对西洋文学系的教授阵容作一点分析。我说"实事求是"，至少我认为是实事求是，难免有不同的意见，这就是平常所谓的"仁者见仁，智者见智"了。我先从系主任王文显教授谈起。他的英文极好，能用英文写剧本，没怎么听他说过中国话。他是莎士比亚研究的专家，有一本用英文写成的有关莎翁研究的讲义，似乎从来没有出版过。他隔年开一次莎士比亚的课，在堂上念讲义，一句闲话也没有。下课铃一摇，合上讲义走人。多少年来，都是如此。讲义是否随时修改，不得而知。据老学生说，讲义基本上不做改动。他究竟有多大学问，我不敢瞎说。他留给学生最深的印象是他充当冰球裁判时那种脚踏溜冰鞋似乎极不熟练的战战兢兢如履薄冰的神态。

现在我来介绍温德教授。他是美国人，怎样到清华来的，我不清楚。他教欧洲文艺复兴文学和第三年法语。他终身未娶，死在中国。据说他读的书很多，但没见他写过任何学术文章。学生中流传着有关他的许多轶（逸）闻趣事。他说，在世界上所有的宗教中，他最喜爱的是伊斯兰教，因为伊斯兰教的"天堂"很符合他的口味。学生中流传的轶（逸）闻之一就是：他身上穿着500块大洋买来的大衣（当时东交民巷外国裁缝店的玻璃橱窗中摆出一块呢料，大书"仅此一块"。被某一位冤大头买走后，第二天又摆出同样一块，仍然大书"仅此一块"。价钱比平常同样的呢料要贵上5至10倍），腋下夹着10块钱一册的《万人丛书》（*Everyman's Library*）（某一国的老外名叫 Vetch，在北京饭店租了一间铺面，专售西书。他把原有的标价剪掉，然后抬高四五倍的价钱卖掉），眼睛上戴着用80块大洋配好但把镜片装反了的眼镜，徜徉在水木清华的林荫大道上，

202

昂首阔步，醉眼蒙眬。

现在介绍翟孟生教授。他也是美国人，教西洋文学史。听说他原是清华留美预备学堂的理化教员。后来学堂撤销，改为大学，他就留在西洋文学系。他大概是颇为勤奋，确有著作，而且是厚厚的大大的巨册，在商务印书馆出版，书名叫 *A Survey of European Literature*。读了可以对欧洲文学得到一个完整的概念。但是，书中错误颇多，特别是在叙述某一部名作的故事内容中，时有张冠李戴之处。学生们推测，翟老师在写作此书时，手头有一部现成的欧洲文学史，又有一本 Story Book，讲一段文学发展的历史事实；遇到名著，则查一查 Story Book，没有时间和可能尽读原作，因此名著内容印象不深，稍一疏忽，便出讹误。不是行家出身，这种情况实在是难以避免的。我们不应苛责翟孟生老师。

现在介绍吴可读教授。他是英国人，讲授中世纪文学。他既无著作，也不写讲义。上课时他顺口讲，我们顺手记。究竟学到了些什么东西，我早已忘到九霄云外去了。他还讲授当代长篇小说一课。他共选了5部书，其中包括当时才出版不太久但已赫赫有名的《尤利西斯》和《追忆逝水年华》。此外还有托马斯·哈代的《还乡》，吴尔芙和劳伦斯各一部。第一二部谁也不敢说完全看懂。我只觉迷离模糊，不知所云。根据现在的研究水平来看，我们的吴老师恐怕也未必能够全部透彻地了解。

现在介绍毕莲教授。她是美国人。我也不清楚她是怎样到清华来的。听说她在美国教过中小学。她在清华讲授中世纪英语，也是一无著作，二无讲义。她的拿手好戏是能背诵英国大诗人 Chaucer 的 Canterbury Tales 开头的几段。听老同学说，每逢新生上她的课，她就背诵那几段，背得滚瓜烂熟，先给学生一个下马威。以后呢？以后就再也没有什么新花样了。年轻的学生们喜欢评头论足，说些开玩笑的话。我们说：程咬金还能舞上三板斧，我们的毕老师却只能砍上一板斧。

下面介绍两位德国教授。第一位是石坦安，讲授第三年德语。不知道他的专长何在，只是教书非常认真，颇得学生的喜爱。此外我对他便一无所知了。第二位是艾克，字锷风。他算是我的业师，他教我第四年德文，并指导我的学士论文。他在德国拿到过博士学位，主修的好像是艺术史。他精通希腊文和拉丁文，偏爱德国古典派的诗歌，对于其名最初隐而不彰后来却又大彰的诗人薛德林（Holderdin）情有独钟，经常提到他。艾克先生教书并不认真，也不愿费力。有一次我们几个学生请他用德文讲授，不用英文。他便用最快的速度讲了一通，最后问我们："Verstehen Sie etwas davon？"（你们听懂了什么吗？）我们瞠目结舌，敬谨答曰："No！"从此天下太平，再也没有人敢提用德文讲授的事。他学问是有的，曾著有一部厚厚的《宝塔》，是用英文写的，利用了很丰富的资料和图片，专门讲中国的塔。这一部书在国外汉学界颇有一些名气。他的另外一部专著是研究中国明代家具的，附了很多图表，篇幅也相当多。由此可见他的研究兴趣之所在。他工资极高，孤身一人，租赁了当时辅仁大学附近的一座王府，他就住在银安殿上，雇了几个听差和厨师。他收藏了很多中国古代名贵字画，坐拥画城，享受王者之乐。1946年，我回到北京时，他仍在清华任教。此时他已成了家，夫人是一位中国女画家，年龄比他小一半，年轻貌美。他们夫妇请我吃过烤肉。北京一解放，他们就流落到夏威夷。艾锷风老师久已谢世，他的夫人还健在。

我在上面提到过，我的学士论文是在艾锷风老师指导下写成的，是用英文写的，题目是"*The Early Poems of F. Holderlin*"。英文原稿已经遗失，只保留下来了一份中文译文。一看这题目，就能知道是受到了艾先生的影响。现在回忆起来，我当时的德文水平不可能真正看懂薛德林的并不容易懂的诗句。当然，要说一点都不懂，那也不是事实。反正是半懂半不懂，囫囵吞枣，参考了几部《德国文学史》，写成了这一篇论文，分数是 E（excellent，优）。我年轻时并不缺少幻想力，这是一篇幻想力加学术探讨写成的论文。本章的题目是"学术研究的发轫阶段"。如果这就算学术研究的话，说它是"发轫"，也未尝不可。但是，这个"轫""发"得并不辉煌，里面并没有什么"天才的火花"。

现在再介绍西洋文学系的老师，先介绍吴宓（字雨僧）教授。他是美国留学生，是美国人文主义大师白璧德的弟子，在国内不遗余力地宣传自己老师的学说。他反对白话义，更反对白话文学。他联合了一些志同道合者，创办了《学衡》杂志，文章一律是文言。他自己也用文言写诗，后来出版了《吴宓诗集》。在中国文坛上，他属于右倾保守集团，没有什么影响。他给我们讲授两门课：一门是"英国浪漫诗人"，一门是"中西诗之比较"。在美国他入的是比较文学系。在中国，他是提倡比较文学的先驱者之一。但是，他在这方面的文章却几乎不见。就以我为例，"比较文学"这个概念当时并没有形成。如果有文章的话，他并不缺少发表的地方，《学衡》和天津《大公报·副刊》都掌握在他手中，留给我印象最深的只是他那些连篇累牍的关于白璧德人文主义的论述文章，在"英国浪漫诗人"这一堂课上，我记得最清楚的是他让我们背诵那些浪漫诗人的诗句，有时候要背得很长很长。理论讲授我一点也回忆不起来了。在"中西诗之比较"这一堂课上，除了讲点西方的诗和中国的古诗之外，关于理论我的回忆中也是一片空白。反之，最难忘的却是：他把自己一些新写成的旧诗也铅印成讲义，在堂上散发。他那有名的《空轩诗》就是在这种情况下发到我们手中的。雨僧先生生性耿直，古貌古心，却流传着许多"绯闻"。他似乎爱过追求过不少女士，最著名的一个是毛彦文。他曾有一首诗，开头两句是："吴宓苦爱〇〇〇，三洲人士共惊闻。"隐含在三个〇里面的人名，用押韵方式呼之欲出。"三洲"指的是亚、欧、美。这虽是诗人的夸大，知道的人确实不少，这却是事实。他的《空轩诗》被学生在小报《清华周刊》上改写为打油诗，给他开了一个不大不小的玩笑。第一首的头两句被译成了"一见亚北貌似花，顺着秣秸往上爬"。

"亚北"者，指一个姓欧阳的女生。关于这一件事，我曾在发表在香港《大公报·文学副刊》上的一篇谈叶公超先生的散文中写到过，这里不再重复。回头仍然讲吴先生的"中西诗之比较"这一门课。为这一门课我曾写过一篇论文，题目忘记了，是师命或者自愿，我也忘记了。内容依稀记得是把陶渊明同一位英国浪漫诗人相比较，当然不会比出什么东西来的。我最近几年颇在一些文章和谈话中，对比较文学的"无限可比性"有所指责。x 和 y，任何两个诗人或其他作家都可以硬拉过来一比，有人称之为"拉郎配"，是一个很形象的说法。焉知六十多年前自己就是一个"拉郎配"者或始作俑者。自己向天上吐的唾沫最终还是落到自己脸上，岂不尴尬也哉！然而这个事实我却无法否认。如果这样的文章也能算科学研究的"发轫"的话，我的发轫起点实在是很低的。但是，话又说了回来，在西洋文学系教授群中，讲真有学问的，雨僧先生算是一个。

下面介绍叶崇智（公超）教授。他教我们第一年英语，用的课本是英国女作家 Jane Austen 的《傲慢与偏见》。他的教学法非常离奇，一不讲授，二不解释，而是按照学生的座次——我先补充一句，学生的座次是并不固定的——从第一排右手起，每一个学生念一段，依次念下去。念多么长，好像也并没有一定之规，他一声令下：Stop！于是就 Stop 了。

他问学生："有问题没有？"如果没有，就是邻座的第二个学生念下去。有一次，一个同学提了一个问题，他大声喝道："查字典去！"一声狮子吼，全堂愕然、肃然，屋里静得能听到彼此的呼吸声。从此天下太平，再没有人提任何问题了。就这样过了一年。公超先生英文非常好，对英国散文大概是很有研究的。可惜他惜墨如金，从来没见他写过任何文章。

在文坛上，公超先生大概属于新月派一系。他曾主编过——或者帮助编过——一个纯文学杂志《学文》。我曾写过一篇散文《年》，送给了他。他给予这篇文章极高的评价，说我写的不是小思想、小感情，而是"人类普遍的意识"。他立即将文章送《学文》发表。这实出我望外，欣然自喜，颇有受宠若惊之感。为了表示自己的感激之情，兼怀有巴结之意，我写了一篇《我是怎样写起文章来的？》送呈先生。然而，这次却大出我意料，狠狠地碰了一个钉子。他把我叫了去，铁青着脸，把原稿掷给了我，大声说道："我一个字都没有看！"我一时目瞪口呆，赶快拿着文章开路大吉。个中原因我至今不解。难道这样的文章只有成了名的作家才配得上去写吗？此文原稿已经佚失，我自己是自我感觉极为良好的。平心而论，我在清华四年，只写过几篇散文：《年》《黄昏》《寂寞》《枸杞树》，一直到今天，还是一片赞美声。清夜扪心，这样的文章我今天无论如何也写不出来了。我一生从不敢以作家自居，而只以学术研究者自命。然而具有讽刺意味的是：如果说我的学术研究起点很低的话，我的散文创作的起点应该说是不低的。

公超先生虽然一篇文章也不写，但是，他并非懒于动脑筋的人。有一次，他告诉我们几个同学，他正考虑一个问题：在中国古代诗歌中人的感觉——或者只是诗人的感觉的转换问题。他举了一句唐诗："静听松风寒。"最初只是用耳朵听，然而后来却变成了躯体的感受"寒"。虽然后来没见有文章写出，却表示他在考虑一些文艺理论的问题。当时教授与学生之间有明显的鸿沟：教授工资高，社会地位高，存在决定意识，由此就形成了"教授架子"这一个词儿。我们学生只是一群有待于到社会上去抢一只饭碗的碌碌青年。我们同教授们不大来往，路上见了面，也是望望然而去之，不敢用代替西方"早安""晚安"一类的致敬词儿的"国礼"："你吃饭了吗？""你到哪里去呀？"去向教授们表示敬意。公超先生后来当了大官：台湾的"外交部长"。关于这一件事，我同我的一位师弟——一位著名的诗人有不同的看法。我曾在香港《大公报·文学副刊》上发表过的一篇文章中提到此事。此文上面已提到。

现在再介绍一位不能算是主要教授的外国女教授，她是德国人华兰德小姐，讲授法语。她满头银发，闪闪发光，恐怕已经有了一把子年纪，终身未婚。中国人习惯称之为"老姑娘"。也许正因为她是"老姑娘"，所以脾气有点变态。用医生的话说，可能就是迫害狂。她教一年级法语，像是教初小一年级的学生。后来我领略到的那种德国外语教学方法，她一点都没有。极简单的句子，翻来覆去地教，令人从内心深处厌恶。她脾气却极坏，又极怪，每堂课都在骂人。如果学生的卷子答得极其正确，让她无辫子可抓，她就越发生气，气得简直浑身发抖，面红耳赤，开口骂人，语无伦次。结果是把百分之八十的学生全骂走了，只剩下我们五六个不怕骂的学生。我们商量"教训"她一下。有一天，在课堂上，我们一齐站起来，对她狠狠地顶撞了一番。大出我们所料，她屈服了。从此以后，天下太平，再也没有看到她撒野骂人了。她住在当时燕京大学南面军机处的一座大院子里，同一个美国"老姑娘"相依为命。二人合伙吃饭，轮流每人管一个月的伙食。在这一个月中，不管伙食的那一位就百般挑剔，恶毒咒骂。到了下个月，人变换了位置，骂者与被骂者也颠倒了过来。总之是每月每天必吵。然而二人却谁也离不开谁，好像吵架已经成了生活的必不可缺的内容。

我在上面介绍了清华西洋文学系的大概情况，决（绝）没有一句谎言。中国古话：为尊者讳，为贤者讳。这道理我不是不懂。但是为了真理，我不能用撒谎来讳，我只能据实直说。我也决（绝）不是说，西洋文学系一无是处。这个系能出像钱钟书和万家宝（曹禺）这样大师级的人物，必然有它的道理。我在这里无法详细推究了。

专就我个人而论，专从学术研究发轫这个角度上来看，我认为，我在清华四年，有两门课对我影响最大：一门是旁听而又因时间冲突没能听全的历史系陈寅恪先生的"佛经翻译文学"，一门是中文系朱光潜先生的"文艺心理学"，是一门选修课。这两门不属于西洋文学系的课程，我可万没有想到会对我终生产生了深刻而悠久的影响，绝非本系的任何课程所能相比于万一。陈先生上课时让每个学生都买一本《六祖坛经》。我曾到今天的美术馆后面的某一座大寺庙里去购买此书。先生上课时，任何废话都不说，先在黑板上抄写资料，把黑板抄得满满的，然后再根据所抄的资料进行讲解分析；对一般人都不注意的地方提出崭新的见解，令人顿生石破天惊之感，仿佛酷暑饮冰，凉意遍体，茅塞顿开。听他讲课，简直是最高最纯的享受。这同他写文章的做法如出一辙。当时我对他的学术论文已经读了一些，比如《四声三问》等等。每每还同几个同学到原物理楼南边王静安先生纪念碑前，共同阅读寅恪撰写的碑文，觉得文体与流俗不同，我们戏说这是"同光体"。有时在路上碰到先生腋下夹着一个黄布书包，走到什么地方去上课，步履稳重，目不斜视，学生们都投以极其尊重的目光。

朱孟实（光潜）先生是北大的教授，在清华兼课。当时他才从欧洲学成归来。他讲"文艺心理学"，其实也就是美学。他的著作《文艺心理学》还没有出版，也没有讲义，他只是口讲，我们笔记。孟实先生的口才并不好，他不属于能言善辩一流，而且还似乎有点怕学生，讲课时眼睛总是往上翻，看着天花板上的某一个地方，不敢瞪着眼睛看学生。可他一句废话也不说，慢条斯理，操着安徽乡音很重的蓝青官话，讲着并不太容易理解的深奥玄虚的美学道理，句句仿佛都能钻入学生心中。他显然同鲁迅先生所说的那一类，在外国把老子或庄子写成论文让洋人吓了一跳，回国后却偏又讲康德、黑格尔的教授，完全不可相提并论。他深通西方哲学和当时在西方流行的美学流派，而对中国旧的诗词又极娴熟。所以在课堂上引东证西或引西证东，触类旁通，头头是道，毫无扞格牵强之处。我觉得，这才是真正的比较文学，比较诗学。这样的本领，在当时是凤毛麟角，到了今天，也不多见。他讲的许多理论，我终生难忘，比如 Lipps 的"感情移入说"，到现在我还认为是真理，不能更动。

陈、朱二师的这两门课，使我终生受用不尽。虽然我当时还没有敢梦想当什么学者，然而这两门课的内容和精神却已在潜移默化中融入了我的内心深处。如果说我的所谓"学术研究"真有一个待"发"的"韧"的话，那个"韧"就隐藏在这两门课里面。

第四章

烽火连八岁　家书抵亿金

天赐良机

正当我心急似火而又一筹莫展的时候，真像是天赐良机，我的母校清华大学同德国学术交换处（DAAD）签订了一个合同：双方交换研究生，路费制装费自己出，食宿费相互付给：中国每月30块大洋，德国120马克。条件并不理想，120马克只能勉强支付食宿费用。相比之下，官费一个月800马克，有天渊之别了。

然而，对我来说，这却像是一根救命的稻草，非抓住不行了。我在清华名义上主修德文，成绩四年全优（这其实是名不副实的），我一报名，立即通过。但是，我的困难也是明摆着的：家庭经济濒于破产，而且亲老子幼。我一走，全家生活靠什么来维持呢？我面对的都是切切实实的现实困难，在狂喜之余，不由得又心忧如焚了。

我走到了一个岔路口上：一条路是桃花，一条是雪。开满了桃花的路上，云蒸霞蔚，前程似锦，不由得你不想往前走。堆满了雪的路上，则是暗淡无光，摆在我眼前是终生青衾，老死学官，天天为饭碗而搏斗，时时引"安静"为鉴戒。究竟何去何从？我逢到了生平第一次重大抉择。

出我意料之外，我得到了我叔父和全家的支持。他们对我说：我们咬咬牙，过上两年紧日子；只要饿不死，就能迎来胜利的曙光，为祖宗门楣增辉。这种思想根源，我是清清楚楚的。当时封建科举的思想，仍然在社会上流行。人们把小学毕业看作秀才，高中毕业看作举人，大学毕业看作进士，而留洋镀金则是翰林一流。在人们眼中，我已经中了进士。古人说：没有场外的举人；现在则是场外的进士。我眼看就要入场，焉能悬崖勒马呢?

认为我很"安静"的那一位宋还吾校长,也对我完全刮目相看,表现出异常的殷勤,亲自带我去找教育厅长,希望能得到点儿资助。但是,我不成材(才),我的"安静"又害了我,结果空手而归,再一次让校长失望。但是,他热情不减,又是勉励,又是设宴欢送,相期学成归国之日再共同工作,令我十分感动。

我高中的同事们,有的原来就是我的老师,有的是我的同辈,但年龄都比我大很多。他们对我也是刮目相看。年轻一点儿的教员,无不患上了留学热。也都是望穿秋水,欲进无门,谁也没有办法。现在我忽然捞到了镀金的机会,洋翰林指日可得,宛如蛰龙升天,他年回国,绝不会再待在济南高中了。他们羡慕的心情溢于言表。我忽然感觉到,我简直成了《儒林外史》中的范进,虽然还缺一个老泰山胡屠户和一个张乡绅,然而在众人心目中,我忽然成了特殊人物,觉得非常可笑。我虽然还没有春风得意之感,但是内心深处是颇为高兴的。

但是,我的困难是显而易见的。除了前面说到的家庭经济困难之外,还有制装费和旅费。因为我知道,到了德国以后,不可能有余钱买衣服,在国内制装必须周到齐全。这都需要很多钱。在过去一年内,我从工资中节余了一点儿钱,数量不大,向朋友借了点儿钱,七拼八凑,勉强做了几身衣服,装了两大皮箱。长途万里的旅行准备算是完成了。此时,我心里不知道是什么滋味,酸、甜、苦、辣,搅和在一起,但是绝没有像调和鸡尾酒那样美妙。我充满了渴望,而又忐忑不安,有时候想得很美,有时候又忧心忡忡,在各种思想矛盾中,迎接我生平的第一次大抉择、大冒险。

我终于在1935年8月1日离开了家。我留下的是一个破败的家,老亲、少妻、年幼的子女。这样一个家和我这一群亲人,他们的命运谁也不知道,正如我自己的命运一样。生离死别,古今同悲。江文通说:"黯然销魂者,唯别而已矣。"他又说："割慈忍爱，离邦去里，沥泣共诀，挤血相视。"我从前读《别赋》时，只是欣赏它的文采。然而今天自己竟成了赋中人。此情此景实不足为外人道也。

临离家时，我思绪万端。叔父、婶母、德华（妻子），女儿婉如牵着德华的手，才出生几个月的延宗酣睡在母亲怀中，都送我到大门口。娇女、幼子，还不知道什么叫离别，也许还觉得好玩儿。双亲和德华是完全理解的。我眼里含着泪，硬把大量的眼泪压在肚子里，没有敢再看他们一眼——我相信，他们眼里也一定噙着泪珠——扭头上了洋车，只有大门楼上残砖败瓦的影子在我眼前一闪。

我先乘火车到北平。办理出国手续，只有北平有可能，济南是不行的。到北平以后，我先到沙滩找了一家公寓，赁了一间房子，存放那两只大皮箱。立即赶赴清华园，在工字厅招待所找到了一个床位，同屋的是一位比我高几级的清华老毕业生，他是什么地方保险公司的总经理。夜半联床，娓娓对谈。他再三劝我，到德国后学保险。将来回国，饭碗绝不成问题，也许还是一只金饭碗。这当然很有诱惑力，但却同我的愿望完全相违。我虽向无大志，可是对做官、经商，却决（绝）无兴趣，对发财也无追求。对这位老学长的盛意，我只有心领了。

此时正值暑假，学生几乎都离校回家了。偌大一个清华园，静悄悄的。但是风光却更加旖旎，高树蔽天，浓荫匝地，花开绿丛，蝉鸣高枝；荷塘里的荷花正迎风怒放，西山的紫气依旧幻奇。风光虽美，但是我心中却感到无边的寂寞。仅仅在一年前，当我还是学生的时候，我那众多的小伙伴都还聚在一起，或临风朗读，或月下抒怀。黄昏时漫步荒郊，回校后余兴尚浓，有时候沿荷塘步月，领略荷塘月色的情趣，其乐融融，乐不可支。然而曾几何时，今天却只剩下我一个人又回到水木清华，睹物思人，对月兴叹，人去楼空，宇宙似乎也变得空荡荡的，令人无法忍受了。

我住的工字厅是清华的中心。我的老师吴宓先生的"藤影荷声之馆"就在这里。他已离校，我只能透过玻璃窗子看室中的陈设，不由（得）忆起当年在这里高谈阔论时的情景，心中黯然。离开这里不远就是那一间临湖大厅，"水木清华"四个大字的匾就挂在后面。这个厅很大，里面摆满了红木家具，气象高雅华贵。平常很少有人来，因此幽静得很。几年前，我有时候同吴组缃、林庚、李长之等几个好友，到这里来闲谈。我们都还年轻，有点儿不知道天高地厚，说话海阔天空，旁若无人。我们不是粪土当年万户侯，而是挥斥当代文学家。记得茅盾的《子夜》出版时，我们几个人在这里碰头，议论此书。当时意见截然分成两派：一派完全肯定，一派基本否定。大家争吵了个不亦乐乎。我们这种侃大山，一向没有结论，也不需要有结论。各自把自己的话尽量夸大其词地说完，然后再谈别的问题，觉得其乐无穷。今天我一个人来到这间大厅里，睹物思人，又不禁有点儿伤感了。

在这期间，我有的是空闲。我曾拜见了几位老师。首先是冯友兰先生，据说同德国方面签订合同，就是由于他的斡旋。其次是蒋廷黻先生，据说他在签订合同中也出了力。他恳切劝我说，德国是法西斯国家，在那里一定要谨言慎行，免得惹起麻烦。我感谢师长的叮嘱。我也拜见了闻一多先生。这是我同他第一次见面；不幸的是，也是最后一次见面。等到十一年后我回国时，他早已被国民党反动派暗杀了。他是一位我异常景仰的诗人和学者。当时谈话的内容我已经完全忘记，但是他的形象却永远留在我心中。

有一个晚上，吃过晚饭，孤身无聊，信步走出工字厅，到朱自清先生的《荷塘月色》中所描写的荷塘边上去散步。于时新月当空，万籁无声。明月倒影荷塘中，比天上那一个似乎更加圆明皎洁。在月光下，荷叶和荷花都失去了色彩，变成了灰蒙蒙的一个颜色。但是缕缕荷香直逼鼻管，使我仿佛能看到翠绿的荷叶和红艳的荷花。荷叶丛中闪熠着点点的火花，是早出的萤火虫。小小的火点动荡不定，忽隐忽现，仿佛要同天上和水中的那个大火点儿，争光比辉。此时，宇宙间仿佛只剩下了我一个人。前面的鹏程万里，异乡漂泊；后面的亲老子幼的家庭，都离开我远远的，远远的，陷入一层薄雾中，望之如蓬莱仙山了。

但是，我到北平来是想办事儿的，不是来做梦的。当时的北平没有外国领事馆，办理出国护照的签证，必须到天津去。于是我同乔冠华就联袂乘火车赴天津，到俄、德两个领馆去请求签证。手续绝没有现在这样复杂，领事馆的俄、德籍的工作人员，只简简单单地问了几句话，含笑握手，并祝我们一路顺风，我们的出国手续就全部办完，只等出发了。

回到北平以后，几个朋友在北海公园为我饯行，记得有林庚、李长之、王锦弟、张露薇等。我们租了两只小船，荡舟于荷花丛中。接天莲叶，映日荷花，在太阳的照射下，红是红，绿是绿，各极其妙，同那天清华园的荷塘月色，完全不同了。我们每个人都兴高采烈，臧否人物，指点时政，意气风发，所向无前，"语不惊人死不休"。我们真仿佛成了主宰沉浮的英雄。玩了整整一天，尽欢而散。

千里凉棚，没有不散的筵席，终于到了应该启程的日子。8月31日，朋友们把我们送到火车站，就是现在的前门老车站。当然又有一番祝福，一番叮嘱。在登上火车的一刹那，我脑海里忽然浮现出一句旧诗："万里投荒第二人。"

在哈尔滨

我们必须在哈尔滨住上几天，置办长途旅行在火车上吃的东西。这

216

在当时几乎是人人都必须照办的。

这是我第一次到哈尔滨来。第一个印象是，这座城市很有趣。楼房高耸，街道宽敞，到处都能看到俄国人，所谓白俄，都是十月革命后从苏联逃出来的。其中有贵族，也有平民；生活有的好，有的坏，差别相当大。我久闻白俄大名，现在才在哈尔滨见到。心里觉得非常有趣。

我们先找了一家小客店住下，让自己紧张的精神松弛一下。在车站时，除了那位穿长筒马靴的"朝鲜人"给我的刺激以外，还有我们同行的一位敦福堂先生。此公是学心理学的，但是他的心理却实在难以理解。就要领取行李离车站，他忽然发现，他托运行李的收据丢了，行李无法领出，我们全体同学六人都心急如焚，于是找管理员，找站长，最后用六个人所有的证件，证明此公确实不想冒领行李，问题才得到解决，到了旅店，我们的余悸未退，精神依然亢奋。然而敦公向口袋里一伸手，行李托运票赫然俱在。我们真是啼笑皆非，敦公却怡然自得。今后在半个多月的长途旅行中，这种局面重复了几次。我因此得出了一个结论：此公凡是能丢的东西一定要丢一次，最后总是化险为夷，逢凶化吉。关于这样的事情，下面就不再谈了。

在客店办理手续时，柜台旁边坐着一个赶马车的白俄小男孩，年纪不超过十五六岁。我对他一下子发生了兴趣，问了他几句话，他翻了翻眼，指着柜台上那位戴着老花眼镜、满嘴胶东话的老人说：

"我跟他明白，跟你不明白。"

我懂得他的意思了，一笑置之。

在哈尔滨山东人很多，大到百货公司的老板，小到街上的小贩，几乎无一不是山东人。他们大都能讲一点洋泾浜俄语。他们跟白俄能"明白"。这里因为白俄极多，俄语相当流行，因而产生了一些俄语译音字，比如把面包叫作"裂巴"等等。中国人嘴里的俄语，一般都不讲究语法完全正确，音调十分地道，只要对方"明白"，目的就算达到了。我忽然想到，人与人之间的交际离不开语言；同外国人之间的交际离不开外国语言。然而语言这玩意儿也真奇怪。一个人要想精通本国语和外国语，必须付出极大的劳动；穷一生之精力，也未必真通。可是要想达到一般交际的目的，又似乎非常简单。洋泾浜姑无论矣。有时只会一两个外国词儿，也能行动自如。一位国民党政府驻意大利的大使，只会意大利文"这个"一个单词儿，也能指挥意大利仆人。比如窗子开着，他口念"这个"，用手一指窗子，仆人立即把窗子关上。反之，如果窗子是关着的，这位大使阁下一声"这个"，仆人立即把窗子打开。窗子无非是开与关，决（绝）无第三种可能。一声"这个"，圆通无碍，超过佛法百倍矣。

话扯得太远了，还是回来谈哈尔滨。

我们在旅店里休息了以后，走到大街上去置办火车上的食品。这件事办起来一点儿也不费事。大街上有许多白俄开的铺子，你只要走进去，说明来意，立刻就能买到一大篮子装好的食品。主体是几个重七八斤的大"裂巴"，辅之以一两个几乎同样粗大的香肠，再加上几斤干奶酪和黄油，另外再配上几个罐头，共约四五十斤重，足供西伯利亚火车上八九天之用。原来火车上本来是有餐车的。可是据过去的经验，餐车上的食品异常贵，而且只收美元。其指导思想是清楚的。苏联是无产阶级专政的国家，要"念念不忘阶级斗争"。外国人一般被视为资产阶级，是无产阶级的对立面；只要有机会，就必须与之"斗争"。餐费昂贵无非是斗争的方式。可惜我们这些"资产阶级"阮囊羞涩，实在付不出那样多的美元，于是，只好在哈尔滨的白俄食品店买食品了。

除了食品店以外，大街两旁高楼大厦的地下室里，有许许多多的俄式餐馆，主人都是白俄。女主人往往又胖又高大，穿着白大褂，宛如一个白色巨人。然而服务却是热情而又周到，饭菜是精美而又便宜。我在北平久仰俄式大菜的大名，只是无缘品尝。不意今天到了哈尔滨，到处都有俄式大菜，就在简陋的地下室里，以无意中得之，真是不亦乐乎。

我们吃过罗宋汤、牛尾、牛舌、猪排、牛排，这些菜不一定很"大"，然而主人是俄国人，厨师也是俄国人，有足够的保证，因为这是俄式大菜。好像我们在哈尔滨，天天就吃这些东西，不记得在哪个小旅店里吃过什么饭。

黄昏时分，我们出来逛马路。马路很多是用小碎石子压成的，很宽，很长，电灯不是很亮，到处人影离乱。白俄小男孩——就是我在上面提到的在旅店里见到的那样的——驾着西式的马车，送客人，载货物，驰骋于长街之上。车极高大，马也极高大，小男孩短小的身躯，高踞马车之上，仿佛坐在楼上一般，大小极不协调。然而小车夫却巍然高坐，神气十足，马鞭响处，骏马飞驰，马蹄子敲在碎石子上，迸出火花一列，如群萤乱舞，渐远渐稀，再配上马嘶声和车轮声，汇成声光大合奏，我们外来人实在是闻所未闻，见所未见，不禁顾而乐之了。

哈尔滨就是这样一个地方。

谁来到哈尔滨，大概都不会不到松花江上去游览一番。我们当然也不会自甘落后，也去了。当时正值夏秋交替之际，气温并不高。我们几个人租了一条船，放舟中流，在混混茫茫的江面上，真是一叶扁舟。远望铁桥一线，跨越江上，宛如一段没有颜色的彩虹。此时，江面平静，浪涛不兴，游人如鲫，喧声四起。我们都异常的兴奋，谈笑风生。回头看划船的两个小白俄男孩子，手持双桨主划的竟是一个瞎子，另一个明眼孩子掌舵，决定小船的航向。我们都非常吃惊。松花江一下子好像是不存在了，眼前只有这个白俄盲童。我们很想了解一下真情，但是我们跟他们"不明白"，只好自己猜度。事情是非常清楚的：这个盲童家里穷，没有办法，万般无奈，父母——如果有父母的话——才让自己心爱的儿子冒着性命的危险，干这种划船的营生。江阔水深，危机四伏，明眼人尚需随时警惕，战战兢兢，何况一个盲人！但是，这个盲童，由于什么都看不见的缘故，心中只有手中的双桨，怡然自得，面含笑容。这时候，我心里不知道是什么味道，环顾四周，风光如旧，但我心里却只有这一个盲童，什么游人，什么水波，什么铁桥，什么景物，统统都消失了。我自己思忖：盲童家里的父、母、兄、妹等等，可能都在望眼欲穿地等他回家，拿他挣来的几个钱，买上个大"裂巴"（现统称列巴），一家人好不挨饿。他家是什么时候逃到哈尔滨来的，我不清楚。他说不定还是沙皇时代的贵族，什么侯爵、伯爵。当日的荣华富贵，从年龄上来看，他大概享受不到。他说不定就出生于哈尔滨，他决（绝）不会有什么"故国不堪回首月明中"的感慨……我浮想联翩，越想越多，越想越乱，我自己的念头，理不出一个头绪，索性横一横心，此时只可赏风光。我又抬起头来，看到松花江上，依旧游人如鲫，铁桥横空，好一派夏日的风光。

此时，太阳已经西斜，是我们应该回去的时候了。我们下了船，尽我们所能，多给两个划船的白俄小孩一些酒钱。看到他们满意的笑容，我们也满意了，觉得是做了一件好事。

回到旅店，我一直想着那个白俄小孩。就是在以后一直到今天，我仍然会不时想起那个小孩来。他以后的命运怎样了？经过了几十年的沧海桑田，他活在世上的可能几乎没有了。我还是祝愿白俄们的东正教的上帝会加福给他！

过西伯利亚

我们在哈尔滨住了几天，登上了苏联经营的西伯利亚火车，时间是9月4日。

车上的卧铺，每间四个铺位。我们六个中国学生，住在两间屋内，其中一间有两个铺位，是别人睡的，经常变换旅客，都是苏联人。车上有餐车，听说价钱极贵，而且只收美元。因此，我们一上车，就要完全靠在哈尔滨带上来的那只篮子过日子了。

火车奔驰在松嫩大平原上。车外草原百里，一望无际。黄昏时分，一轮红日即将下落，这里不能讲太阳落山，因为根本没有山，只有草原；这时，在我眼中，草原暮地变成了大海，火车成了轮船。只是这大海风平浪静、毫无波涛汹涌之状，然而气势却依然宏伟非凡，不亚于真正的大海。

第二天，车到了满洲里，是苏联与"满洲国"接壤的地方。火车停了下来，据说要停很长的时间。我们都下了车，接受苏联海关的检查。我绝没有想到，苏联官员竟检查得这样细致，又这样慢条斯理，这样万分认真。我们所有的行李，不管是大是小，是箱是筐，统统一律打开，一一检查，巨细不遗。我们躬身侍立，随时准备回答垂询。我们准备在火车上提开水用的一把极其平常又极其粗糙的铁壶，也未能幸免，而且受到加倍的垂青。这件东西，一目了然，然而苏联官员却像发现了奇迹，把水壶翻来覆去，推敲研讨，又碰又摸，又敲又打，还要看一看壶里面是否有"夹壁墙"。连那一个薄铁片似的壶盖，也难逃法网，敲了好几遍。这里只缺少一架显微镜，如果真有一架的话，不管是什么高度的，他们也绝不会弃置不用。我怒火填膺，真想发作。旁边一位同车的外国中年朋友，看到我这个情况，拍了拍我的肩膀，用英文说了句：Patience is the great virtue（"忍耐是大美德"）。我理解他的心意，相对会心一笑，把怒气硬是压了下去，恭候检查如故。大概当时苏联人把外国人都当成"可疑分子"，都有存心颠覆他们政权的嫌疑，所以不得不尔。

检查完毕，我的怒气已消，心里恢复了平静。我们几个人走出车站，到市内去闲逛，满洲里只是一个边城小镇，连个小城都算不上，只有几

条街，很难说哪一条是大街。房子基本上都是用木板盖成的，同苏联的西伯利亚差不多，没有砖瓦，而多木材，就形成了这样的建筑特点。我们到一家木板房商店里去，买了几个甜酱菜罐头，是日本生产的，带上车去，可以佐餐。

再回到车上，天下大定，再不会有什么干扰了。车下面是横亘欧亚的万里西伯利亚大铁路。从此我们就要在这车上住上七八天。"人是地里仙，一天不见走一千"，我们现在一天绝不止走一千，我们要在风驰电掣中过日子了。

车上的生活，单调而又丰富多彩。每天吃喝拉撒睡，有条不紊，有简便之处，也有复杂之处。简便是，吃东西不用再去操持，每人两个大篮子，饿了伸手拿出来就吃。复杂是，喝开水极成问题，车上没有开水供应，凉水也不供应。每到一个大一点儿的车站，我们就轮流手持铁壶，飞奔下车，到车站上的开水供应处，拧开开水龙头，把铁壶灌满，再回到车上，分而喝之。有一位同行的欧洲老太太，白发盈颠，行路龙钟。她显然没有自备铁壶；即使自备了，她也无法使用。我们的开水壶一提上车，她就颤巍巍地走了过来，手里拿着一个杯子，说着中国话："开开水！开开水！"我们心领神会，把她的杯子倒满开水，一笑而别。从此一天三顿饭，顿顿如此。看来她这个"老外"，这个外国"资产阶级"，并不比我们更有钱。她也不到餐车里去吃牛排、罗宋汤，没有大把地挥霍着美金。

说到牛排，我们虽然没有吃到，却是看到了。有一天，吃中饭的时候，忽然从餐车里走出来了一个俄国女餐车服务员，身材高大魁梧，肥胖有加，身穿白色大褂，头戴白布高帽子，至少有一尺高，帽顶几乎触到车厢的天花板，却足蹬高跟鞋，满面春风，而又威风凛凛，噔噔地走了过来，宛如一个大将军，八面威风。右手托着一个大盘子，里面摆满新出锅的炸牛排，肉香四溢，透人鼻官，确实有极大的诱惑力，让人馋涎欲滴。

但是，一问价钱，却吓人一跳：每块三美元。我们这个车厢里，没有一个人肯出三美元一快朵颐的。这位女"大将军"，托着盘子，走了一趟，又原盘托回。她是不是鄙视我们这些外国资产阶级呢？她是不是会在心里想：你们这些人个个赛过莎士比亚《威尼斯商人》中的吝啬鬼夏洛克呢？我不知道。这一阵香风过后，我们的肚子确已饿了，赶快拿出篮子，大啃其"裂巴"。

我们吃的问题大体上就是这个样子。你想了解俄国人怎样吃饭吗？他们同我们完全不一样，这是可想而知的。他们绝不会从中国的哈尔滨带一篮子食品来，而是就地取材。我在上面提到过，我们中国学生的两间车厢里，有两个铺位不属于我们，而是经常换人。有一天进来一个红军军官，我们不懂苏联军官的肩章，不知道他是什么爵位。可是他颇为和蔼可亲，一走进车厢，用蓝色的眼睛环视了一下，笑着点了点头。我们也报之以微笑，但是跟他"不明白"，只能打手势来说话。他从怀里拿出来一个身份证之类的小本子，里面有他的相片，他打着手势告诉我们，如果把这个证丢了，他用右手在自己脖子上做杀头状，那就是要杀头的。这个小本子神通广大。每到一个大站，他就拿着它走下车去，到什么地方领到一份"裂巴"，还有奶油、奶酪、香肠之类的东西，走回车厢，大嚼一顿。红军的供给制度大概就是这个样子。

车上的吃喝问题就是这样解决的。谈到拉撒，却成了天大的问题。一节列车住着四五十口子人，却只有两间厕所。经常是人满为患。我每天往往是很早就起来排队。有时候自己觉得已经够早了，但是推门一看，却已有人排成了长龙。赶紧加入队伍中，望眼欲穿地看着前面。你想，一个人刷牙洗脸，再加上大小便，会用多少时间呀。如果再碰上一个患便秘的人，情况就会更加严重。自己肚子里的那些东西蠢蠢欲动，前面的队伍却不见缩短，这是什么滋味，一想就可以知道了。

但是，车上的生活也不全是困难，也有愉快的一面。我们六个中国学生一般都是挤坐在一间车厢里。虽然在清华大学时都是同学，但因行当不同，接触并不多。此时却被迫聚在一起，几乎都成推心置腹的朋友。我们闲坐无聊，便上天下地，胡侃一通。我们都是二十三四岁的大孩子，阅世未深，每个人眼前都是一个未知的世界，堆满了玫瑰花，闪耀着彩虹。我们的眼睛是亮的，心是透明的，说起话来，一无顾忌，二无隔阂，从来没有谈不来的时候，小小的车厢里，其乐融融。也有一时无话可谈的时候，我们就下象棋。物理学家王竹溪是此道高手。我们五个人，单个儿跟他下，一盘输，二盘输，三盘四盘，甚至更多的盘，反正总是输。后来我们联合起来跟他下，依然是输、输、输。哲学家乔冠华的哲学也帮不了他。在车上的八九天中，我们就没有胜过一局。

侃大山和下象棋觉得乏味了，我就凭窗向外看。万里长途，车外风光变化不算太大。一般都只有大森林，郁郁葱葱，好像是无边无际。林中的产品大概是非常丰富的。有一次，我在一个森林深处的车站下了车，到站台上去走走。看到一个苏联农民提着一篮子大松果来兜售，松果实在大得令人吃惊，非常可爱。平生从来没有见到过的，我抵抗不住诱惑，拿出了五角美元，买了一个。这是我在西伯利亚唯一的一次买东西，是无法忘记的。除了原始森林以外，还有大草原，不过似乎不多。留给我印象最深的是贝加尔湖。我们的火车绕行了这个湖的一多半，用了将近半天的时间。山洞一个接一个，不知道究竟钻过几个山洞。山上丛林密布，一翠到顶。铁路就修在岸边上，从火车上俯视湖水，了若指掌。湖水碧绿，靠岸处清可见底，渐到湖心，则转成深绿色，或者近乎黑色，下面深不可测。真是天下奇景，直到今天，我一闭眼睛，就能见到。

就这样，我们在车上，既有困难，又有乐趣，一转眼，就过去了八天，于9月14日晚间，到了莫斯科。

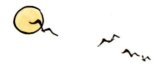

初抵柏林

柏林是我这一次万里长途旅行的目的地，是我的"留学热"的最后归宿，是我旧生命的结束，是我新生命的开始。在我眼中，柏林是一个无比美妙的地方。经过长途劳顿，跋山涉水，我终于来到了。我心里的感觉是异常复杂的，既有兴奋，又有好奇；既有兴会淋漓，又有忐忑不安。从当时不算太发达的中国，一下子来到这里，置身于高耸的楼房之中，漫步于宽敞的长街之上，自己宛如大海中的一滴水。

清华老同学赵九章等到车站去迎接我们，为我们办理了一切应办的手续，使我们避免了许多麻烦，在离开家乡万里之外，感到了故国的温暖。然而也有不太愉快的地方。我在上面提到的敦福堂，在柏林车站上表演了他最后的一次特技：丢东西。这次丢的东西更是至关重要：丢的是护照。虽然我们同行者都已十分清楚，丢的东西终究会找回来的，但是我们也一时有点担起心来。敦公本人则是双目发直，满脸流汗，翻兜倒衣，搜索枯肠，在车站上的大混乱中，更增添了混乱。等我们办完手续，走出车站，敦公汗已流完，伸手就从裤兜中把那个在国外至关重要的护照掏了出来。他自己莞尔一笑，我们则是啼笑皆非。

老同学把我们先带到康德大街彼得公寓，把行李安顿好，又带我们到中国饭店去吃饭。当时柏林的中国饭馆不是很多，据说只有三家。饭菜还可以，只是价钱太贵。除了大饭店以外，还有一家可以包饭的小馆子。男主人是中国北方人，女主人则是意大利人。两个人的德国话都非常蹩脚。只是服务极为热情周到，能蒸又白又大的中国馒头，菜也炒得很好，价钱又不贵，所以中国留学生都趋之若鹜，生意非常好。我们初到的几个人却饶有兴趣地探讨另一个问题：店主夫妇二人怎样交流思想呢？都不懂彼此的语言。难道他们都是我上面提到的那一位国民党政府驻意大利大使的信徒，只使用"这个"一个词儿，就能涵盖宇宙、包罗天地吗？

这样的事确实与我们无关，不去管它也罢。我们的当务之急是找到一间房子。德国人是非常务实而又简朴的人民。他们不管是干什么的，一般说来，房子都十分宽敞，有卧室、起居室、客厅、厨房、厕所，有的还有一间客房。在这些房间之外，如果还有余房，则往往出租给外地的或外国的大学生，连待遇优厚的大学教授也不例外。出租的方式非常奇特，不是出租空房间，而是出租房间里的一切东西，桌椅沙发不在话下，连床上的被褥也包括在里面，租赁者不需要带任何行李，面巾、浴巾等等，都不需要。房间里的所有的服务工作，铺床叠被，给地板扫除打蜡，都由女主人包办。房客的皮鞋，睡觉前脱下来，放在房门外面，第二天一起床，女主人已经把鞋擦得闪光锃亮了。这些工作，教授夫人都要亲自下手，她们丝毫也没有什么下贱的感觉，德国人之爱清洁，闻名天下。女主人每天一个上午都在忙忙叨叨，擦这擦那，自己屋子里面不必说了，连外面的楼道，都天天打蜡；楼外的人行道，不但打扫，而且打上肥皂来洗刷。室内室外，楼内楼外，任何地方，都是洁无纤尘。

清华老同学汪殿华和他的德国夫人在夏洛滕堡区的魏玛大街为我们找到了一间房子，房东名叫罗斯瑙（Rosenau），看长相是一个犹太人。一提到找房子，人们往往会想到老舍早期的几部长篇小说中讲到中国人在英国伦敦找房子的情况。那是非常困难的。如果出租招贴上没有明说可以租给中国人，你就别去问，否则一定会碰钉子。在德国则没有这种情况。在柏林，你可以租到任何房子。只有少数过去中国学生住过的房子是例外。在这里你会受到白眼，遭到闭门羹。个中原因，一想便知，用不着我来啰唆了。

说到犹太人，我必须讲一讲当时犹太人在德国的处境，顺便讲一讲法西斯统治的情况。法西斯头子希特勒于1933年上台。我是1935年到德国的，我一直看到他恶贯满盈，自杀身亡，几乎与他的政权相始终。对德国法西斯政权，我是目击者，是有点儿发言权的。我初到的时候，柏林的纳粹味还不算太浓；当然已经有了一点儿。希特勒的相片到处悬挂，卍字旗也随处可见。人们见面时，不像以前那样说一声"早安！""日安！""晚安！"等等，分手时也不说"再见！"而是右手一举，喊一声"希特勒万岁！"便能表示一切。我们中国学生，不管在什么地方，到饭馆去吃饭，进商店去买东西，总是一仍旧贯，说我们的"早安！"等等，出门时说"再见！"有的德国人，看我们是外国人，也用旧方式向我们表示敬意。但是，大多数人仍然喊他们的"万岁！"我们各行其是，互不干扰，并没有遇到什么不如意的事情。根据"法西斯圣经"：希特勒《我的奋斗》，犹太人和中国人都被列入劣等民族，是人类文化的破坏者，而金黄头发的"北方人"，则被法西斯认为是优秀民族，是人类文化的创造者。可惜的是，据个别人偷偷地告诉我，希特勒自己那一副尊容，他那满头的黑红相间的头发，一点儿也不"北方"，成为极大的讽刺。不管怎样，中国人在法西斯眼中，反正是劣等民族，同犹太人成为难兄难弟。

　　在这里，需要讲一点儿欧洲历史。欧洲许多国家仇视犹太人，由来久矣。有莎士比亚的名剧《威尼斯商人》可以为证。在中世纪，欧洲一些国家就发生过大规模屠杀犹太人的惨剧。在这方面，希特勒只是继承过去的衣钵，他并没有什么发明创造。如果有的话，那就是，他对犹太人进行了"科学的"定性分析，在他那一架政治化学天平上，他能够确定犹太人的"犹太性"，计有：百分之百的犹太人，也就是，祖父母和父母双方都是犹太人；二分之一犹太人，就是，父母双方一方为犹太人；四分之一犹太人，就是祖父母或外祖父母一方为犹太人，其余都是德国人；八分之一等等，依此类推。这就是纳粹"民族政策"的理论根据。

百分之百的犹太人必须迫害，决不手软；二分之一的稍逊。至于四分之一的则是处在政策的临界线上，可以暂时不动；八分之一以下则可以纳入"人民内部"，不以"敌我矛盾"论处了。我初到柏林的时候，此项政策大概刚进行了第一阶段，迫害还只限于全犹太人和一部分二分之一者，后来就愈演愈烈了。我的房东可能属于二分之一者，所以能暂时平安。希特勒这一架特制的天平，能准确到什么程度，我是门外人，不敢多说。但是，德国人素以科学技术蜚声天下，天平想必是可靠的了。

至于德国普通老百姓怎样看待迫害犹太人的事件，我初来乍到，不敢乱说。德国人总的来说是很可爱的，很淳朴老实的。他们毫无油滑之气，有时候看起来甚至有些笨手笨脚、呆头呆脑的。比如说，你到商店里去买东西，店员有时候要找钱。你买了七十五分尼的东西，付了一马克。若在中国，店主过去用算盘，今天用计算器，或者干脆口中念念有词："三五一十五，三六一十八"，一口气说出了应该找的钱数：25分尼。德国店员什么也不用，他先说75分尼，把五分尼摆在桌子上，说一声：80分尼；然后再摆一个5分尼，说一声：90分尼；最后再摆一个10分尼，说一声：一马克，于是完了，皆大欢喜。

我还遇到过一件小事，更能说明德国人的老实忠厚。根据我的日记，这件事情发生在9月17日。我的表坏了，到大街上一个钟表店去修理，约定第二天去拿。可是我初到柏林，在高楼大厦的莽丛中，在车水马龙的喧闹中，我仿佛变成了初进大观园的刘姥姥，晕头转向，分不出东西南北。第二天，我出去取表的时候，影影绰绰，隐隐约约，记得是这个表店，迈步走了进去。那个店员老头，胖胖的身子，戴一副老花镜，同昨天见的那一个一模一样。我拿出了发票，递给他，他就到玻璃橱里去找我的表，没有。老头有点儿急了，额头上冒出了汗珠，从眼镜上面射出了目光，看着我，说："你明天再来一趟吧！"我回到家，心里直念叨这一件事。第二天又去了，表当然找不到。老头更急了，额头上冒出了更多的汗珠，手都有点儿发抖了。在玻璃橱里翻腾了半天，忽然灵光一闪，好像上帝祐（佑）护，他仔细看了看发票，说："这不是我的发票！"我于是也恍然大悟，是我找错了门。这一件小事我曾写过一篇散文：《表的喜剧》，收在我的《散文集》里。

这样的洋相，我还出过不少次，我只说一次。德国人每天只吃一顿热餐，这就是中午。晚饭则只吃面包和香肠、干奶酪等等，佐之以热茶。有一天，我到肉食店里去买了点儿香肠，准备回家去吃晚饭。晚上，我兴致勃勃地泡了一壶红茶，准备美美地吃上一顿。但是，一咬香肠，觉得不是味，原来里面的火腿肉全是生的。我大为气愤，愤愤不平："德国人竟这样戏弄外国人，简直太不像话了，真正岂有此理！"连在梦中也觉得难咽下这一口气去。第二天一大早，我就到那个肉食店里去，摆出架势，要大兴问罪之师。一位女店员听了我的申诉，看了看我手中拿的香肠，起初有点儿大惑不解，继而大笑起来。她告诉我说："在德国，火腿都是生吃的，有时连肉也生吃，而且只有最好最新鲜的肉，才能生吃。"我还有什么话好说呢？自己是一个地道的阿木林。

我到德国来，不是专门来吃香肠的，是来念书的。要想念好书，必须先学好德语。我在清华学德语，虽然四年得了八个优，其实是张不开嘴的。来到柏林，必须补习德语口语，不再成为哑巴。远东协会的林德（Linde）和罗哈尔（Rochall）博士热心协助，带我到柏林大学的外国学院去。见到校长，他让我念了几句德文，认为满意，就让我参加柏林大学外国留学生德语班的最高班。从此我就成了柏林大学的学生，天天去上课。教授名叫赫姆（Höhm），我从来没有遇到这样好的外语教员。他发音之清晰，讲解之透彻，简直达到了神妙的程度。在9月20日的日记里，我写道："教授名 Höhm，真讲得太好了，好到不能说。我这是第一次听德文讲书，然而没有一句不能懂，并不是我的听的能力大，只是他说得太清楚了。"可见我当时的感受。我上课时，总和乔冠华在一起。我们每天乘城内火车到大学去上课，乐此不疲。

说到乔冠华，我要讲一讲我同他的关系，以及同其他中国留学生中我的熟人的关系，也谈一谈一般中国学生的情况。我同乔是清华同学，他是哲学系，比我高两级。在校时，他经常腋下夹一册又厚又大的德文版《黑格尔全集》，昂首阔步，旁若无人，徜徉于清华园中。因为不是一个行道，我们虽认识，但并不熟。同被录取为交换研究生，才熟了起来。到了柏林以后，更是天天在一起，几乎形影不离。我们共同上课、吃饭、访友、游玩婉湖（Wansee）和动物园。我们都是书呆子，念念不忘逛旧书铺，颇买了几本好书。他颇有些才气，有一些古典文学的修养。我们很谈得来。有时候闲谈到深夜，有几次就睡在他那里。我们同敦福堂已经几乎断绝了往来，我们同他总有点儿格格不入。我们同一般的中国留学生也不往来，同这些人更是格格不入，毫无共同语言。

当时在柏林的中国留学生，人数是相当多的。原因并不复杂。我前面谈到"镀金"的问题，到德国来镀的金是24K金，在中国社会上声誉卓著，是抢手货。所以有条件的中国青年趋之若鹜。这样的机会，大官儿们和大财主们，是决不会放过的，他们纷纷把子女派来，反正老子有的是民脂民膏，不愁供不起纨绔子弟们挥霍浪费。蒋介石、宋子文、孔祥熙、冯玉祥、戴传贤、居正，以及许许多多的国民党的大官，无不有子女或亲属在德国，而且几乎都聚集在柏林。因为这里有吃，有喝，有玩，有乐，既不用上学听课，也用不着说德国话。有一部分留德学生，只需要四句简单的德语，就能够供几年之用。早晨起来，见到房东，说一声"早安！"就甩手离家，到一个中国饭馆里，洗脸，吃早点，然后打上几圈麻将，就到了吃午饭的时候。午饭后，相约出游。晚饭时回到饭馆。深夜回家，见到房东，说一声"晚安"，一天就过去了。再学上一句"谢谢！"加上一句"再见！"语言之功毕矣。我不能说这种人很多，但确实是有，这是事实，无法否认。

我同乔冠华曾到中国饭馆去吃过几次饭。一进门，高声说话的声音，吸溜呼噜喝汤的声音，吃饭呱唧嘴的声音，碗筷碰盘子的声音，汇成了一个大合奏，其势如暴风骤雨，迎面扑来。我仿佛又回到了中国。欧洲人吃饭，都是异常安静的，有时甚至正襟危坐，喝汤决不许出声，吃饭呱唧嘴更是大忌。我不说，这就是天经地义，但是总能给人以文明的印象，未可厚非。我们的留学生把祖国的这一份"国粹"，带到了万里之外，无论如何，也让人觉得不舒服。再看一看一些国民党的"衙内"们那种狂傲自大、唯我独尊的神态。听一听他们谈话的内容：吃、喝、玩、乐，甚至玩女人、嫖娼妓，等等。像我这样的乡下人实在有点儿受不了。他们眼眶里根本没有像我同乔冠华这样的穷学生。然而我们眼眶里又何尝有这一批卑鄙龌龊的纨绔子弟呢？我们从此再没有进这里中国饭馆的门。

　　但是，这些"留学生"的故事，却接二连三地向我们耳朵里涌，什么稀奇古怪的事情都有。很多留学生同德国人发生了纠葛，有的要法律解决。既然打官司，就需要律师。德国律师很容易找，但花费太大。于是有识之士应运而生。有一位老留学生，在柏林待得颇有年头了，对柏林的大街小巷，五行八作，都了如指掌，因此绰号叫"柏林土地"，真名反隐而不扬。此公急公好义，据说学的是法律，他公开扬言，要用自己的专业知识，替中国留学生打官司，分文不取，连车马费都自己掏腰包。我好像是没有见到这一位英雄。对他我心里颇有些矛盾，一方面钦佩他的义举，一方面又觉得十分奇怪。这个人难道说头脑是正常的吗？

　　柏林的中国留学生界，情况就是这个样子。10月17日的日记里，我写道："在没有出国以前，我虽然也知道留学生的泄气，然而终究对他们存着敬畏的观念，觉得他们终究有神圣的地方，尤其是德国留学生。然而现在自己也成了留学生了。在柏林看到不知道有多少中国学生，每人手里提着照相机，一脸满不在乎的神气。谈话，不是怎样去跳舞，就是国内某某人做了科长了，某某做了司长了。不客气地说，我简直还没有看到一个像样的'人'。到今天我才真知道了留学生的真面目！"这都是原话，我一个字也没有改。从中可见我当时的真实感情。我曾动念头，写一本《新留西外史》。如果这一本书真能写成的话，我相信，它一定会是一部杰作，洛阳纸贵，不卜可知。可惜我在柏林待的时间太短，只有一个多月，致使这一部杰作没能写出来，真要为中国文坛惋惜。

我到德国来念书，柏林只是一个临时站，我还要到别的地方去的。但是，到哪里去呢？德国学术交换处的魏娜（Wiehner），最初打算把我派到东普鲁士的哥尼斯堡（Königsberg）大学去。德国最伟大的古典哲学家康德就在这里担任教授。这当然是一个十分令人神往的地方。但是这地方离柏林较远，比较偏僻，我人地生疏，表示不愿意去。最后，几经磋商，改派我到哥廷根（Göttingen）大学去，我同意了。我因此就想到，人的一生实在非常复杂，因果交互影响。我的老师吴宓先生有两句诗："世事纷纭果造因，错疑微似便成真。"这的确是很有见地的话，是参透了人生真谛才能道出的。如果我当年到了哥尼斯堡，那么我的人生道路就会同今天的截然不同。我不但认识不了西克（Sieg）教授和瓦尔德施米特（Waldschmidt）教授，就连梵文和巴利文也不会去学。这样一个季羡林今天会是什么样子呢？那只有天晓得了。

决定到哥廷根去，这算是大局已定，我心头的一块石头落了地。我到处打听哥廷根的情况，幸遇老学长乐森玛先生。他正在哥廷根大学读书，现在来柏林办事。他对我详细谈了哥廷根大学的情况。我心中的疑团尽释，大有耳聪目明之感。又在柏林待了一段时间，最后在大学开学前我终于离开了柏林。我万万没有想到，此番一去就是十年，没有再回来过。我不喜欢柏林，也不喜欢这里那些成群结队的中国留学生。

怀念母亲

我一生有两个母亲：一个是生我的那个母亲；一个是我的祖国母亲。我对这两个母亲怀着同样崇高的敬意和同样真挚的爱慕。

我六岁离开我的生母，到城里去住。中间曾回故乡两次，都是奔丧，只在母亲身边待了几天，仍然回到城里。最后一别八年，在我读大学二年级的时候，母亲弃养，只活了四十多岁。我痛哭了几年，食不下咽，寝不安席。我真想随母亲于地下。我的愿望没能实现。从此我就成了没有母亲的孤儿。一个缺少母爱的孩子，是灵魂不全的人。我怀着不全的灵魂，抱终天之恨。一想到母亲，就泪流不止，数十年如一日。如今到了德国，来到哥廷根这一座孤寂的小城，不知道是为什么，母亲频来入梦。

我的祖国母亲，我这是第一次离开她。离开的时间只有短短几个月，不知道是为什么，我这个母亲也频来入梦。

为了保存当时真实的感情，避免用今天的情感篡改当时的感情，我现在不加叙述，不作描绘，只从初到哥廷根的日记中摘抄几段：

1935年11月16日

不久外面就黑起来了。我觉得这黄昏的时候最有意思。我不开灯，只沉默地站在窗前，看暗夜渐渐织上天空，织上对面的屋顶。一切都沉在朦胧的薄暗中。我的心往往在沉静到不能再沉静的氛围里，活动起来。这活动是轻微的，我简直不知道有这样的活动。我想到故乡，故乡里的老朋友，心里有点酸酸的，有点凄凉。然而这凄凉却并不同普通的凄凉一样，是甜蜜的，浓浓的，有说不出的味道，浓浓地糊在心头。

11月18日

从好几天以前，房东太太就向我说，她的儿子今天家来，从学校回家来，她高兴得不得了……但儿子只是不来，她的神色有点沮丧。她又说，晚上还有一趟车，说不定他会来的。我看了她的神气，想到自己的在故乡地下卧着的母亲，我真想哭！我现在才知道，古今中外的母亲都是一样的！

11月20日

我现在还真是想家，想故国，想故国里的朋友。我有时简直想得不能忍耐。

11月28日

我仰在沙发上，听风声在窗外过路。风里夹着雨。天色阴得如黑夜。心里思潮起伏，又想起故国了。

12月6日

近几天来，心情安定多了。以前我真觉得两年太长；同时，在这里无论衣食住行哪一方面都感到不舒服，所以这两年简直似乎无论如何也忍受不下来了。

从初到哥廷根的日记里，我暂时引用这几段。实际上，类似的地方还有不少，从这几段中也可见一斑了。总之，我不想在国外待。一想到我的母亲和祖国母亲，就心潮腾涌，惶惶不可终日，留在国外的念头连影儿都没有。几个月以后，在1936年7月11日，我写了一篇散文，题目叫《寻梦》。开头一段是：

夜里梦到母亲，我哭着醒来。醒来再想捉住这梦的时候，梦却早不知道飞到什么地方去了。

下面描绘在梦里见到母亲的情景。最后一段是：

天哪！连一个清清楚楚的梦都不给我吗？我张望灰天，在泪光里，幻出母亲的面影。

我在国内的时候，只怀念，也只有可能怀念一个母亲。现在到国外来了，在我的怀念中就增添了一个祖国母亲。这种怀念，在初到哥廷根的时候，异常强烈。以后也没有断过。对这两位母亲的怀念，一直伴随着我度过了在德国的10年，在欧洲的11年。

两年生活

清华大学与德国学术交换处订的合同，规定学习期限为两年。我原来也只打算在德国住两年。在这期间，我的身份是学生。在德国10年中，这两年的学生生活可以算是一个阶段。

在这两年内，一般说来，生活是比较平静的，没有大风大浪，没有剧烈的震动。希特勒刚上台不几年，德国崇拜他如疯如狂。我认识一个女孩子，年轻貌美。有一次同她偶尔谈到希特勒，她脱口而出："如果我能同希特勒生一个孩子，是我莫大的光荣！"我真是大吃一惊，做梦也没有想到。我没有见过希特勒本人，只是常常从广播中听到他那疯狗的狂吠声。在德国人中，反对他的微乎其微。他手下那著名的两支队伍：SA（Sturm Abteilung，冲锋队）和 SS（Schutz Staffel，党卫军），在街上随时可见。前者穿黄制服，我们称之为"黄狗"；后者着黑制服，我们称之为"黑狗"。这黄黑二狗从来没有跟我们中国学生找过麻烦。进商店，会见朋友，你喊你的"希特勒万岁！"我喊我的"早安""日安""晚安"，各行其是，互不侵犯，井水不犯河水，倒也能和平共处。我们同一般德国人从来不谈政治。

实际上，在当时，无论是在中国，还是在德国，都是处在大风暴的前夕。两年以后，情况就大大地改变了。

这一点我是有所察觉的，不过是无能为力，只好能过一天平静的日子，就过一天，苟全性命于乱世而已。

从表面上来看，市场还很繁荣，食品供应也极充足，限量制度还没有实行，只要有钱，什么都可以买到。我每天早晨在家里吃早点：小面包、牛奶、黄油、干奶酪，佐之以一壶红茶。然后到梵文研究所去，或上课，或学习。中午在外面饭馆里吃。吃完，仍然回到研究所，从来不懂什么睡午觉。下午也是或上课，或学习，晚上六点回家，房东老太太把他们中午吃的热饭菜留一份给我晚上吃。因此我就不必像德国人那样，晚饭只吃面包香肠喝茶了。

就这样，日子过得有条有理，蛮惬意的。

一到星期日，当时住在哥廷根的几个中国留学生：龙丕炎、田德望、王子昌、黄席棠、卢寿枬等就不约而同地到城外山下一片叫作"席勒草坪"的绿草地去会面。这片草地终年绿草如茵，周围古木参天，东面靠山，山上也是树木繁茂，大森林长宽各几十里。山中颇有一些名胜，比如俾斯麦塔，高踞山巅，登临一望，全城尽收眼底。此外还有几处咖啡馆和饭店。我们在席勒草坪会面以后，有时也到山中去游逛，午饭就在山中吃。见到中国人，能说中国话，真觉得其乐无穷。往往是在闲谈笑话中忘记了时间的流逝。等到注意到时间时，已是暝色四合，月出于东山之上了。

至于学习，我仍然是全力以赴。我虽然原定只能留学两年，但我仍然做参加博士考试的准备。根据德国的规定，考博士必须读三个系：一个主系，两个副系。我的主系是梵文、巴利文等所谓印度学（Indologie），这是大局已定。关键是在两个副系上，然而这件事又是颇伤脑筋的。当年我在国内患"留学热"而留学一事还渺茫如蓬莱三山的时候，我已经立下大誓：决不写有关中国的博士论文。鲁迅先生说过，有的中国留学生在国外用老子与庄子谋得了博士头衔，令洋人大吃一惊；然而回国后讲的却是康德、黑格尔。我鄙薄这种博士，决不步他们的后尘。现在到了德国，无论主系和副系决不同中国学沾边。我听说，有一个学自然科学的留学生，想投机取巧，选了汉学做副系。在口试的时候，汉学教授问的第一个问题是：中国的杜甫与英国的莎士比亚，谁先谁后？中国文学史长达几千年，同屈原等比起来，杜甫是偏后的。而在英国则莎士比亚已算较古的文学家。这位留学生大概就受这种印象的影响，开口便说："杜甫在后。"汉学教授说："你落第了！下面的问题不需要再提了。"

谈到口试，我想在这里补充两个小例子，以见德国口试的情况，以及教授的权威。19世纪末，德国医学泰斗微耳和（Virchow）有一次口试学生，他把一盘子猪肝摆在桌子上，问学生道："这是什么？"学生瞠目结舌，半天说不出话来。他哪里会想到教授会拿猪肝来呢？结果是口试落第。微耳和对他说："一个医学工作者一定要实事求是，眼前看到什么，就说是什么。连这点本领和勇气都没有，怎能当医生呢？"又一次，也是这位微耳和在口试，他指了指自己的衣服，问："这是什么颜色？"学生端详了一会儿，郑重答道："枢密顾问（德国成就卓著的教授的一种荣誉称号）先生！您的衣服曾经是褐色的。"微耳和大笑，立刻说："你及格了！"因为他不大注意穿着，一身衣服穿了十几年，原来的褐色变成黑色了。这两个例子虽小，但是意义却极大。它告诉我们，德国教授是怎样处心积虑地培养学生实事求是不受任何外来影响干扰的观察问题的能力。

回头来谈我的副系问题。我坚决不选汉学，这已是定不可移的了。那么选什么呢？我考虑过英国语言学和德国语言学。后来，又考虑过阿拉伯文。我还真下功夫学了一年阿拉伯文。后来，又觉得不妥，决定放弃。最后选定了英国语言学与斯拉夫语言学。但斯拉夫语言学，不能只学一门俄文。我又加学了南斯拉夫文。从此天下大定。

斯拉夫语研究所也在高斯—韦伯楼里面。从那以后，我每天到研究所来，学习一整天。主要精力当然是用到学习梵文和巴利文上。梵文班原先只有我一个学生。大概从第三学期开始，来了两个德国学生：一个是历史系学生，一个是一位乡村牧师。前者在我来哥廷根以前已经跟西克教授学习过几个学期。等到我第二学年开始时，他来参加，没有另外开班，就在一个班上。我最初对他真是肃然起敬，他是老学生了。然而，过了不久，我就发现，他学习颇为吃力。尽管他在中学时学过希腊文和拉丁文，又懂英文和法文，但是对付这个语法规则烦琐到匪夷所思的程度的梵文，他却束手无策。在课堂上，只要老师一问，他就眼睛发直，口发呆，嗫嗫嚅嚅，说不出话来。一直到第二次世界大战爆发，他被征从军，始终没能征服梵文，用我的话来说，就是，他没有跳过龙门。

我自己学习梵文，也并非一帆风顺。这一种在现在世界上已知的语言中语法最复杂的古代语言，形态变化之丰富，同汉语截然相反。我当然会感到困难。但是，既然已经下定决心要学习，就必然要把它征服。在这两年内，我曾多次暗表决心：一定要跳过这个龙门。

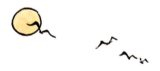

大轰炸

然而来了大轰炸。

战争已经持续了三四年。最初一二年，英、美、苏的飞机也曾飞临柏林上空，投掷炸弹。但那时技术水平还相当低，炸弹只能炸坏高层楼房的最上一二层，下面炸不透。因此每一座高楼都有的地下室就成了全楼的防空洞，固若金汤，人们待在里面，不必担忧。即使上面中了弹，地下室也只是摇晃一下而已。德国法西斯头子都是说谎专家、牛皮大王。这一件事他们也不放过。他们在广播里报纸上，嘲弄加吹嘘，说盟军的飞机是纸糊的，炸弹是木制的，德国的空防系统则是铜墙铁壁。政治上比较天真的德国人民，哗然和唱，全国一片欢腾。

然而曾几何时，盟军的轰炸能力陡然增强。飞来的次数越来越多，每一次飞机的数目也越增越多。不但白天来，夜里也能来。炸弹穿透力量日益提高，由穿透一两层提高到穿透七八层，最后十几层楼也抵挡不住。炸弹由楼顶穿透到地下室，然后爆炸。此时的地下室就再无安全可言了。我离开柏林不久，英国飞机白天从西向东飞，美国飞机晚上从东向西飞，在柏林"铺起了地毯"。所谓"铺地毯"是当时新兴的一个名词，意思是，飞机排成了行列，每隔若干米丢一颗炸弹，前后左右，不留空隙，就像客厅里铺地毯一样。到了此时，法西斯头子王顾左右而言他，以前的牛皮仿佛根本没有吹过，而老实的德国人民也奉陪健忘，再也不提什么"纸糊木制"了。

哥廷根是个小城，最初盟国飞机没有光临。到了后来，大城市已经炸遍，有的是接二连三地炸，小城市于是也蒙垂青。哥廷根总共被炸过两次，都是极小规模的，铺地毯的光荣没有享受到。这里的人民普遍大意，全城没有修筑一个像样的防空洞。一有警报，就往地下室里钻。灯光管制还是相当严的。每天晚上，在全城一片黑暗中，不时有"Licht aus！（灭灯！）"的呼声喊起，回荡在夜空中，还颇有点诗意哩。有一夜，英国飞机光临了，我根本无动于衷，拥被高卧。后来听到炸弹声就在不远处，楼顶上的窗子已被震碎。我一看不妙，连忙狼狈下楼，钻入地下室里。心里自己念叨着：以后要多加小心了。

第二天早起进城，听到大街小巷都是清扫碎玻璃的哗啦哗啦声。原来是英国飞机开了一个不大不小的玩笑：他们投下的是气爆弹，目的不在伤人，而在震碎全城的玻璃。他们只在东西城门处各投一颗这样的炸弹，全城的玻璃大部分都被气流摧毁了。

万没有想到，我在此时竟碰到一件怪事。我正在哗啦声中，沿街前

进，走到兵营操场附近，从远处看到一个老头，弯腰屈背，仔细看什么。他手里没有拿着笤帚之类的东西，不像是扫玻璃的。走到跟前，我才认清，原来是德国飞机制造之父、蜚声世界的流体力学权威普兰特尔（Prandtl）教授。我赶忙喊一声："早安，教授先生！"他抬头看到我，也说了声："早安！"他告诉我，他正在看操场周围的一段短墙，看炸弹爆炸引起的气流是怎样摧毁这一段短墙的。他嘴里自言自语："这真是难得的机会！我在流体力学试验室里是无论如何也装配不起来的。"我陡然一惊，立刻又肃然起敬。面对这样一位抵死忠于科学研究的老教授，我还能说些什么呢？

无独有偶。我听说，在南德慕尼黑城，在一天夜里，盟军大批飞机，飞临城市上空来"铺地毯"。正在轰炸高峰时，全城到处起火。人们都纷纷从楼上往楼下地下室或防空洞里逃窜，急急如漏网之鱼。然而独有一个老头却反其道而行之，他是从楼下往楼顶上跑，也是健步如飞，急不可待。他是一位地球物理学教授。他认为，这是极其难得的做实验的机会，在实验室里无论如何也不会有这样的现场：全城震声冲天，地动山摇。头上飞机仍在盘旋，随时可能有炸弹掉在他的头上。然而他全然不顾，宁愿为科学而舍命。对于这样的学者，我又有什么话好说呢？

大轰炸就这样在全国展开。德国人民怎样反应呢？法西斯头子又怎样办呢？每次大轰炸之后，德国人在地下室或防空洞里蹲上半夜，饥寒交迫，担惊受怕，情绪当然不会高。他们天性不会说怪话，至于有否腹诽，我不敢说。此时，法西斯头子立即宣布，被炸城市的居民每人增加"特别分配"一份，咖啡豆若干粒，还有一点儿别的什么。外国人不在此例。不了解当时德国情况的人，无法想象德国人对咖啡偏爱之深。有一本杂志上有一幅漫画：一只白金戒指，上面镶的不是宝石，不是金刚钻，而是一颗咖啡豆。可见咖啡身价之高。德国人挨过一次炸，正当接近闹情绪的节骨眼儿上，忽然"皇恩浩荡"，几粒咖啡豆从天而降，一杯下肚，精神焕发，又大唱德国必胜的滥调了。

在哥廷根第一次被轰炸之后，我再也不敢麻痹大意了。只要警笛一响，我立即躲避。到了后来，英国飞机几乎天天来。用不着再在家里恭候防空警报了。我吃完早点，就带着一个装满稿子的皮包，走上山去，躲避空袭。另外还有几个中国留学生加入了这个队伍，各自携带着认为有价值的东西，走向山中。最奇特的是刘先志和滕菀君两夫妇携带的东西，他们只提着一只篮子，里面装的一非稿子，二非食品，而是一只乌龟。提起此龟，大有来历，还必须解释几句。原来德国由于粮食奇缺，不知道从哪一个被占领的国家运来了一大批乌龟，供人食用。但是德国人吃东西是颇为保守的，对于这一批敢同兔子赛跑的勇士，有点儿见而生畏，哪里还敢往肚子里填！于是德国政府又大肆宣扬乌龟营养价值之高，引经据典，还不缺少统计图表，证明乌龟肉简直赛过仙丹醍醐。刘氏夫妇在柏林时买了这只乌龟。但看到它笨拙的躯体，灵活的小眼睛，一时慈上心头，不忍下刀，便把它养了起来，又从柏林带到哥廷根，陪我们天天上山，躲避炸弹。我们仰卧在绿草上，看空中英国飞机编队飞过哥廷根上空，一躺往往就是几个小时。在我们身旁绿草丛中，这一只乌龟瞪着小眼睛，迈着缓慢的步子，仿佛想同天空中飞驰的大东西，赛一个你输我赢一般。我们此时顾而乐之，仿佛现在不是乱世，而是乐园净土，天空中带着死亡威胁的飞机的嗡嗡声，霎时间变成了阆苑仙宫的音乐，我们忘掉了周围的一切，有点儿忘乎所以了。

在饥饿地狱中

同轰炸并驾齐驱的是饥饿。

我初到德国的时候，供应十足充裕，要什么有什么，根本不知饥饿为何物。但是，法西斯头子侵略成性（其实法西斯的本质就是侵略），他们早就扬言：要大炮，不要奶油。在最初，德国人桌子上还摆着奶油，肚子里填满了火腿，根本不了解这句口号的真正意义。于是，全国翕然响应，仿佛他们真不想要奶油了。大概从1937年开始，逐渐实行了食品配给制度。最初限量的就是奶油，以后接着是肉类，最后是面包和土豆。到了1939年，希特勒悍然发动第二次世界大战，德国人的腰带就一紧再紧了。这一句口号得到了完满的实现。

我虽生也不辰，在国内时还没有真正挨过饿。小时候家里穷，一年至多只能吃两三次白面，但是吃糠咽菜，肚子还是能勉强填饱的。现在到了德国，才真受了"洋罪"。这种"洋罪"是慢慢地感觉到的。我们中国人本来吃肉不多，我们所谓"主食"实际上是西方人的"副食"。黄油从前我们根本不吃。所以在德国人开始沉不住气的时候，我还悠（优）哉游哉，处之泰然。但是，到了我的"主食"面包和土豆限量供应的时候，我才感到有点儿不妙了。黄油失踪以后，取代它的是人造油。这玩意儿放在汤里面，还能呈现出几个油珠儿。但一用来煎东西，则在锅里嗞嗞（吱吱）几声，一缕轻烟，油就烟消云散了。在饭馆里吃饭时，要经过几次思想斗争，从战略观点和全局观点反复考虑之后，才请餐馆服务员（Herr Ober）"煎"掉一两肉票。倘在汤碗里能发现几滴油珠，则必大声唤起同桌者的注意，大家都乐不可支了。

最困难的问题是面包。少且不说，实质更可怕。完全不知道里面掺了什么东西。有人说是鱼粉，无从否认或证实。反正是只要放上一天，第二天便有腥臭味儿。而且吃了，能在肚子里制造气体。在公共场合出虚恭，俗话就是放屁，在德国被认为是极不礼貌、有失体统的。然而肚子里带着这样的面包去看电影，则在影院里实在难以保持体统。我就曾在看电影时亲耳听到虚恭之声，此伏彼起，东西应和。我不敢耻笑别人。

我自己也正在同肚子里过量的气体作殊死斗争，为了保持体面，想把它镇压下去，而终于还以失败告终。

但是也不缺少令人兴奋的事：我打破了纪录，是自己吃饭的纪录。有一天，我同一位德国女士骑自行车下乡，去帮助农民摘苹果。在当时，城里人谁要是同农民有一些联系，别人会垂涎三尺的，其重要意义决（绝）不亚于今天的走后门。这一位女士同一户农民挂上了钩，我们就应邀下乡了。苹果树都不高，只要有一个短梯子，就能照顾全树了。德国苹果品种极多，是本国的主要果品。我们摘了半天，工作结束时，农民送了我一篮子苹果，其中包括几个最优品种的；另外还有五六斤土豆。我大喜过望，跨上了自行车，有如列子御风而行，一路青山绿水看不尽，轻车已过数重山。到了家，把土豆全部煮上，蘸着积存下的白糖，一鼓作气，全吞进肚子，但仍然还没有饱意。

"挨饿"这个词儿，人们说起来，比较轻松。但这些人都是没有真正挨过饿的。我是真正经过饥饿炼狱的人，其中滋味实不足为外人道也。我非常佩服东西方的宗教家们，他们对人情世事真是了解到令人吃惊的程度，在他们的地狱里，饥饿是被列为最折磨人的项目之一。中国也是有地狱的，但却是舶来品，其来源是印度。谈到印度的地狱学，那真是博大精深，蔑以加矣。"死鬼"在梵文中叫 Preta，意思是"逝去的人"。到了中国译经和尚的笔下，就译成了"饿鬼"，可见"饥饿"在他们心目中占多么重要的地位。汉译佛典中，关于地狱的描绘，比比皆是。《长阿含经》卷十九《地狱品》的描绘可能是有些代表性的。这里面说，共有八大地狱：第一大地狱名想，其中有十六小地狱：第一小地狱名曰黑沙，二名沸屎，三名五百钉，四名饥，五名渴，六名一铜釜，七名多铜釜，八名石磨，九名脓血，十名量火，十一名灰河，十二名铁丸，十三名斩斧，十四名豺狼，十五名剑树，十六名寒冰。地狱的内容，一看名称就能知道。饥饿在里面占了一个地位。这个饥饿地狱里是什么情况呢？《长阿含经》说：

（饿鬼）到饥饿地狱。狱卒来问："汝等来此，欲何所求？"报言："我饿！"狱卒即捉扑热铁上，舒展其身，以铁钩钩口使开，以热铁丸着其口中，焦其唇舌，从咽至腹，通彻下过，无不焦烂。

这当然是印度宗教家的幻想。西方宗教家也有地狱幻想，在但丁的《神曲》里面也有地狱。第六篇，但丁在地狱中看到一个怪物，张开血盆大口，露出长牙；但丁的引导人俯下身子，在地上抓了一把泥土，对准怪物的嘴，投了过去。怪物像狗一样猖猖狂吠，无非是想得到食物。现在嘴里有了东西，就默然无声了。西方的地狱内容实在太单薄，比起东方的地狱来，大有小巫见大巫之势了。

为什么东西方宗教家都幻想地狱，而在地狱中又必须忍受饥饿的折磨呢？他们大概都认为饥饿最难忍受，恶人在地狱中必须尝一尝饥饿的滋味。这个问题我且置而不论。不管怎样，我当时实在是正处在饥饿地狱中，如果有人向我嘴里投掷热铁丸或者泥土，为了抑制住难忍的饥饿，我一定会毫不迟疑地不顾一切地把它们吞下去，至于肚子烧焦不烧焦，就管不了那样多了。

我当时正在读俄文原文的果戈理的《钦差大臣》。在第二幕第一场里，我读到了奥西普躺在主人的床上独白的一段话：

现在旅馆老板说啦，前账没有付清就不开饭；可我们要是付不出钱呢？（叹口气）唉，我的天，哪怕有点儿菜汤喝喝也好呀。我现在恨不得要把整个世界都吞下肚子里去。

这写得何等好呀！果戈理一定挨过饿，不然的话，他无论如何也写不出要把整个世界都吞下去的话来。

长期挨饿的结果是，人们都逐渐瘦了下来。现在有人害怕肥胖，提倡什么减肥，往往费上极大的力量，却不见效果。于是有人说："我就是喝白水，身体还是照样胖起来的。"这话现在也许是对的，但在当时却完全不是这样。我的男房东在战争激烈时因心脏病死去。他原本是一个大胖子，到死的时候，体重已经减轻了二三十公斤，成了一个瘦子了。我自己原来不胖，没有减肥的物质基础。但是饥饿在我身上也留下了伤痕：我失掉了饱的感觉，大概有八年之久。后来到了瑞士，才慢慢恢复过来。此是后话，这里不提了。

山中逸趣

置身饥饿地狱中，上面又有建造地狱时还不可能有的飞机轰炸，我的日子比地狱中的饿鬼还要苦上十倍。

然而，打一个比喻说，在英雄交响乐的激昂慷慨的乐声中，也不缺少像莫扎特的小夜曲似的情景。

哥廷根的山林就是小夜曲。

哥廷根的山不是怪石嶙峋的高山，这里土多于石；但是却又有山的气势。山顶上的俾斯麦塔高踞群山之巅，在云雾升腾时，在乱云中露出的塔顶，望之也颇有蓬莱仙山之概。

最引人入胜的不是山，而是林。这一片丛林究竟有多大，我住了十年也没能弄清楚，反正走几个小时也走不到尽头。林中主要是白杨和橡树，在中国常见的柳树、榆树、槐树等，似乎没有见过。更引人入胜的是林中的草地。德国冬天不冷，草几乎是全年碧绿。冬天雪很多，在白雪覆盖下，青草也没有睡觉，只要把上面的雪一扒拉，青翠欲滴的草立即显露出来。每到冬春之交时，有白色的小花，德国人管它叫"雪钟儿"，破雪而出，成为报春的象征。再过不久，春天就真的来到了大地上，林中到处开满了繁花，一片锦绣世界了。

到了夏天，雨季来临。哥廷根的雨非常多，从来没听说有什么旱情。本来已经碧绿的草和树木，现在被雨水一浇，更显得浓翠逼人。整个山林，连同其中的草地，都绿成一片，绿色仿佛塞满了寰中，涂满了天地，到处是绿、绿、绿，其他的颜色仿佛一下子都消逝了。雨中的山林，更别有一番风味。连绵不断的雨丝，同浓绿织在一起，形成一张神奇、迷茫的大网。我就常常孤身一人，不带什么伞，也不穿什么雨衣，在这一张覆盖天地的大网中，踽踽独行。除了周围的树木和脚底下的青草以外，仿佛什么东西都没有，我颇有佛祖释迦牟尼的感觉，"天上天下，唯我独尊"了。

一转入秋天，就到了哥廷根山林最美的季节。我曾在《忆章用》一文中描绘过哥城的秋色，受到了朋友的称赞，我索性抄在这里：

哥廷根的秋天是美的，美到神秘的境地，令人说不出，也根本想不到去说。有谁见过未来派的画没有？这小城东面的一片山林在秋天就是一幅未来派的画。你抬眼就看到一片耀眼的绚烂。只说黄色，就数不清有多少等级，从淡黄一直到接近棕色的深黄，参差地抹在一片秋林的梢上，里面杂了冬青树的浓绿，这里那里还点缀上一星星鲜红，给这惨淡的秋色涂上一片凄艳。

我想，看到上面这一段描绘，哥城的秋山景色就历历如在目前了。

一到冬天，山林经常为大雪所覆盖。由于温度不低，所以覆盖不会太久就融化了；又由于经常下雪，所以总是有雪覆盖着。上面的山林，一部分依然是绿的；雪下面的小草也仍旧碧绿。上下都有生命在运行着。哥廷根城的生命活力似乎从来没有停息过，即使是在冬天，情况也依然如此。等到冬天一转入春天，生命活力没有什么覆盖了，于是就彰明较著地腾跃于天地之间了。

哥廷根四时的情景就是这个样子。

从我来到哥城的第一天起，我就爱上了这山林。等到我堕入饥饿地狱，等到天上的飞机时时刻刻在散布死亡时，只要我一进入这山林，立刻在心中涌起一种安全感。山林确实不能把我的肚皮填饱，但是在饥饿时安全感又特别可贵。山林本身不懂什么饥饿，更用不着什么安全感。当全城人民饥肠辘辘，在英国飞机下心里忐忑不安的时候，山林却依旧郁郁葱葱，"依旧烟笼十里堤"。我真爱这样的山林，这里真成了我的世外桃源了。

我不知道有多少次，一个人到山林里来；也不知道有多少次，同中国留学生或德国朋友一起到山林里来。在我记忆中最难忘记的一次畅游，是同张维和陆士嘉在一起的。这一天，我们的兴致都特别高。我们边走，边谈，边玩，真正是忘路之远近。我们走呀走呀，已经走到了我们往常走到的最远的界限；但在不知不觉之间就走了过去，仍然一往直前。越走林越深，根本不见任何游人。路上的青苔越来越厚，是人迹少到的地方。周围一片寂静，只有我们的谈笑声在林中回荡，悠扬，遥远。远处在林深处听到柏叶上有窸窣的声音，抬眼一看，是几只受了惊的梅花鹿，瞪大了两只眼睛，看了我们一会儿，立即一溜烟似的逃到林子的更深处去了。我们最后走到了一个悬崖上，下临深谷，深谷的那一边仍然是无边无际的树林。我们无法走下去，也不想走下去，这里就是我们的天涯海角。回头走的路上，遇到了雨。躲在大树下，避了一会儿雨。然而雨越下越大，我们只好再往前跑。出我们意料之外，竟然找到了一座木头凉亭，真是避雨的好地方。里面已经先坐着一个德国人。打了一声招呼，我们也就坐下，同是深林躲雨人，相逢何必曾相识。我们没有通名报姓，就上天下地胡谈一通，宛如故友相逢了。

这一次畅游始终留在我的记忆里，至今难忘。山中逸趣，当然不止这一桩。大大小小、琐琐碎碎的事情，还可以写出一大堆来。我现在一律免掉。我写这些东西的目的，是想说明，就是在那种极其困难的环境中，人生乐趣仍然是有的。在任何情况下，人生也绝不会只有痛苦，这就是我悟出的禅机。

烽火连八岁，家书抵亿金

逸趣虽然有，但环境日益险恶，也是不可否认的事实。

随着形势的日益险恶，我的怀乡之情也日益腾涌。这比刚到哥廷根时的怀念母亲之情，其剧烈的程度不可同日而语了。

这种怀乡之情并不是由于受了德国方面的什么刺激而产生的。正相反，看了德国人沉着冷静的神态，使我颇感到安慰。他们该干什么就干什么，看不出什么紧张。比如说，就拿轰炸来说吧。我原以为，轰炸到了铺地毯的程度，已经是无以复加矣。然而不然。原来还有更高的层次。最初，敌机飞临德国上空时，总要拉响警笛的。警笛也有不同的层次；以敌机距离本城的远近来划分。敌机一飞走，警报立即解除。我们都绝对要听从警笛的指挥，不敢稍有违反。在这里也表现出德国人遵守纪律、热爱秩序的特点。但是，到了后来，东线战争毫无进展，德国从四面受到包围。防空能力一度吹嘘得像神话一般，现在则完全垮了台。敌机随时可以飞临上空，也不论白天和夜晚，愿意投弹则投弹；不愿意投弹，则以机关枪向地面扫射。警笛无法拉响，警报无法发出。因为一天24小时，时时刻刻都在警报中，警笛已经是英雄无用武之地了。到了此时，我们出门，先抬头看一看天空，天上有飞机，则到街道旁边的房檐下躲一躲。飞机一过，立即出来，该干什么干什么。常常听人说，什么地方的村庄和牛被敌机上的机关枪扫射了，子弹比平常的枪弹要大得多。听到这些消息，再加上空中的机声，人们丝毫也不紧张，都有点儿处之泰然了。

再拿食品来说吧。日益短缺，这自在意料之中，不足为怪。奇怪的倒是德国人，他们也是处之泰然的，不但没有怪话，而且有时还颇有些幽默感。我曾在一张报纸上看到一幅漫画，画的是一家在吃饭。舅舅用叉子叉着一块兔子肉，嘴里连声称赞："真好吃呀！"而坐在对面的小外甥，则低头垂泪。这兔子显然是小孩豢养大的。从城里来的舅舅只知道肉好吃，全然不理解小孩的心情。德国人给人的印象是严肃、认真、淳朴，他们的彻底性是有口皆碑的。他们似乎不像英国人那样欣赏幽默。然而在食品缺乏到可怕的程度的时候，他们居然并不缺少幽默。我提到的这一幅漫画不是一个绝好的证明吗？

德国人这种对待轰炸和饥饿的超然泰然的态度，当然会感染我。但是我身处异域，离开自己的祖国和亲人有千山万水之遥。比起德国人祖国和亲人就在眼前，当然感受完全不同。我是一个"老外"，是在异域受"洋罪"。自己的一些牢骚，一些想法，平常日子无法宣泄，自然而然地就在梦中表现出来。我不是庄子所谓的"至人无梦"的"至人"，我的梦非常多。我的一些希望在梦中肆无忌惮地得到了满足。我梦得最多的是祖国的食品。我这个人素无大志，在食品方面亦然。我从来没有梦到过什么燕窝、鱼翅、猴头、熊掌，这些东西本来就与我缘分不大。我做梦梦到最多的是吃炒花生米和锅饼（北京人叫"锅盔"）。这都是我小时候常吃而直到今天耄耋之年仍然经常吃的东西。每天平旦醒来，想到梦中吃的东西，怀乡之情如大海怒涛，奔腾汹涌，无论如何也抑制不住。

此时，大学的情况，也真让人触目伤心。大战爆发以后，有几年的时间，男生几乎都被征从军，只剩下了女生，奔走于全城各研究所之间，哥廷根大学变成了一个女子大学。无论走进哪一间教室或实验室，都是粉白黛绿，群雌粥粥，仿佛到了女儿国一般。等到战争越过了最高峰逐渐走向结束的时候，从东部俄国前线上送回来了大量的德国伤兵，一部分就来到了哥廷根。这时候，在大街上奔走于全城各研究所之间的，除了女生以外，就是缺胳膊断腿的拄着双拐或单拐，甚至乘坐轮椅的伤残大学生。在上课的大楼中，在洁净明亮的走廊上，拐杖触地的清脆声，处处可闻。这种声音回荡在粉白黛绿之间，让人听了，不知应当作何感想。德国的大音乐家还没有哪一个谱过拐声交响乐。我这个外乡人听了，真是欲哭无泪。

同德国伤兵差不多同时涌进哥廷根城的是苏联、波兰、法国等国的俘虏，人数也是很多的。既然是俘虏，最初当然由德国人看管。后来大概是由于俘虏太多，而派来看管的德国男人则又太少了，我看到好多俘虏自由自在地在大街上闲逛。我也曾在郊外农田里碰到过苏联俘虏，没有看管人员，他们就带了锅，在农田里把挖掘剩下的土豆挖出来，就地解决，找一些树枝，在锅里一煮，就狼吞虎咽地吃开了。他们显然是饿得够呛的。俘虏中是有等级的，苏联和法国俘虏级别似乎高一点儿，而波兰的战俘和平民，在法西斯眼中是亡国之民，受到严重的侮辱性的歧视，每个人衣襟上必须缝上一个写着 P 字的布条，有如印度的不可接触者，让人一看就能够分别。法显《佛国记》中说是"击木以自异"，在现代德国是"挂条以自异"。有一天，我忽然在一个我每天必须走过的菜园子里，看到一个襟缝 P 字的波兰少女在那里干活，圆圆的面孔，大大的眼睛，非常像八九年前我在波兰火车上碰到的 Wala。难道真会是她吗？我不敢贸然搭话。从此我每天必然看到她在菜地里忙活。"同是天涯沦落人"，我首先想到的就是这样一句话。我心里痛苦万端，又是欲哭无泪。经过长期酝酿，我写成了那一篇《wala》，表达了我的沉痛心情。

我当时的心情就是这个样子。

此时，我同家里早已断了书信。祖国抗日战争的情况也几乎完全不清楚。偶尔从德国方面听到一点儿消息，由于日本是德国的盟国，也全是谎言。杜甫的诗说："烽火连三月，家书抵万金"；我想把它改为"烽火连八岁，家书抵亿金"，这样才真能符合我的情况。日日夜夜，不知道有多少事情揪住了我的心。祖国是什么样子了？家里又怎样了？叔父年事已高，家里的经济来源何在？婶母操持这样一个家，也真够她受的。德华带着两个孩子，日子不知是怎样过的？"可怜小儿女，未解忆长安"。我想，他们是能够忆长安的。他们大概知道，自己有一个爸爸在很远很远的地方。家里还有一条名叫"憨子"的小狗，在国内时，我每次从北京回家，一进门就听到汪汪的吠声；但一看到是我，立即摇起了尾巴，憨态可掬。这一切都是我时刻想念的。连院子里那两棵海棠花也时来入梦。这些东西都使我难以摆脱。真正是抑制不住的离愁别恨，数不尽的不眠之夜！

我特别经常想到母亲。初到哥廷根时思念母亲的情景，上面已经谈过了。当我同祖国和家庭完全断掉联系的时候，我思母之情日益剧烈。母亲入梦，司空见惯。但可恨的是，即使在梦中看到母亲的面影，也总是模模糊糊的。原因很简单，我的家乡是穷乡僻壤，母亲一生没照过一张相片。我脑海里那一点儿母亲的影子，是我在十几岁时离开她用眼睛摄取的，是极其不可靠的。可怜我这个失母的孤儿，连在梦中也难以见到母亲的真面目，老天爷不是对我太残酷了吗？

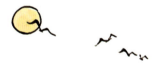

德国的老师们

在深切怀念我的两个不在眼前的母亲的同时，在我眼前那一些德国老师们，就越发显得亲切可爱了。

在德国老师中同我关系最密切的当然是我的 Doktor-Vater（博士父

亲）瓦尔德施米特教授。我同他初次会面的情景，我在上面已经讲了一点儿。他给我的第一个印象是，他非常年轻。他的年龄确实不算太大，同我见面时，大概还不到四十岁吧。他穿一身厚厚的西装，面孔是孩子似的面孔。我个人认为，他待人还是彬彬有礼的。德国教授多半都有点儿教授架子，这是他们的社会地位和经济地位所决定的，是不以人的意志为转移的。后来听说，在我以后的他的学生们都认为他很严厉。据说有一位女士把自己的博士论文递给他，他翻看了一会儿，一下子把论文摔到地下，愤怒地说道："Dasist aber alles Mist！（这全是垃圾，全是胡说八道！）"这位小姐从此耿耿于怀，最终离开了哥廷根。

我跟他学了十年，应该说，他从来没有对我发过脾气。他教学很有耐心，梵文语法抠得很细。不这样是不行的，一个字多一个字母或少一个字母，意义往往差别很大。我以后自己教学生，也学他的榜样，死抠语法。他的教学法是典型的德国式的。记得是德国19世纪的伟大东方语言学家埃瓦尔德（Ewald）说过一句话："教语言比如教游泳，把学生带到游泳池旁，把他往水里一推，不是学会游泳，就是淹死，后者的可能是微乎其微的。"瓦尔德施米特采用的就是这种教学法。第一二两堂，念一念字母。从第三堂起，就读练习，语法要自己去钻。我最初非常不习惯，准备一堂课，往往要用一天的时间。但是，一个学期四十多堂课，我就读完了德国梵文学家施腾茨勒（Stenzler）的教科书，学习了全部异常复杂的梵文文法，还念了大量的从梵文原典中选出来的练习。这个方法是十分成功的。

瓦尔德施米特教授的家庭，最初应该说是十分美满的。夫妇二人，一个上中学的十几岁的儿子。有一段时间，我帮助他翻译汉文佛典，常常到他家去，同他全家一同吃晚饭，然后工作到深夜。餐桌上没有什么人多讲话，安安静静。有一次他笑着对儿子说道："家里来了一个中国客人，你明天大概要在学校里吹嘘一番吧？"看来他家里的气氛是严肃有余，活泼不足。他夫人也是一个不大爱说话的人。

后来，大战一爆发，他自己被征从军，是一个什么军官。不久，他儿子也应征入伍。过了不太久，从1941年冬天起，东部战线胶着不进，相持不下，但战斗是异常激烈的。他们的儿子在北欧一个国家阵亡了。我现在已经忘记了，夫妇俩听到这个噩耗时反应如何。按理说，一个独生子幼年战死，他们的伤心可以想见。但是瓦尔德施米特教授是一个十分刚强的人，他在我面前从未表现出伤心的样子，他们夫妇也从未同我谈到此事。然而活泼不足的家庭气氛，从此更增添了寂寞冷清的成分，这是完全可以想象的了。

在瓦尔德施米特被征从军后的第一个冬天，他预订的大剧院的冬季演出票，没有退掉。他自己不能观看演出，于是就派我陪伴他夫人观看，每周一次。我吃过晚饭，就去接师母，陪她到剧院。演出有歌剧，有音乐会，有钢琴独奏，有小提琴独奏，等等，演员都是外地或国外来的，都是赫赫有名的人物。剧场里灯火辉煌，灿如白昼；男士们服装笔挺，女士们珠光宝气，一片升平祥和气象。我不记得在演出时遇到空袭，因此不知道敌机飞临上空时场内的情况。但是散场后一走出大门，外面是完完全全的另一个世界，顶天立地的黑暗，由于灯火管制，不见一缕光线。我要在这任何东西都看不到的黑暗中，送师母摸索着走很长的路到山下她的家中。一个人在深夜回家时，万籁俱寂，走在宁静的长街上，只听到自己脚步的声音，跫然而喜。但此时正是乡愁最浓时。

我想到的第二位老师是西克（Sieg）教授。

他的家世，我并不清楚。到他家里，见到他的老伴，是一个又瘦又小的慈祥的老人。子女或什么亲眷，从来没有见过。看来是一个非常孤寂清冷的家庭，老夫妇情好极笃，相依为命。我见到他时，他已经早越过了古稀之年。他是我平生所遇到的中外各国的老师中对我最爱护、感情最深、期望最大的老师。一直到今天，只要一想到他，我的心立即剧烈地跳动，老泪立刻就流满全脸。他对我传授知识的情况，上面已经讲了一点儿，下面还要讲到。在这里我只讲我们师徒二人相互间感情深厚的一些情况。为了存真起见，我仍然把我当时的一些日记，一字不改地抄在下面：

1940年10月13日

昨天买了一张 Prof. Sieg 的相片，放在桌子上，对着自己。这位老先生我真不知道应该怎样感激他。他简直有父亲或者祖父一般的慈祥。我一看到他的相片，心里就生出无穷的勇气，觉得自己对梵文应该拼命研究下去，不然简直对不住他。

1941年2月1日

5点半出来，到 Prof. Sieg 家里去。他要替我交涉增薪，院长已答应。这真是意外的事。我真不知道应该怎样感谢这位老人家，他对我好得真是无微不至，我永远不会忘记！

原来他发现我生活太清苦，亲自找文学院长，要求增加我的薪水。其实我的薪水是足够用的，只因我枵腹买书，所以就显得清苦了。

1941年，我一度想设法离开德国回国。我在10月29日的日记里写道：

11点半，Prof. Sieg 去上课。下了课后，我同他谈到我要离开德国，他立刻兴奋起来，脸也红了，说话也有点震颤了。他说，他预备将来替我找一个固定的位置，好让我继续在德国住下去，万没想到我居然想走。他劝我无论如何不要走，他要替我设法同 Rektor（大学校长）说，让我得到津贴，好出去休养一下。他简直要流泪的样子。我本来心里还有点迟疑，现在又动摇起来了。一离开德国，谁知道哪一年再能回来，能不能回来？这位像自己父亲一般替自己操心的老人十之八九是不能再见了。我本来容易动感情。现在更抑制不住自己，很想哭上一场。

像这样的情况，日记里还有一些，我不再抄录了。仅仅这三则，我觉得，已经完全能显示出我们之间的关系了。还有一些情况，我在下面谈吐火罗文的学习时再谈，这里暂且打住。

我想到的第三位老师是斯拉夫语言学教授布劳恩（Braun），他父亲生前在莱比锡大学担任斯拉夫语言学教授，他可以说是家学渊源，能流利地说许多斯拉夫语。我见到他时，他年纪还轻，还不是讲座教授。由于年龄关系，他也被征从军。但根本没有上过前线，只是担任翻译，是最高级的翻译。苏联一些高级将领被德军俘虏，希特勒等法西斯头子要亲自审讯，想从中挖取超级秘密。担任翻译的就是布劳恩教授，其任务之重要可想而知。他每逢休假回家的时候，总高兴同我闲聊他当翻译时的一些花絮，很多是德军和苏军内部最高领导层的真实情况。他几次对我说，苏军的大炮特别厉害，德国难望其项背。这是德国方面从来没有透露过的极端机密，给我留下了深刻的印象。

他的家庭十分和美。他有一位年轻的夫人，两个男孩子，大的叫安德烈亚斯，约有五六岁，小的叫斯蒂芬，只有两三岁。斯蒂芬对我特别友好，我一到他家，他就从远处飞跑过来，扑到我的怀里。他母亲教导我说："此时你应该抱住孩子，身体转上两三圈，小孩子最喜欢这玩意儿！"教授夫人很和气，好像有点儿愣头愣脑，说话直爽，但有时候没有谱。

布劳恩教授的家离我住的地方很近，走两三分钟就能走到。因此，我常到他家里去玩。他有一幅中国古代的刺绣，上面绣着五个大字：时有溪山兴。他要我翻译出来。从此他对汉文产生了兴趣，自己买了一本汉德字典，念唐诗。他把每一个字都查出来，居然也能讲出一些意思。我给他改正，并讲一些语法常识。对汉语的语法结构，他觉得既极怪而又极有理，同他所熟悉的印欧语系语言迥乎不同。他认为，汉语没有形态变化，也可能是优点，它能给读者以极大的联想自由，不像印欧语言那样被形态变化死死地捆住。

他是一个多才多艺的人，擅长油画。有一天，他忽然建议要给我画

257

像。我自然应允了，于是有比较长的一段时间，我天天到他家里去，端端正正地坐在那里当模特儿。画完了以后，他问我的意见。我对画不是内行，但是觉得画得很像我，因此就很满意了。在科学研究方面，他也表现了他的才艺。他的文章和专著都不算太多，他也不搞德国学派的拿手好戏：语言考据之学。用中国的术语来说，他擅长义理。他有一本讲19世纪沙俄文学的书，就是专从义理方面着眼，把列夫·托尔斯泰和陀斯妥耶夫斯基（又译陀思妥耶夫斯基）列为两座高峰而展开论述，极有独特的见解，思想深刻，观察细致，是一部不可多得的著作。可惜似乎没有引起多少注意。

　　总之，布劳恩教授在哥廷根大学是颇为不得志的。正教授没有份儿，哥廷根科学院院士更不沾边儿。有一度，他告诉我，斯特拉斯堡大学有一个正教授缺了人，他想去，而且把我也带了去。后来不知为什么，没有实现。一直到40多年以后我重新访问联邦德国时，我去看他，他才告诉我，他在哥廷根大学终于得到了一个正教授的讲座，他认为可以满意了。然而他已经老了，无复年轻时的潇洒英俊。我一进门他第一句话说的是："你晚来了一点，她已经在月前去世了！"我知道他指的是谁，我感到非常悲痛。安德烈亚斯和斯蒂芬都长大了，不在身边。老人看来也是冷清寂寞的。在西方社会中，失掉了实用价值的老人，大多如此。我欲无言了。去年听德国来人说，他已经去世。我谨以心香一瓣，祝愿他永远安息！

　　我想到的第四位德国老师是冯·格林（Dr.vom Crimm）博士。据说他是来自俄国的德国人，俄文等于是他的母语。在大学里，他是俄文讲师。大概是因为他从来没有发表过什么学术论文，所以连副教授的头衔都没有。在德国，不管你外语多么到家，只要没有学术著作，就不能成为教授。工龄长了，工资可能很高，名位却不能改变。这一点同中国是很不一样的。中国教授贬值，教授膨胀，由来久矣。这也算是中国的"特色"吧。反正冯·格林始终只是讲师。他教我俄文时已经白发苍苍，心里总好像是有一肚子气，终日郁郁寡欢。他只有一个老伴，他们就住在高斯—韦伯楼的三楼上。屋子极为简陋。老太太好像终年有病，不大下楼，但心眼儿极好，听说我患了神经衰弱症，夜里盗汗，特意送给我一个鸡蛋，补养身体。要知道，当时一个鸡蛋抵得上一个元宝，在饿急了的时候，鸡蛋能吃，而元宝则不能。这一番情意，我异常感激。冯·格林博士还亲自找到大学医院的内科主任沃尔夫（Wolf）教授，请他给我检查。我到了医院，沃尔夫教授仔仔细细地检查过以后，告诉我，这只是神经衰弱，与肺病毫不相干。这一下子排除了我的一块心病，如获重生。这更增加了我对这两位孤苦伶仃的老人的感激。离开德国以后，没有能再见到他们，想他们早已离开人世了，却永远活在我的心中。

我回想起来的老师当然不限于以上四位，比如阿拉伯文教授冯·素顿（Von Soden）、英文教授勒德（Roeder）和怀尔德（Wilde），哲学教授海泽（Heyse）、艺术史教授菲茨图姆（Vitzhum）侯爵、德文教授麦伊（May）、伊朗语教授欣茨（Hinz），等等，我都听过他们的课或同他们有过来往，他们待我亲切和蔼，我永远不会忘记。我在这里就不一一叙述了。

纳粹的末日——美国兵进城

我在上面多次讲到1945年美国兵占领哥廷根以后的事情，好像与时间顺序有违；但是为了把一件事情叙述完整，不得不尔。按顺序来说，现在是叙述美国兵进城的情况了。

时间到了1945年春末，战局急转直下。此时，德国方面已经谈不到什么抵抗，只有招架之功，连还手之力也没有了。一天24小时，都是警报期。老百姓盛传，英美飞机不带炸弹了。他们愿意什么时候飞来，就什么时候飞来，从飞机上用机枪扫射。有什么地方一辆牛车被扫中，牛被打得流出了肠子。如此等等，不一而足。但是，从表面上看起来，老百姓并没有惊慌失措，他们还是相当沉着的，只是显然有点麻木。

德国民族是异常勤奋智慧的民族，办事治学一丝不苟的彻底性名扬世界。他们在短短的一两百年内所创造的文化业绩，彪炳寰中。但是，在政治上，他们的水平却不高。我初到德国的时候，他们受法西斯头子的蛊惑，有点儿忘乎所以的样子，把自己的前途看成是一条阳关大道，只有玫瑰，没有荆棘。后来，来了战争，对他们的想法，似乎没有任何影响。在长期的战争中，他们的情绪有时候昂扬奋发，有时候又低沉抑郁。到了英美和苏联的大军从东西两方面压境的时候，他们似乎感觉到，情况有点儿不妙了。但是，总起来看，他们的情绪还是平静的。前几年听了所谓特别报道而手舞足蹈的情景，现在完完全全看不到了。

在无言中，他们似乎在等待着什么。

他们等待的事情果然到了。这是一个天翻地覆的改变。为了保存当时的真实情况，为了反映我当时真实的思想感情，我干脆抄几天当时的日记，一字不改；这比我现在根据回忆去写，要真实得多，可靠得多了。我个人三天的经历，只能算是极小的一个点；但是一滴水中可以见大海，一颗砂粒（沙砾）中可以见宇宙，一个点中可以见全面，一切都由读者去意会了。

1945年4月6日

昨晚到了那 Keller（指种鲜菌的山洞——美林注）里坐下。他们（指到这里来避难的德国人）都睡起来。我无论如何也睡不着，里面又冷，坐着又无依靠。好久以后，来了 Entwarnung（解除空袭警报）。但他们都不走，所以我也只好陪着，腿冻得像冰，思绪万端，啼笑皆非。外面警笛又作怪，有几次只短短的响一声。于是人们就胡猜起来。有的说是

260

Alarm（警报），有的说不是。仔细倾耳一听，外面真有飞机。这样一直等到四点多，我们三个人才回到家来。一头躺倒，醒来已经快9点了。刚在吃早点，听到外面飞机声，而且是大的轰炸机。但立刻也就来了Voralarm（前警报），紧跟着是Alarm。我们又慌成一团，提了东西就飞跑出去。飞机声震得满山颤动。在那Keller外面站了会儿，又听到机声，人们都抢着往里挤。刚进门，哥廷根城就是一片炸弹声。心里想：今天终于轮到了。Keller里仿佛打雷似的，连木头椅子都震动。有的人跪在地上，有的竟哭了起来。幸而只响了两阵就静了下来。11点，我惦记着厨房里煮上的热水，就一个人出来回家来。不久也就来了Vorentwarnung（前解除警报）。吃过早点，生好炉子。以纲（张维）来，立刻就走了。吃过午饭，躺下，没能睡着。又有一次Voralarm。5点，刚要听消息，又听到飞机声，立刻就来了Alarm。赶快出去到那Deckungsgrsben（掩体防空壕）外面站了会儿。警报解除，又回来。吃过晚饭，10点来了Voralarm。自己不想出去；但天空里隔一会儿一架飞机飞过，隔一会儿又一架，一直延续了三个钟头。自己的神经仿佛要爆炸似的。这简直是万剐凌迟的罪。快到两点警报才解除。

1945年4月7日

早晨起来，吃过早点，进城去，想买一个面包。走了几家面包店，都没有。后来终于在拥挤之余在一家买到了。出来到伤兵医院去看Storck，谈了会儿就回家来。天空里盘旋着英美的侦察机。吃过午饭，又来了Alarm，就出去向那Pilzkeller（培植蘑菇的山洞）跑。幸而并不严重，不久也就来了Vorentwarnung。我在太阳里坐了会儿，只是不敢回家来。一直等到5点多，觉得不会再有什么事情了，才慢慢回家来。刚坐下不久，就听到飞机声，赶快向楼下跑。外面已经响起了炸弹，然后才听到警笛。走到街上，抬头看到天空里成排的飞机。丢过一次炸弹，我就趁空向前跑一段。到了一个 Kedler，去避了一次，又往上跑，终于跑到那 Pilzkeller。仍然是一批批炸弹向城里丢。我们所怕的 Grossangriff（大攻击）终于来了。好久以后，外面静下来。我们出来，看到西城车站一带大火，浓烟直升入天空。装弹药的车被击中，汽油车也被击中。大火里子弹声响成一片，真可以说是伟观。8点前回到家来。吃过晚饭，在黑暗里坐了半天，心里极度不安，像热锅上的蚂蚁，终于还是带了东西，上山到那 Pilzkeller 去。

1945年4月8日

Keller 里非常冷，围了毯子，坐在那里，只是睡不着。我心里很奇怪，为什么有这样许多人在里面，而且接二连三地往里挤。后来听说，党部已经布告，妇孺都要离开哥廷根。我心里一惊，当然更不会再睡着了。好歹盼到天明，仓促回家吃了点东西，往 Keller 里搬了一批书，又回去。远处炮声响得厉害。Keller 里已经乱成一团。有的说，德国军队要守哥城；有的说，哥城预备投降。蓦地城里响起了五分钟长的警笛，表示敌人已经快进城来。我心里又一惊，自己的命运同哥城的命运，就要在短期内决定了，炮声也觉得挨近了。Keller 前面仓皇跑着德国打散的军队。隔了好久，外面忽然静下来。有的人出去看，已经看到美国坦克车。里面更乱了，谁都不敢出来，怕美国兵开枪。结果我同一位德国太太出来，找到一个美国兵，告诉他这情形。回去通知大家，才陆续出来。我心里很高兴，自己不能制止自己了，跑到一个坦克车前面，同美国兵聊起来。我忘记了这还是战争状态，炮口对着我。回到家已经3点了。忽然想到士心夫妇，以为他们给炸弹炸坏了，因为他们那一带炸得很厉害，又始终没有得到他们的消息。所以饭也吃不下去。不久以纲带了太太同小孩子来。他们的房子被美国兵占据了。同他们谈了谈，心里乱成一团，又快乐，又兴奋，说不出应该怎样好。吃过晚饭，同以纲谈到夜深才睡。

哥廷根就这样被解放了。

上面就是我一个人在关键的三天内写的日记，是一幅简单而朴素的素描。哥廷根城只是德国的一个点，而这个种植鲜蘑菇的山洞又只是哥廷根城的一个点，我在这个点中更是一个小小的点。这个小点中的众生相，放大了来看，就能代表整个德国的情况。难道不是这样吗？

无论如何，这是一个极大的转折点。从此以后，哥廷根——我相信，德国其他地方也一样——在历史上揭开了新的一页。法西斯彻底完蛋了。他们横行霸道，倒行逆施，气焰万丈，不可一世，而今安在哉！德国普通老百姓对此反应不像我想得那样剧烈。他们很少谈论这个问题。他们好像是当头挨了一棒；似乎清楚，又似乎糊涂；似乎有所反思，又似乎没有；似乎有点儿在乎，又似乎根本不在乎。给我的总印象是茫然，木然，懵然，默然。一个极端有天才的民族，就这样在一夜之间糊里糊涂地，莫名其妙地沦为战败国，成了任人宰割的民族。不管德国人自己怎样想，我作为一个在德国住了十年对德国人民怀有深厚感情的外国人，真有点儿欲哭无泪了。

对我个人来说，人类历史上迄今最残酷的战争，就这样结束了，似乎有点儿不够意思。我在上面谈到第二次世界大战爆发时，曾经这样说过：可是万万没有想到，这一出人类历史上罕见的大戏，开端竟是这样平平淡淡。今天大战结束了，结束得竟也是这样平平淡淡。难道历史上许多后代认为是惊天地泣鬼神的大战之类的事件，当时开始与结束都是这样的平平淡淡吗？但是，对哥廷根的德国人来说，不管他们的反应如何麻木，却绝非平平淡淡，对一部分人还有切肤之痛。在人类历史上，有许多战胜国进入战败国屠城的记载。中国就有不少这类记载。但是，美国进城以后，没有屠城，而且从表面上看起来，还似乎非常文明。我从来没有看到"山姆大叔"在大街上污辱德国人的事情。战胜国与战败国之间的关系，似乎颇为融洽。我也没有看到德国人敌视美国兵，搞什

么破坏活动。我看到的倒是一些德国女孩子围着美国大兵转的情景，似乎有一些祥和之气了。

实际上并非完全如此。美国大兵也是有一本账的，他们不知从哪里弄到了一个名单，哥城的各类纳粹头子都是榜上有名。美国兵就按图索骥，有一天就索到了我住房对门的施米特先生家里。他有一个女儿是纳粹女青年组织的一个 Gau（大区）的头子。先生不在家，他的胖太太慌了神，吓得浑身发抖，来敲门求援。我只好走过去，美国兵大概很出意外，问我是干什么的。我说是中国人，是盟国，来帮他当翻译的。美国兵没有再说话，我就当起翻译来。他没有问多少话，态度中正平和，一点儿没有凶狠的样子。反正胖太太的女儿已经躲了起来，当母亲的只说不知道。讯问也就结束了，从此美国大兵没有再来。

此外，美国兵还占用了一些民房。他们漂洋过海，不远万里而来。进了城，没有适当的营房，就占用德国居民的房子。凡是单独成楼、花园优美的房子，很多都被选中。我的老师瓦尔德施米特教授在城外山下新盖的一幢小楼，也没能逃过美国大兵的优选，他们夫妇俩被赶到不知什么地方去暂住，美国一群大兵则昂然住了进去。虽然只不过住了几天，就换防搬走，然而富丽堂皇、古色古香的陈设已经受到了一些破坏。有几把古典式的椅子，平常他们夫妇俩爱如珍宝，轻搬轻放，此时有的竟折断了腿。美国兵搬走后，我到他家里去看。教授先生指给我看，一脸苦笑，没有讲什么话，心中滋味，只能意会。教授夫人则不那么冷静，她告诉我，美国大兵夜里酗酒跳舞，通宵达旦，把楼板踩得震天价响。玲珑苗条的椅子腿焉得不断！老夫妇都没有口出恶言。说明他们很有涵养。然而亡国奴的滋味他们却深深地尝到了，恐怕大出他们的臆断吧。

被占的房子当然不止这一家。在比较紧张的那些日子里，我走在大街上，看街道两旁的比较漂亮的房子，临街的房间，只要开着窗子，就往往看到室内的窗台上，密密麻麻地整整齐齐地，排满了大皮靴的鞋底，不是平卧着，而是直立着。当然不是晒靴子，那样靴底不会是直立着。仔细一推究，靴底的后面会有靴子；靴子的后面会有脚丫子；脚丫子后面会有大小腿；大小腿后面会有躯体；到了最后，在躯体后面还会有脑袋，脑袋大概就枕在什么地方。然而此时，"删繁就简三秋树"，把从靴子到脑袋统统删掉了（只有表象如此，当然不会实际删掉），接触我的视线的就只有皮靴底。乍看之下，就先是一愣，忽然顿悟，对于这样洋洋大观的情景，我只有大笑了。

这是美国大兵在那里躺着休息，把脚放到了窗台上。美国兵个个年轻，有的长身玉立，十分英俊。但是总给人以吊儿郎当的印象。他们向军官敬礼，也不像德国兵那样认真严肃，总让人感到嬉皮笑脸，嘻嘻哈哈。据说，他们敬礼也并不十分严格，尉官只给校官以上的敬礼，同级不敬；兵对兵也不敬礼，不管是哪一等。这些都同德国不同。此外，美国兵的大少爷作风和浪费习气，也十分令人吃惊。他们吃饭，罐头食品居多。一罐鸡鸭鱼肉，往往吃了不到一半，就任意往旁边一丢，成了垃圾。给汽车加油，一桶油往往灌不到一半，便不耐烦起来，大皮靴一踢，滚到旁边，桶里的油还汩汩地向外流着，闪出了一丝丝白色的光。更令人吃惊的是他们剪断通讯（信）电缆的豪举。美军进城以后，为了通讯（信）方便，需要架设电缆。又为了省事起见，自己不竖立电线杆，而是就把电缆挂在或搭在大街两旁的树枝上，最初只有屈指可数的几条，后来大概是由于机关增多，需要量随之大增，电缆的数目也日益增多，有的树枝上竟搭上了十几条几十条，压在一起，黑黑的一大堆。过了不久，美军有的撤走，不再需要电缆通讯（信）。按照我的想法，他们似乎应该把厚厚的一大摞电缆，从树枝上一一取下，卷起，运走，到别的地方再用。然而，确实让我大吃一惊，美国大兵不愿意费这个事，又不肯留给德国人使用。他们干脆把电缆在每一棵树上就地剪断。结果是街旁绿树又添奇景：每一棵树的枝头都累累垂垂悬挂着剪断的电缆。电缆，以及我上

266

面谈到的罐头食品和汽油，都是从遥远的美国用飞机或轮船运来的。然而美国这个暴发户大国和她的大少爷士兵们，好像对这一点连想都没有想，他们似乎从来不讲什么节约，大手大脚，挥霍浪费。这同我们中国的传统教育大相径庭，我有什么话好说呢？

在上面我拉拉杂杂地写了美国兵进城和纳粹分子垮台的一些情况。这只是我个人，而且是一个外国人眼中看到、心中想到的。我对德国这样一个伟大的民族素所崇奉，同时又痛恨纳粹分子的倒行逆施。我一方面万万没有想到，我在德国住了十年之后，能够亲眼看到纳粹的崩溃。这真是三生有幸、去无遗憾了。在另一方面，对德国普通老百姓所受的屈辱又感到伤心。当年德法交恶，德国一时占了上风。法国大文豪阿·都德写了有名的小说《最后一课》，成为世界文学中宣扬爱国主义的名篇。到了今天，物换星移，德国处于下风。沧海桑田，世事变幻之迅速、之不定，令人吃惊。但是，德国竟没有哪一位文豪写出第二篇《最后一课》，是时间来不及呢，还是另有原因呢？又不禁令人感到遗憾了。

盟　　　国

专就我个人以及其他中国留学生而论，我们是应该大大地庆祝一番的。我们从一些没有国籍的"流浪汉"一变而为胜利者盟国的一分子，地位真有天壤之别了。中国古人常以"阶下囚"和"座上客"来比喻这种情况。德国人从来没有把我当作"阶下囚"来对待。但是"座上客"现在我却真正变成了。

美国人进城以后不久，我就同张维找到了美国驻军的一个头头，大概是一个校官。我们亮出了我们的身份，立即受到了很好的招待。他同我们素昧平生，一无档案，二无线索；但是他异常和气，只简单地问了几句话，马上拿过来一张纸，刷（唰）、刷（唰）、刷（唰），大笔一挥，说明我们是 DP（Displaced Person 即由于战争、政治迫害等被迫离开本国的人）。这当然不是事实，我们一进门就告诉他，我们是留学生，这一点他是清楚的。但是在他的笔下，我们却一变而成为 DP。他的用意何在，我们不清楚，我们也没有进行争辩。他叫我们拿着这一张条去找一个法国战俘的头。我们最初根本不知道这葫芦里卖的是什么药，遵命去了。原来是一个法国战俘聚居的地方，说老实话，我过去在哥廷根还从来没有注意到有法国战俘。我曾在大街上看到很多走来走去的俄国和波兰俘虏。这些人因为无衣可换，都仍然穿着各自的已经又脏又破的制服，所以一看便知。现在忽然出现了这样多的法国兵，实出我意外。要去探讨研究，我没有那个兴趣和时间，看来也无此必要。反正那个法国俘虏兵的头头连说加比画，用法语告诉我们，以后每天可以到那里去领牛肉。这一举动又出我意外。但是心里是高兴的。当年孔子在齐闻韶，三月不知肉味。我现在德国只闻飞机声，大概有三年不知肉味了。如今竟然从天上掉下来了新鲜牛肉，可以大快朵颐，焉得不喜!

但是，就在每天去领牛肉这样一个极其简单的活动，有时候也出点儿小的"花絮"。有一天我去领肉，领完要走，那一个头头样子的法国兵忽然对我说：

Demain deux jours（明日，两天）

我好久没有听说法语了，一时如丈二和尚，摸不着头脑，瞪大了眼睛，不了解他的意思。那个法国兵又重复说这三字，口讲指画，显得有点儿着急。不知道从哪里来的灵感，我一下子明白过来了：明天来领两天的牛肉。我于是也用法语重复他的话，说了三个字：

Demain deux jours.

法国兵大笑不止，我拿着牛肉离开时，他还对我说了声 Auxrevoir（再见），皆大欢喜。

对当时的德国老百姓来说，鲜牛肉简直如宝贝一般。我的女房东也不例外。我一生没有独自吃喝不管别人的习惯。何况是对我那母亲一般的女房东。她夫丧子离，只有她孤身一人。我每天领来了牛肉，都请她来烹调。烹调完了，我们就共同享受。就这样过了一段颇为美好的日子。我同张维还拿着那张条子，到哥廷根市政府一个什么机构，领了一张照顾中国人饮食习惯特批大米的条子。从此以后，有吃又有喝，真正成为"座上客"了。

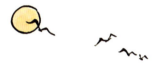

优胜记略

日子过得还不就这样平淡。借用鲁迅《阿 Q 正传》中的一个提法，我们也还有"优胜记略"。"我们"指的仍然是张维和我。

有一天，不知从哪里传来了消息说，车站附近有一个美军进城时幸逃轰炸的德军罐头食品存储仓库，里面堆满了牛肉和白糖罐头。现在被打开了，法国俘房兵在里面忙活着，不知道要干什么。为了满足好奇心，我同张维就赶到那里，想看个究竟。从远处就看到仓库大门外挤满了德国人，男女老幼都有。大门敞开着，有法国兵把守，没有哪个德国人敢向前走一步，只是站在那里围观，好像赶集一样。

我们俩走了走，瞅了瞅，前门实在是无隙可乘，便绕到了后门来。这里冷冷清清，一个人都没有。围墙非常低，还有缺口。我们一点儿也没犹豫，立即翻身过墙，走到院子里。里面库房林立，大都是平房，看样子像是临时修筑的简易房子，不准备长期使用的。院子里到处都撒满了大米、白糖。据说，在美国兵进城时，俄国和波兰的俘虏兵在这里曾抢掠过一次，米和糖就是他们撒的。现在是美国当局派法国兵来整顿秩序，制止俄、波大兵的抢劫。我们在院子里遇到了一个法国人，他领我们上楼去，楼梯上也是白花花一片，不知是盐是糖。他领我们到一间存放牛肉罐头的屋子里，里面罐头堆得像山一般。我们大喜过望。我正准备往带来的皮包里面装的时候，忽然来了一个穿着破烂军服的法国兵。他问我是干什么的，我连忙拿出随身携带的护照，递给他看。他翻看了一下护照，翻到有法文的那一页，忽然发现没有我的签字，好像捞到了稻草，瞪大了眼睛质问我。我翻到有英文的那一页，我的签名赫然具在，指给他看。他大概只懂法文，可是看到了我的签名，也就无话可说，把护照退还给我，示意我愿意拿什么，就拿什么；愿意拿多少，就拿多少，望望然而去之。我如释重负，把皮包塞满，怀里又抱满，跳出栅栏，走回家去。天热，路远，皮包又重，怀里抱着那些罐头，又不听调度，左滚右动。到家以后，我已经汗流浃背了。

只是到了此时，我在喘息之余，才有余裕来检阅自己的战利品。我发现，抱回来的十几二十个罐头中，牛肉罐头居多数，也有一些白糖罐头。牛肉当然极佳，白糖亦殊不劣，在饥饿地狱里待久了的人，对他们来说，这一些无疑都是仙药醍醐，而且都是于无意中得之，其快乐概可想见了。我把这些东西分了分，女房东当然有一份，这不在话下。我的老师们和熟人都送去一份。在当时条件下，这简直比雪中送炭还要得人心，真是皆大欢喜了。

但是，我自己事后回想起来，却有一股抑制不住的后怕。在当时兵荒马乱、哥廷根根本没有政权的情况下，一切法律俱缺，一切道德准绳全无，我们贸然闯进令人羡煞的牛肉林中，法国兵手里是有枪的，我们懵然、木然；而他们却是清醒的。说不定哪一个兵一时心血来潮，一扳枪机，开上一枪，则后果如何不是一清二楚吗？我又焉得不后怕呢？

我的"优胜记略"就是如此。但愿这是我一生中唯一的一次，也是最后的一次。

别哥廷根

是我要走的时候了。

是我离开德国的时候了。

是我离开哥廷根的时候了。

我在这座小城里已经住了整整十年了。

中国古代俗语说：千里凉棚，没有不散的筵席。人的一生就是这个样子。当年佛祖规定，浮屠不三宿桑下。害怕和尚在一棵桑树下连住三宿，就会产生留恋之情。这对和尚的修行不利。我在哥廷根住了不是三宿，而是三宿的1200倍。留恋之情，焉能免掉？好在我是一个俗人，从来也没有想当和尚，不想修仙学道，不想涅槃，西天无分，东土有根。留恋就让它留恋吧！但是留恋毕竟是有限期的。我是一个有国有家有父母有妻子的人，是我要走的时候了。回忆十年前我初来时，如果有人告诉我：你必须在这里住上五年，我一定会跳起来的：五年还了得呀！五年是一千八百多天呀！然而现在，不但过了五年，而且是五年的两倍。我一点儿也没有感觉到有什么了不得。正如我在本书开头时说的那样，宛如一场缥缈的春梦，十年就飞去了。现在，如果有人告诉我：你必须在这里再住上十年。我不但不会跳起来，而且会愉快地接受下来的。

然而我必须走了。

271

是我要走的时候了。

当时要想从德国回国，实际上只有一条路，就是通过瑞士，那里有国民党政府的公使馆。张维和我于是就到处打听到瑞士去的办法。经多方探询，听说哥廷根有一家瑞士人。我们连忙专程拜访。这是一位家庭妇女模样的中年妇人，人很和气。但是，她告诉我们，入境签证她管不了，要办，只能到汉诺威（Hannover）去。张维和我于是又搭乘公共汽车，长驱百余公里，赶到了这一地区的首府汉诺威。

汉诺威是附近最大最古的历史名城。我久仰大名，只是从没有来过。今天来到这里，我真正大吃一惊：这还算是一座城市吗？尽管从远处看，仍然是高楼林立；但是，走近一看，却只见废墟。剩下没有倒的一些断壁颓垣，看上去就像是古罗马留下来的斗兽场。马路还是有的，不过也布满了大大小小的弹坑。汽车有的已经恢复了行驶。不过数目也不是太多。引起我们注意的是马路两旁人行道上的情况。德国高楼建筑的格局，各大城市几乎都是一模一样：不管楼高多少层，最下面总有一个地下室，是名副其实地建筑在地下的。这里不能住人。住在楼上的人每家分得一两间，在里面储存德国人每天必吃的土豆，以及苹果、瓶装的草莓酱、煤球、劈柴之类的东西。从来没有想到还会有别的用途。战争一爆发，最初德国老百姓轻信法西斯头子的吹嘘，认为英美飞机都是纸糊的，绝不能飞越德国国境线这个雷池一步。大城市里根本没有修建真正的防空壕洞。后来，大出人们的意料，敌人纸糊的飞机变成钢铁的了，法西斯头子们的吹嘘变成了肥皂泡了。英美的炸弹就在自己头上爆炸，不得已就逃入地下室躲避空袭。这当然无济于事。英美的重磅炸弹有时候能穿透楼层，在地下室中向上爆炸。其结果可想而知。有时候分量稍轻的炸弹，在上面炸穿了一层两层或多一点儿层的楼房，就地爆炸。地下室幸免于难，然而结果却更可怕。上面被炸的楼房倒塌下来，把地下室严密盖住。活在里面的人，呼天天不应，叫地地不灵，这是什么滋味，我没有亲身经历，不愿瞎说。然而谁想到这一点，会不不寒而栗呢？最初大概还会有自己的亲人费上九牛二虎的力量，费上不知多少天的努力，把地下室中受难者亲属的尸体挖掘出来，弄到墓地里去埋掉。可是时间一久，轰炸一频繁，原来在外面的亲属说不定自己也被埋在什么地方的地下室，等待别人去挖尸体了，他们哪有可能来挖别人的尸体呢？但是，到了上坟的日子，幸存下来的少数人又不甘不给亲人扫墓，而亲人的墓地就是地下室。于是马路两旁高楼断壁之下的地下室外垃圾堆旁，就摆满了原来应该摆在墓地上的花圈。我们来到汉诺威看到的就是这些花圈，这种景象在哥廷根是看不到的。最初我是大惑不解。了解了原因以后，我又感到十分吃惊，感到可怕，感到悲哀。据说地窖里的老鼠，由于饱餐人肉，营养过分丰富，长到一尺多长。德国这样一个优秀伟大的民族，竟落到这个下场。我心里酸甜苦辣，万感交集，真想到什么地方去痛哭一场。

汉诺威的情况就是这个样子。这当然是狂轰滥炸时"铺地毯"的结果。但是，即使是"地毯"，也难免有点儿空隙。在这样的空隙中还幸存下少数大楼，里面还有房间勉强可以办公。于是在城里无房可住的人，晚上回到城外乡镇中的临时住处，白天就进城来办公。瑞士的驻汉诺威的代办处也设在这样一座楼房里。我们穿过无数的断壁残垣，找到办事处。因为我没有收到瑞士方面的正式邀请和批准，办事处说无法给我签发入境证。我算是空跑一趟。然而我却不但不后悔，而且还有点儿高兴；我于无意中得到一个机会，亲眼看一看所谓轰炸究竟真实情况如何。不然的话，我白白在德国住了十年并自命经历过轰炸。哥廷根那一点儿轰炸，同汉诺威比起来，真如小巫见大巫。如没能看到真正的轰炸，将会抱恨终生了。

汉诺威是这样，其他比汉诺威更大的城市，比如柏林之类，被炸的情况略可推知。我后来听说，在柏林，一座大楼上面几层被炸倒以后，塌了下来，把地下室严严实实地埋了起来。地下室中有人在黑暗中赤手扒碎砖石，走运扒通了墙壁，爬到邻居的尚没有被炸的地下室中，钻了出来，重见天日。然而十个指头的上半截都已磨掉，血肉模糊了。没有这样走运的，则是扒而无成，只有呼叫。外面的人明明听到叫声，然而堆积如山的砖瓦碎石，一时无法清除。只能忍心听下去，最初叫声还高，后来则逐渐微弱，几天之后，一片寂静，结果可知。亲人们心里是什么滋味，他们是受到什么折磨，人们能想下去吗？有过这样一场经历，不入疯人院，则入医院。这样惨绝人寰的悲剧是号称"万物之灵"的人类自己亲手酿成的。难道不是这样的吗？听到这些情况以后，我自然而然地就想到了原来的柏林，十年前和三年前我到过的柏林。十年前不必说了，就是在三年前，柏林是个什么样子呀！当时战争虽然已经爆发，柏林也已有过空袭，但是还没有被"铺地毯"，市面上仍然是繁华的，人们熙攘往来，还颇有一点儿劲头。然而转瞬之间，就几乎变成了一片废墟。这变化真是太大了。现在让我来描述这一个今昔对比的变化，我本非江郎，谈不到才尽，不过现在更加窘迫而已。在苦思冥想之余，我想出了一个偷巧的办法。我想借用中国古代词赋大家的文章，从中选出两段，一表盛，一表衰，来作今昔对比。时隔将近两千年，地距超过数万里，情况当然是完全不一样的。然而气氛则是完全一致的，我现在迫切需要的正是描述这种气氛。借古人的生花妙笔，抒我今日盛衰之感怀。能想出这样移花接木的绝妙好法，我自己非常得意，不知是哪一路神仙在冥中点化，使我获得"顿悟"，我真想五体投地虔诚膜拜了。是否有文抄公的嫌疑呢？不，决不。我是付出了劳动的，是我把旧酒装在新瓶中的，我是偷之无愧的。

下面先抄一段左太冲《蜀都赋》：

亚以少城，接乎其西。市廛所会，万商之渊。列隧百重，罗肆巨千。贿货山积，纤丽星繁。都人士女，袨服靓妆。贾贸鬻，舛错纵横。异物崛诡，奇于八方。

上面列举了一些奇货。从这短短的几句引文里，也可以看出蜀都的繁华。这样繁华的气氛，同柏林留给我的印象是完全符合的。

我再从鲍明远的《芜城赋》里引一段：

观基扃之固护，将万祀而一君。出入三代，五百余载，竟瓜剖而豆分。泽葵依井，荒葛罥途。坛罗虺蜮，阶斗麏鼯……通池既已夷，峻隅又已颓。直视千里外，惟见起黄埃。凝思寂听，心伤已摧。

这里写的是一座芜城，实际上鲍照是有所寄托的。被炸得一塌糊涂的柏林，从表面上来看，与此大不相同。然而人们从中得到的感受又何其相似！法西斯头子们何尝不想"万祀而一君"。然而结果如何呢？所谓"第三帝国"被"瓜剖而豆分"了。现在人们在柏林看到的是断壁颓垣，"直视千里外，惟见起黄埃"了。据德国朋友告诉我，不用说重建，就是清除现在的垃圾也要用上五十年的时间。德国人"凝思寂听，心伤已摧"，不是很自然的吗？我自己在德国住了这么多年，看到眼前这种情况，我心里是什么滋味，也就概可想见了。

然而是我要走的时候了。

是我离开德国的时候了。

是我离开哥廷根的时候了。

我的真正的故乡向我这游子招手了。

一想到要走，我的离情别绪立刻就涌上心头。我常对人说，哥廷根仿佛是我的第二故乡。我在这里住了十年，时间之长，仅次于济南和北京。这里的每一座建筑，每一条街，甚至一草一木，十年来和我同甘共苦，共同度过了将近四千个日日夜夜。我本来就喜欢它们的，现在一旦要离别，更觉得它们可亲可爱了。哥廷根是个小城，全城每一个角落似乎都留下了我的足迹，我仿佛踩过每一粒石头子，不知道有多少商店我曾出出进进过。看到街上的每一个人都似曾相识。古城墙上高大的橡树、席勒草坪中茸绵的绿草、俾斯麦塔高耸入云的尖顶、大森林中惊逃的小鹿、初春从雪中探头出来的雪钟、晚秋群山顶上斑斓的红叶，等等，这许许多多纷然杂陈的东西，无不牵动我的情思。至于那一所古老的大学和我那一些尊敬的老师，更让我觉得难舍难分。最后但不是最少，还有我的女房东，现在也只得分手了。十年相处，多少风晨月夕，多少难以忘怀的往事，"当时只道是寻常"，现在却是可想而不可即，非常非常不寻常了。

然而我必须走了。

我那真正的故乡向我招手了。

我忽然想起了唐代诗人刘皂的《旅次朔方》那一首诗：

> 客舍并州已十霜，
>
> 归心日夜忆咸阳。
>
> 无端又度桑乾水，
>
> 却望并州是故乡。

别了，我的第二故乡哥廷根！

别了，德国!

什么时候我再能见到你们呢?

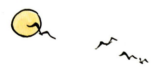

在弗里堡（Fribourg）

对于瑞士，我真可以说是久仰久仰了。我从很小的时候起，就看到了许多瑞士风景的照片或者图画。我大为吃惊，那里的山色湖光，颜色奇丽，青紫相间，斑斓如画，宛如阆苑仙境。我总怀疑，这些都是出自艺术家的创造，出自他们的幻想，世间根本不可能有这样匪夷所思奇丽如幻的自然风光。

276

今天我真的亲身来到了瑞士。初入境时，我只能坐在火车上，凭窗观赏。我又一次大为吃惊，吃惊的是，我亲眼看到的瑞士自然风光，其美妙、其神奇、其变幻莫测、其引人遐思，远远超过了我以前看到的照片或者图画。远山如黛，山巅积雪如银，倒影湖中，又氤氲成一团紫气，再衬托上湖畔的浓碧，形成了一种神奇的仙境。我学了半辈子语言，说了半辈子话，读了半辈子中西名著，然而，到了今天，我学的语言，我说的话，我读的名著，哪一个也帮不了我。我要用嘴描绘眼前的美景，我说不出；我要用笔写出眼前的美景，我写不出。最后，万不得已，我只能乞灵于《世说新语》中的人物，徒唤"奈何"了。我现在完全领悟到，这绝非出自艺术家的创造，出自他们的幻想。不但如此，我只能说，他们的创造远远不够，他们的幻想也远远不足。中国古诗说："意态由来画不成，当时枉杀毛延寿。"瑞士山水的意态又岂是人世间凡人艺术家所能表现出的呢！我现在完全不怪那些艺术家了。

离开哥廷根时，我挨饿挨怕了，"一旦被蛇咬，三年怕井绳"，我的心情正是这样。我把我保存的几块黑面包，郑重地带在身上，以备路上不时之需。然而在路上虽然待了两天，面包竟没有用上。上了瑞士的火车，我觉得黑面包的历史使命已经完成，瑞士变成了它的"无用武之地"了，它没法"用武"了。我想遵照我们的"国法"（中国的办法也），从车窗里丢出去，让瑞士的蚂蚁——不知道它们肯不肯吃这种东西——去会餐吧。于是我一方面凭窗欣赏窗外的青山绿水，一方面又低头看铁路两旁的地上，想找一个有点儿垃圾不太洁净的地方，为我的面包寻一个归宿之地。但是，我找呀，看呀，看呀，找呀，从边境直到瑞士首都伯尔尼，竟没有找到哪怕是一片有点儿垃圾有点儿纸片的地方。我非常"失望"，也非常吃惊，手里攥着那块德国黑面包，下了火车。

在车站上，有我的老朋友张天麟、牛西园和他们的小儿子张文，以及使馆里的什么人来迎接我们。我们到了张家，休息了一会儿，就到中国驻瑞士公使馆去报到。我们见到了政务参赞王家鸿博士。他是留德老前辈，所以谈话就比较融洽、投机。他把10月份的救济费发给我们，谈了谈国内的情况。他大概同哥廷根那位姓张的一样，身上有点儿"蓝气"。这与我们无关，我们不去管它。国民党政府指令瑞士使馆，竭尽全力，救济沦落在欧洲的中国留学生，其用意当然如司马昭之心，人皆知之。这个我们也不去管它。我们是感激的。使馆为了省钱，把我们介绍到离伯尔尼不远的弗里堡的一所天主教设立的公寓里去住。对此我们也都没有异议，反正能有地方住，我们就很满足了。

当天晚上，我们就乘车来到弗里堡。

我们住的公寓叫圣·朱斯坦公寓，已经有几个中国学生住在这里，都是老住户。其中一位是天主教神甫（父），另外三位有的信天主教，有的也不信。他们几位都到车站去迎接我们。从此我就在这里做了几个月的"寓公"。

弗里堡是一座非常小的城市。人口只有几万人，却有一所颇为知名的天主教大学，还有一个藏书颇富的图书馆，也可以算是文化城了。瑞士是一个山国，弗里堡更是山国中的一个山城。城里面地势还算是比较平坦，但是一出城，有的地方就有悬崖峭壁，有的高达几十米或者更高。在相距几十米上百米的两个悬崖之间，往往修上一条铁索桥，汽车和行人都能从上面通过。行人走动时，桥都摇摇晃晃；汽车走过，则全桥震动，大有地动山摇之势。从桥上往下看，好像是从飞机上往下看一样，令人头昏（晕）目眩。

这地方的居民绝大多数是讲法语的。但是我在农村里看到一些古老的建筑，雕刻在柱子或窗子上的却是德文。我猜想，这地方原是德语区，后来不知由于什么原因，说德语的人迁走了，说法语的人迁了进来。瑞士本来就是一个多民族国家，官方语言就有德文、法文、意大利文三种。因此瑞士人多半都能掌握几种语言。又因为瑞士是世界花园，是旅游胜

地，英文在这里也流行。在首都伯尔尼大街上卖鲜花的老太婆也都能讲几种语言。这都不算是什么新鲜事儿。

在我住的公寓里，也能看出这种多语言、多民族的现象。公寓的老板是讲法语的沙里爱神甫（父）。而管理公寓的则是一位讲德语的奥地利神甫（父）。此人个子极高，很懂得幽默。一见面他就说："我年幼长身体的时候，偶一不小心，忘记了停止长，所以就长得这么高！"在天主教里面，男神甫（父）有很大的自由，除了不许结婚以外，其他人世间的饮食娱乐，他都能享受，特别是酒，欧洲许多天主教寺院都能酿造极好的酒。相对之下，对于修女则颇多限制，行动有不少的不自由。

既然是天主教开办的公寓，里面有一些生活习惯颇带宗教色彩。最突出的是每顿饭前必祷告。我非教徒，但必须吃饭。所以每次就餐前，吃饭的人都站在餐桌前，口中念念有词。我不知道他们念的是什么，但也只能奉陪肃立。好在时间极短，等教徒们感谢完了上帝，我这个非教徒也可以叨光狼吞虎咽了。

公寓老板沙利爱神甫（父）大概很有点儿活动能力。我到后不久，他就被梵蒂冈教廷任命为瑞士三省大主教。为了求实存真起见，我现在把当时写的日记摘抄几段：

1945年11月21日

吃过早点就出去。因为今天是新主教Charriere（沙利爱，又译沙里爱）就职的日子，在主教府前面站了半天，看到穿红的主教们一个个上汽车走了。到百货店去买了一只小皮箱就回来。同冯、黄谈了谈。11点一同出去到城里去看游行。一直到12点才听到远处音乐响，不久就看到兵士和警察，后面跟着学生，一队队过了不知有多久。再后面是神甫（父）、政府大员、各省主教。最后是教皇代表、沙主教，穿了奇奇怪怪的衣服，像北平的喇嘛穿了彩色的衣服在跳舞捉鬼。快到1点，典礼才完成。

一个多月以后，在1945年12月25日，我又参观了沙大主教第一次主持大弥撒。我从那一天的日记中摘抄一段：

今天沙主教第一次主持大弥撒，我们到了 St.Nicolas 大教堂，里面的人已经不少了。停了不久，仪式也就开始了。一群神甫（父）把沙主教接进去，奏乐，唱歌，磕头，种种花样。后来沙主教下了祭坛，到一个大笼子似的小屋子里向信众讲道。讲完，又上祭坛。大弥撒才真正开始，仍然是鞠躬，唱歌，磕头，种种花样，一直到11点半才完。

以上是我这样一个教外人士对瑞士天主教的一点儿具体的印象和回忆。在这以前或以后，我同天主教没有任何接触。同住在圣·朱斯坦公寓的一位田神甫（父），同我长谈过几次关于宗教信仰和上帝的问题，看样子是想"发展"我入教。可惜我是一个没有任何宗教细胞，也可以说没有任何宗教需要的俗人，辜负了他的一片美意。中华人民共和国成立后，我在北京见到他，他已经脱下僧装换俗装，成家立业了。我们没有再长谈，没有问他究竟是怎么一回事，也不便问他。我只慨叹人生变化之剧烈了。

在弗里堡我还有很多值得回忆的事，其中最突出的是认识了几个德国和奥国学者，当然都是说德语的。首先要提到的是弗里茨·克恩（Fritz Kern）教授。他原来是德国一所大学——记得是波恩大学——的历史教授，思想进步，反对纳粹，在祖国待不下去了，被迫逃来瑞士。但是在这里无法找到一个大学教席，瑞士又是米珠薪桂的地方，他的夫人在无可奈何的情况下，到弗里堡附近一个乡村神甫（父）家里去当保姆。这位神甫（父）脾气极怪，又极坏，村里人给他起了一个绰号，叫 Temlpête（暴风雨），具体形象地说明了他的特点：脾气一发，简直如暴风骤雨。在这样一个主人家里当保姆，会是什么滋味，一想就会明白。然而为了糊口养家，在德国一般都不工作的教授夫人，到了瑞士，在人屋檐下，焉得不低头，也只有忍辱吞声了。教授年纪已经过了五十，但是精力充沛，为人豪爽，充分表现出日耳曼人的特点。我们萍水相逢，可以说是一见如故。有一段时间，我们俩几乎天天见面，共同翻译《论语》和《中庸》。他有一个极其庞大的写作计划，要写一部长达几十卷的《世界历史》，把中西各国的历史、文化等从比较历史学和比较文化学的观点上彻底地探讨一番。他研究中国的经典也是为这个庞大计划服务的。他的学风常常让我想到德国历史上那一些 Universalgenie（多学科巨匠）。我有时候跟他开玩笑，说他幻想过多，他一笑置之。他有时候说我太 kritisch（批判严格），我当然也不以为忤。由此可见我们之间关系之融洽。他夫妇俩都非常关心我的生活。我在德国十年，没有钱买一件好大衣。到瑞士时正值冬天，我身上穿的仍然是十一年前在中国买的大衣，既单薄，又破烂。他们讥笑称之为 Mäntelchen（小大衣）。教授夫人看到我的衣服破了，给我缝补过几次，还给我织过一件毛衣。这一切在我这个背井离乡漂泊异域十年多的游子心中产生什么情感，大家一想就可以知道，用不着我再讲了。在1945年11月20日的日记里，有下面一段话：

　　Prof. Kern（克恩教授）劝我无论如何要留下。我同他认识才不久，但我们之间却发生了几乎超过师生以上的感情，对他不免留恋。他也舍不得我走。我只是多情善感，当然有痛苦。不知为什么上天把我造成这样一个人。

　　可见我同他们感情之深。他们夫妇成了我毕生难忘的人。我回国后还通过几次信，后来就"世事两茫茫"了。至今我每次想到他们，心里就激动、怀念，又是快乐，又是痛苦，简直是酸甜苦辣，说不清是什么滋味了。

　　其次我想到的是几位奥国学者 W. 施米特（Schmidt）、科伯斯（Koppers）等，都是天主教神甫（父）。他们都是人类学家，是所谓维也纳学派的领导人。第二次世界大战爆发，奥国很早被德国纳粹吞并，为了躲避凶焰，他们逃来瑞士，在弗里堡附近一个叫作弗鲁瓦德维尔（Froideville）的小村里建立了根据地，有一个藏书相当丰富的图书馆。

这一学派的许多重要人物也都来这里聚会，同时还接待外国学者，到这里来从事研究工作。我于1945年10月23日首次见到克恩教授，是在圣·朱斯坦公寓的主任诺伊维尔特（Neuwirth）的一次宴会上。第二次见面就是两天后在弗鲁瓦德维尔的这个研究所里。两次都见到了科伯斯教授。第二次见到施米特教授和一位日本学者名叫沼泽。施米特曾在中国北京辅仁大学教过书，他好像是人类学维也纳学派的首领，著作等身，对世界人类语言的分类有自己的一套体系，在世界学人中广有名声。我同这些人来往，感觉最深刻的是他们虽是神甫（父），但并没有"上帝气"，研究其他宗教也颇能持客观态度。我认为，他们算得上学者。

由于克恩教授的介绍，我还认识了一位瑞士银行家兼学者的萨拉赞（Sarasin）。他是一位亿万富翁，但是颇爱学问，对印度学尤其感兴趣，因此建立了一个有相当规模的印度学图书馆，欢迎学者使用他的图书。大概就是由于这个原因，克恩教授介绍我去拜访他。他住在巴塞尔，距弗里堡颇远。我辗转搭车，到了巴塞尔，克恩教授在那里等我。我们一同拜访了萨拉赞，看了看他收藏的图书。在世界花园中，有这样一块印度学的园地，颇为难得。他请我们喝茶，吃点心。然后告辞出来，到一个在中国住过多年的牧师名叫热尔策（Celzer）的家里去，他请我们吃晚饭。离开他家时已经比较晚了，赶到车站，一打听，知道此时没有到弗里堡的直达车。我没有法子，随便登上了一辆车。反正瑞士是一个极小的国家，上哪一趟车都能到达目的地。但是，我初来乍到，对瑞士并不熟悉。上了车以后，我不辨南北东西，晕头转向。车窗外一片黑暗，什么都看不见。但是，我知道，那些旖旎到神奇程度的山林湖泊，仍然是存在的，也许比白天还更要美丽，只是人们看不到而已。车厢内则是灯火通明，笑语不绝。我自己仿佛变成了漫游奇境的爱丽丝，不像是处在人的世界中。碰巧我邻座有一位讲德语的中年男子，我连他的姓名、国籍都没有来得及询问，便热烈地交谈起来，三言两语，仿佛就成了朋友。

不知怎么一来，我就讲到了弗里堡的沙利爱神甫（父）已升任三省大主教。这一下子仿佛踏了我那新朋友的脚鸡眼，他立刻兴奋起来，自称是新教徒，对天主教破口大骂，简直是声震车顶。我什么教都不信，对天主教和新教更是一个局外人。我无从发表意见。他见我并不反对，于是更为兴奋。火车在瑞士全国转了大半夜之后，终于在弗里堡站停了车。我不知道我那位新朋友是到哪里去。他一定要跟我下车，走到一个旅馆里，硬是要请我喝酒。我不能喝酒，但是盛情难却，陪他喝了几杯，已经颇有醉意，脑袋里糊里糊涂地不知怎样回到了房间，纳头便睡。醒了一睁眼，"红日已高三丈透"，我那位朋友仿佛是见首不见尾的神龙，消逝到不知什么地方去了。我回到了圣·朱斯坦公寓，回想夜间的经历，似有似无，似真似假，难道我是做了一个梦吗？

船上生活

我们终于在2月8日晚上上了船。船名叫 Nea Hellas，排水量17000吨，在当时算是很大的船。据说，这艘巨轮归英国所有，是被法国租来运送法军到越南去镇压当地的老百姓的。所以，船上的管理和驾驶人员全是英国人，而乘客则几乎全是法国兵，穿便衣的乘客微乎其微，八名中国人在其中竟占了很大的比例。我们分住在两个房间里。里面的设备不能说是豪华，但是整洁、舒适，我们都很满意。船上的饭是非常丰富而美好的，我在日记里多次讲到这一点，总之，上船以后，一切都比较顺利。

但是也曾碰到过不顺利的事情。有一天，我们在最高层的甲板上观望海景。一位英国船员忽然走向我们，告诉我们说，只有头等舱的旅客才能走上最高层。我们大吃一惊，仿佛当头挨了一棒："驻马赛的中国总领事亲口答应我们买头等舱的船票的！"因为当时战争才结束不久，一切都未就绪，这一条船又是运兵的船，从船票上看不出等次。我们自认为是头等舱乘客，实际上并不是。马赛斗争我们自认为是胜利者，焉知那一位总领事是老狐狸，他轻而易举地就把我们这些"胜利者"蒙骗了。我们又气又笑，笑自己的幼稚。吃一堑，长一智，我们又增加了一番阅历。但是，为了中国人的面子，最高层我们绝不能不上。我们自己要掏钱改为头等舱，目的就为了争这一口气。我们到船长办公室去交涉。不知道是哪里来的灵感，那位船长一笑，不要我们补钱，特批准我们能上最高层甲板，皆大欢喜。从此顺顺利利地在船上过了将近一个月。

但是，在顺利中也不会没有小小的麻烦。英国人是一个诚实严肃的民族，有过多的保守性，讲究礼节。到船上餐厅里去吃饭，特别是晚饭，必须穿上燕尾服。我们是一群穷学生，衣足蔽体而已，哪里来的什么这尾那尾的服装。但是规定又必须遵守。我们没有办法，又跑了去找船长。他允许我们，只需穿着整洁，打好领带，穿好皮鞋，就可以进餐厅了。我们感激他这一番盛情，"舍命陪君子"，尽上最大的努力打扮自己。最初，因为天气还不太热。穿上笔挺的西装，把天花板上的通气孔尽量转向自己，笔直地坐在餐桌前，喝汤不出声，刀叉不碰响，正正经经，规规矩矩，吃完一顿饭，已经是汗流浃背、筋疲力尽了，回到房间，连忙洗澡。这样忍耐了一些时候。船一进入红海，天气热得无法形容。穿着衬衫，不走不动，还是大汗直流，再想"舍命"也似乎无命可舍了。我们简直视餐厅为畏途，不敢进去吃饭。我们于是同餐厅交涉，改在房中用餐。这个小小的磨难才算克服。

船上当然不全是磨难，令人愉快的事情还是很多很多的。首先是冷眼旁观船上的法国兵。船上究竟有多少法国兵，我并不清楚，大概总有几千人，而且男女都有，当然女兵在数目上远远少于男兵。法国人是一个愉快且喜欢交际的民族。有人说，他们把心托在自己手上，随时随地交给对方。同他们打交道不像德国人和英国人那样难。一见面，说不上三句话，似乎就成了老朋友。船上年轻的男女法国兵都是这样。他们和她们都热情活泼，逗人喜爱。他们之间，搂搂抱抱，打打闹闹，没有人觉得奇怪。只有在晚上，我们有时候会感到有点儿不方便。我们在甲板上散步，想让海风吹上一吹，饱览大海的夜景，这无疑也是一种难得的福气。可是在比较黑暗的角落里，有时候不小心会踩上躺在甲板上的人，不是一个，而是两个，当然是一男一女。此时，我们实在觉得非常抱歉，非常尴尬。而被踩者却大方得很，他们毫不在意，照躺不误。我们只好加速迈步，逃回自己的房间。房间内灯火通明，外面在甲板上黑暗中的遭遇，好像一下子消逝，只剩下零零碎碎的回忆的断片了。

我认识了一位法国青年军官，不知道他的军阶。他瘦瘪的身材，清瘦的面孔，一副和气的模样。他能说英语，我们就有了共同的语言。我们经常在甲板上碰头，交谈，一起散步，谈到各式各样的问题，彼此没有戒心，可以说是无话不谈。他常常用轻蔑的口吻讽刺法国军队，说官比兵多，大官比小官多。对晚上我们碰到的情况，他并不隐讳，但也并不赞成。就这样，我们在二十多天内，仿佛成了非常要好的朋友，他真仿佛把托在手掌上的心交给我了，我感到非常愉快。

至于法国兵同英国船员之间的关系，我看是非常融洽的。他们怎样接触，我没有看到，不敢瞎说。我亲眼看到的事情也有一些，其中给我印象最深的是法国兵与英国管理人员之间的拳击比赛。这种比赛几乎都放在晚上，在晚饭后，在轮船最前端的甲板上，摆下了战场，离船舷只有一两米远。船舷下面几十米的深处，浪花翻腾，汹涌澎湃之声洋洋乎盈耳。海水深碧，浩渺难测，里面鱼龙水怪正在潜伏，它们听到了船上的人声，看到了反映在海面上的灯影，大惊失色，愈潜愈深了。船上则灯火通明，人声鼎沸。英法两国的棒小伙子正在挥拳对击，龙腾虎跃，各不示弱。此时轮船仍然破浪前进，片刻不停。我们离开大陆百里千里，在一望无际的大海上，似乎是一个独立的小世界。我仿佛置身于一个童话或神话中，恍惚间又仿佛是在梦中，此情此景，无论如何也不像是在人间了。

我们的船还在红海里行驶。为什么叫"红海"呢？过去也曾有过这样的疑问，但是没有得到答案。这一次的航行却于无意中把答案送给了我。2月19日的日记中有这样一段话：

今天天气真热，汗流不止。吃过午饭，想休息一会儿，但热得躺不下。到最高层甲板去看，远处一片红浪，像一条血线。海水本来是黑绿的，只有这一条特别红，浪冲也冲不破。大概这就是"红海"名字的来源。我们今天也看到飞鱼。

我想，能亲眼看到这一条红线，是并不容易的。千里航程中只有几米宽不知有多长的一条红线，是要有一点儿运气的。如果我不适逢此时走上最高层甲板，是不会看到的。我自认为是一个极有运气的人，简直有点飘飘然了。

另外一件事证明我们全船的人都是有运气的。当时第二次世界大战刚刚结束，海上的水雷还没有来得及清除多少，从地中海经过红海到印度洋，到处都是这样。我们这一艘船又是最早从欧洲开往亚洲的极少数的船之一。在我们这一条船之前，已经有几条船触雷沉没了。这情况我们最初虽然并不完全知道，但也有所感觉。为什么一开船我们就被集合到甲板上，戴上救生圈，排班演习呢？为什么我的日记中记载着天天要到甲板上去"站班"呢？其中必有原因。过马六甲海峡以后，一天早晨，船长告诉大家，夜里他一夜没有合眼，这里是水雷危险区，他生怕出什么问题。现在好了，最危险的地区已经抛在后面了。从此以后，他可以安心睡觉了。我们听了，都有点儿后怕。但是，后怕是幸福的；危险过了以后，才能有后怕，这是尽人皆知的常识。

我们感到很幸福。

在洋溢着幸福感时，我们到了目的地：西贡。

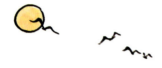

在西贡

　　我们于1946年3月7日抵达西贡（今越南胡志明市），在船上过了将近一个月。

　　西贡并不直接濒海，轮船转入一条大河，要走很长一段路，才来到。大河虽然仍然极宽阔，虽然仍然让人想到庄子的话："秋水时至，百川灌河，泾流之大，两涘渚崖之间，不辨牛马"；但它毕竟已经不是大海了。我们过了那么多天的海上生活，不见大陆，船仿佛飘浮在天上。现在又在大河两岸看到了芦苇，蒹葭苍苍，一片青翠，我们仿佛又回到了人间，感觉到非常温暖，心里热热乎乎的。

　　但是，登上大陆，也并非事事温暖。下了船，在摩肩接踵人声喧闹的码头上，热闹过了一阵之后，我还没有忘记在船上结识的那一位法国青年军官朋友，我还想同他告别一声。我好不容易在万头攒动的法国官兵中发现了他，怀着一颗热烈的心，简直是跑上前去的，想同他握手。然而他却别转了头，眼睛看向别的地方，根本没有看我。我大吃一惊，仿佛当头挨了一棒，又像给人泼了一头凉水。我最初是愕然，继而又坦然，认为这是当然：现在到了他们的殖民地，他意识到了这一点，必须摆出殖民主义者的架势，才算够"谱"儿。在轮船上一度托在手掌上的心，现在又收回，装到腔子里去了。我并不生气，只觉得非常有趣而已。

　　西贡地处热带。我从来还没有在热带待过，熟悉热带风光这是第一次。我们来到的时候在当地算是春末夏初了，骄阳似火，椰树如林，到处葱郁繁茂，浓翠扑人眉宇。仿佛有一股从地中心爆发出来的生命力，使这里的植物和动物都饱含着无量生机。说到动物，最使我这个北方人吃惊的是蝎虎子（壁虎）之多，墙上爬的到处都是这玩意儿。这种情景我以后只在西双版纳看到过。还有一种大蜥蜴，在不知名的树上爬上爬下，也是我从来没有见过的。我用小树枝打它，它立即变了颜色，从又灰又黄变得碧绿闪光，难道这就是所谓的变色龙吗？

此时正是一年雨季开始的时候。据本地人说，每到雨季，每天必定下雨，多半是在下午。雨什么时候开始下，决定于雨季来临时第一天下雨的时间。如果这一天是下午2点开始下雨，则以后每天都是此时开始。暴雨降临前，丽日当空，阳光普照大地，一点儿下雨的迹象都没有。但是，说时迟，那时快，一转瞬间，彤云密布，天昏地暗，雷电交加，大雨倾盆似的泻下来了。其声势之浩大，简直可以惊天地，泣鬼神。大马路上到处溅起了珍珠似的水花，椰子树也都被水冲洗。然而，时隔不久，大雨会蓦地停下，黑云退席，蓝天出台，又是一片阳光灿烂的大地了。

热带的天气必有与之相适应的热带的衣着，这在妇女衣装上更为明显。越南妇女的穿着非常有特点，有点儿类似中国的旗袍，但都是用白绸子缝制的。唯一的不同之处是开衩极大，几乎一直到腋下。裤子都是用黑绸子缝制的。上白下黑，或者里黑外白，又由于开衩大，所以容易飘动。年轻倩女，迎着热带的微风，款款走来，白色的旗袍和黑色的绸裤，飘动招展，仿佛是黑白大理石雕成的女神像，不是兀立不动，而是满世界游动，真是奇妙的情景！她们身上散发出青春的活力，使整个街道都显得生气勃勃。这是一种东方美，在西欧国家是找不到的，在越南以外的东方国家也是找不到的。

在这样的热带，稻米一年可以收获三四次。因此大米极为便宜。据说这里没有乞丐，米便宜到每个人都能不费吹灰之力就能吃饱的程度。

谋生既然这样容易，在大街上看到的人们都颇为闲散，一点儿急迫的样子都没有。除了下雨以外，人们的活动都在户外。椰子树下，还有其他一些不知名的树下，人们懒洋洋地坐在那里，吸烟，吃茶，聊天，悠然自得。西方什么人有几句话说："世界上什么东西都害怕时间，时间唯独害怕东方人。"我一看到这些人，就想到这几句话，心中不禁暗暗叫绝。

在本地居民中，华人占了不少的比例。特别是在离西贡市中心不太远的堤岸，居民几乎全是华人。在这里的大街上和市场上，来往行走的人是中国人，商店的主人是中国人，挂在外面的招牌写的是中国字，买东西的主顾当然也是中国人。中国人在这里开办了许多小型的工厂，其中碾米厂占大多数。还有一些别的工厂，比如砖瓦厂之类。吃的东西自然是中国风味。有极大的酒楼，也有摆在集市上的小摊，一律广东菜肴。广东腊肉、腊肠等挂满了架子。名贵的烤乳猪更是到处都有。从前有人说：食在广州。我看，改为"食在西贡"，也符合实际情况。

这里有几所华人中学，至于小学则数目更多。有华人报纸，华人办的书店，当然也有华人作家，华人文化人。还有华人医院，医生和病人全是中国人。大概因为我们也属于文化人之列，所以来到不久，就同这里的文化人有了接触。他们非常尊敬我们这一批镀过金的留学生，请我们讲演，请我们给报纸写文章，当然也无数次地请我们吃饭，热情令人感动。

他们尊敬我们，可能还有另外一个原因。南京政府派来了一位总领事，下面还有一些领事和副领事，建立了一个规模庞大的总领事馆，管理越南华侨事宜。这实际上成了一个大衙门，继承了过去衙门的几乎所有的弊病。过去中国老百姓有两句话："八字衙门向南开，有理无钱莫进来。"这实在是非常精彩的总结。西贡总领事馆的详细情况，我不清楚。但是，住的日子一久，也就颇有所闻。有些华侨吃了亏，投诉无门，"天高皇帝远"，南京相距万里，他们也只能忍气吞声。我们这一批留学生一到，大概总领事馆和华侨都认为，我们说不定有什么势力强大的后台，我们"有根"，否则怎能留洋镀金呢？于是颇有一些人把我们看成是"青天大老爷"，托我们到领馆里去说这说那。我们本无根无权，也不想干涉此地的内政。有时候见到领馆的官员，有意无意之间，说上一点儿，居然也见了效。西贡华侨信任我们，把友谊送给我们，个别的有求于我们，愿意同我们来往，结果是，我们旅店门庭若市，宴会无虚日了。

总领事馆招待我们颇为周到。但并不是一开始就是这样，中间也经过了一场斗争。我们总结了在瑞士同使馆斗争的经验，并且加以利用，证明是行之有效的。在瑞士是如此，在马赛是如此，我们相信，在西贡也将是如此。所以，我们一住进旅馆，就给了领馆一点儿颜色看。第一次吃饭，看到餐桌上摆的是竹筷。我们说："这不行，必须换象牙筷子！"这有点儿近于无理取闹；但是，第二次吃饭时，就一律是象牙筷子，在餐桌上闪闪射出白光了。我在这里引两段当时记的日记原文，证明我不是事后吹牛，瞎说一通。1946年3月13日日记中有这样的记载：

10点同他们到领事馆去见尹凤藻（总领事）。一直等到11点，他才回去。一见面，态度非常不客气。我心里大火，向他顶了几句，他反而和气了。这种官僚真没有办法！

挨了一个月，在4月13日，日记中又有这样一段话：

早晨6点起来，吃过早点，同虎文、士心、萧到领事馆去，交涉订大中华的舱位。老尹又想狡赖。看我们来势不善，终于答应了。

这两段日记可以具体地说明当时的真实情况。从中我们能够得到很多启发，学习很多东西。

从空间距离上来看，祖国离开我们已经比在万里外的欧洲近得多了。我们也确实感到了祖国的气息。这里的华侨十分关心祖国的抗战。同世界其他各地的华侨一样，他们热爱祖国，与祖国的命运息息相关。此时抗战虽然已经胜利，但是在长达八年的浴血抗战中出现的许多新鲜事物，仍然在此地保留着。比如《义勇军进行曲》我就是第一次在西贡听到的。它振奋了我这个远方归来的游子的心，让我感到鼓舞，感到光荣，感到兴奋，感到骄傲，觉得从此可以挺起腰板来做人了。有一次，我在一个中学里讲演，偶尔提到了蒋介石的名字，全场忽的一声，全体起立。我吓了一大跳，手足无所措。后来才知道，当时都是如此。也许是从国内传过来的。但是，后来我回到国内，并没有碰到这种情况。这对我至今还是一个谜。此外，从当地华侨嘴里说的普通话中，我还听到了一些新词儿，比如"伤脑筋""搞"等等，都是我离开祖国时还没有出现过的。语言是随时变动的，这些词儿都是变动的产物。

这一些大大小小的新鲜事物，都明确无误地告诉我说，我离祖国不远了，祖国就在我的身边了。我心里感到异常的前所未有的温暖。

回到祖国的怀抱

我们于1946年4月19日离开西贡，登上了一艘开往香港的船。

这一条船相当小，不过一千多吨，还不到 Nea Hellas 的1/10。设备也比较简陋。我们住的是头等舱，但里面并不豪华。至于二等舱、三等舱，以至于统舱，那就更不必说了。

我们的运气也不好。开船的第二天，就遇上了大风，是不是台风？我忘记了，反正风力大到了可怕的程度。我们这一条小船被吹得像海上的浮萍，随浪上下，一会儿仿佛吹上了三十三天，一会儿又仿佛吹下了十八层地狱。但见巨浪滔天，狂风如吼，波涛里面真如有鱼龙水怪翻腾滚动，瞬息万变。仿佛孙大圣正用那一根定海神针搅动龙宫，以致全海抖动。我本来就有晕船的毛病，现在更是呕吐不止，不但不能吃东西，而且胃里原有的那一点儿储备，也完完全全吐了出来，最后吐出来的只是绿颜色的水。我在舱里待不住了，因为随时都要吐。我干脆走到甲板上，把脑袋放在船舷上，全身躺在那里，吐起来方便。此时我神志还比较清楚，但见船上的桅杆上下摆动，有九十度的幅度。海水当然打上了甲板，但我顾不得那样多了，只是昏昏沉沉地半闭着眼，躺着不动。这场风暴延续了两天。船长说，有一夜，轮船开足了马力，破浪前进；但是一整夜，寸步未动。马力催进一步，暴风打退一步。二者相抵，等于原地踏步了。

风暴过后，我已经两天多滴水未进了。船上特别准备了鸡肉粥。当我喝完一碗粥的时候，觉得其味香美，异乎寻常，燕窝鱼翅难比其美，仙药醍醐庶几近之。这是我生平吃的最香最美的一碗粥，至今记忆犹新。此时，晴空万里，丽日中天，海平如镜，水波不兴。飞鱼在水面上飞驰，像飞鸟一样。远望一片混茫，不见岛屿，离陆地就更远更远了。我真是顾而乐之，简直想手舞足蹈了。

我们的船于4月25日到了香港。南京政府在这里有一个外交特派员，相当于驻其他国家的公使或者大使。负责接待我们的就是这个特派员公署。他们派人到码头上去接我们，把我们送到一家客栈里。这家客栈设备极其简陋，根本没有像样的房间，同内地的鸡毛小店差不多。分给我们两间极小的房子，门外是一个长筒子房间，可以叫作一个"厅"吧，大约有二三十平方米，没有床，只有地铺，住着二三十个客人，有的像是小商贩，有的则是失业者。有人身上长疮，似乎是梅毒一类的东西。这些人根本不懂什么礼貌，也没有任何公德心，大声喧哗，随口吐痰，抽劣质香烟，把屋子弄得乌烟瘴气。香港地少人多，寸土寸金，能够找到这样一个住处，也就不容易了。因为我们要等到上海去的船，只能在这样的地方暂住了。

我久仰香港大名，从来没有来过。这次初到，颇有一点儿新奇之感。然而给我的印象却并不美妙。我在欧洲住了十年多，瑞士、法国、德国等国的大世面，我都见过，亲身经历过。20世纪40年代中叶的香港同今天的香港，有相同的地方，就是地少人多；但是不相同的地方却一目了然：那时的香港颇有点儿土气，没有一点儿文化的气息，找一个书店都异常困难。走在那几条大街上，街上的行人摩肩接踵，熙熙攘攘。头顶上那些鸽子窝似的房子中闹声极大，打麻将洗牌之声，有如悬河泻水，雷鸣般地倾泻下来，又像是暴风骤雨，扫过辽阔的平原。让我感觉到，自己确确实实是在人间，不容有任何幻想。在当时的香港这个人间里，自然景观，除了海景和夜景以外，几乎没有什么可看的。因为是山城，同重庆一样，一到夜里，万灯齐明，高高低低，上上下下，或大或小，或圆或方，有如天上的星星，并辉争光，使人们觉得，这样一个人间还是蛮可爱的。

　　在这样一个人间里，斗争也是不可避免的。同在瑞士、马赛和西贡一样，这里斗争的对象也是外交代表。我们会见外交特派员郭德华，商谈到上海去的问题。同在西贡一样，船期难定。这就需要特派员大力支持。我们走进他那宽敞明亮的大办公室。他坐在巨大的办公桌后面，威仪俨然，戴着玳瑁框的眼镜，留着小胡子，面团团如富家翁，在那里摆起架子，召见我们。我们一看，心里全明白了。俗话说："不打不相识"，看样子需要给他一点儿颜色看。他不站起来，我们也没有在指定的椅子上就座，而是一屁股坐到他的办公桌上。立竿见影，他立刻站起身来，脸上也有了笑容。这样一来，乘船的问题就迎刃而解了。

　　我们心里一块石头落了地，在香港玩儿了几天，拜访了一些朋友，等候开船的日期。

　　在香港同南京政府的外交人员进行了"最后的斗争"以后，船票终于拿到手了。我们于1946年5月13日上了开往上海的船，走上了回到祖国怀抱的最后历程，心里很激动。

　　船非常小，大概还不到1000吨，设备简陋到令人吃惊的程度。乘船回国的留学生中又增添了几个新面孔，因此我们更不寂寞了。此外还有大约几百个中国旅客挤在这一条小船上，根本谈不到什么铺位。在其他船上，统舱算是最低一级的。在这条船上，统舱之下还有甲板一级。到处都是包裹，有的整齐，有的凌乱，有的包裹里还飘出了咸鱼的臭味。到处都是人，每个人只能有容身之地。霸道者抢占地盘，有人出钱，就能得到。因此，讨价还价之声，争吵喧哗之声，洋洋乎盈耳。好多人都抽烟，统舱里烟雾迷腾。这种烟雾，再混上人声，形成了一团乌烟瘴气的大合唱。小船破浪前进所激起的海涛声，同这大合唱比，简直像小巫见大巫，有时候连听都听不见了。

　　我们住在头等舱和二等舱里的几个留学生，是船上的"特权阶级"。不管外面多么脏，多么乱，只要把门一关，舱内还能保持干净和安静。但是，有时我们也需要呼吸点儿新鲜空气，此时，我们必须走到甲板上去，只需走几步路就行。可这几步路就成了一个艰难的历程。在沙丁鱼的人丛里，小心翼翼地走出一条路，是并不容易的。到了外面甲板上，我忽然在横躺竖卧的人丛中发现了那一位同我们一起上船的比利时和法国留学女生。只见她此时紧闭双眼，躺在那里，不吃不喝，不转不动。有人跨过她的身躯走路，她似乎不知不觉；有人不小心踩到她身上，她似乎不知不觉；有人提水，水滴到她脸上，她仍然似乎不知不觉。连眉毛都不眨一眨。她是睡着了呢，抑或是醒着呢？我不得而知。她就这样一连躺了几天，一直躺到上海。我真是吃惊不小。我知道，她是学数学的，是一个非常虔诚的天主教徒。从她的表情来看，我总疑心她当过修女。不管怎样，她心中一定有自己的上帝，否则她在船上的这一番功夫无论如何也是难以理解的。

　　我是一个俗人，心中没有上帝。我不想躺在那里一动不动。我要活动，

我要吃要喝，我还要想。在这时候，祖国就在我前面，我想了很多很多。将近十一年的异域流离的生活结束了。这十一年的经历现在一幕一幕地又重新展现在我的眼前，千头万绪的思绪一时涌上心头。我多么希望向祖国母亲倾诉一番呀！但是，我能说些什么呢？十一年前，我少不更事，怀着一腔热情，毅然去国，一是为了救国，二是为了镀金。原定只有两年，咬一咬牙就能够挺过来的。但是，我生不逢时，战火连绵，两年一下子变成了十一年。其间所遭遇的苦难与艰辛，挫折与委屈，现在连回想都不愿意回想。试想一想，那时，我天天空着肚子，死神时时威胁着自己；英美的飞机无时不在头顶上盘旋，死神的降临只在分秒之间。我遭万劫而幸免，实九死而一生。在长达几年的时间内，家中一点信息都没有。亲老、妻少、子幼。在故乡的黄土堆里躺着我的母亲。她如有灵，怎能不为爱子担心？所有这一切心灵感情上的磨难，我多么盼望能有一天向我的祖国母亲倾诉一番。现在祖国就在眼前，倾诉的时间来到了。然而我能倾诉些什么呢？

我不能像那位虔诚的天主教徒一样，躺在那里死死不动。我靠在船舷上，注目大海中翻滚的波涛。我心里面翻滚得比大海还要厉害。我在欧洲时曾几次幻想：当我见到祖国母亲时，我一定跪下来吻她，抚摩她，让热泪流个痛快。但是，现在我心中有了矛盾，我眼前有了阴影。在西贡时，我就断断续续从爱国的华侨口中听到一些关于南京政府的情况。到了香港以后，听得就更具体、更细致了。在抗战胜利以后，政府中的一些大员、中员和小员，靠裙带，靠后台，靠关系，靠交情，靠拉拢，靠贿赂，乘上飞机，满天飞着，到全国各地去"劫收"。他们"劫收"房子，"劫收"地产，"劫收"美元，"劫收"黄金，"劫收"物资，"劫收"仓库，连小老婆姨太太也一并"劫收"，闹得乌烟瘴气，民怨沸腾。其肮脏程度，远非《官场现形记》所能比拟。所谓"祖国"，本来含有两部分：一是山川大地，一是人。山川大地永远是美的，是我完完全全应该爱的。

但是这样的人，我能爱吗？我能对这样一批人倾诉什么呢？俗语说："子不嫌娘丑，狗不嫌家贫。"我的娘一点儿也不丑。可是这一群"劫收"人员，你能说他们不丑吗？你能不嫌他们吗？

我心里的矛盾就是这样翻腾滚动。不知不觉，船就到了上海，时间是1946年5月19日。我在日记中写道：

上海，这真是中国地方了。自己去国11年，以前自己还想象再见祖国时的心情。现在真正地见了，但觉得异常陌生，一点温热的感觉都没有。难道是自己变了么（吗）？还是祖国变了呢？

我怀着矛盾的心情踏上了祖国的土地，心里面喜怒哀乐，像是倒了酱缸一样，不知道是什么滋味。

十年一觉欧洲梦

赢得万斛别离情

祖国母亲呀！不管怎样，我这个海外游子又回来了。

在北京大学任教

我于1946年春夏之交，经法国马塞和越南西贡，回到祖国。先在上海和南京住了一个夏天和半个秋天。当时解放战争正在激烈进行，津浦铁路中断，我有家难归。当时我已经由恩师陈寅恪先生介绍，北大校长胡适之先生、代理校长傅斯年先生和文学院院长汤锡予（用彤）先生接受，来北大任教。在上海和南京住的时候，我一点儿收入都没有。我在上海卖了一块从瑞士带回来的自动化的 Omega 金表。这在当时国内是十分珍贵、万分难得的宝物。但因为受了点儿骗，只卖了十两黄金。我将此钱的一部分换成了法币,寄回济南家中。家中经济早已破产,靠摆小摊,卖炒花生、香烟、最便宜的糖果之类的东西,勉强糊口。对于此事,我内疚于心久矣。只是阻于战火,被困异域。家中盼我归来,如大旱之望云霓。现在终于历尽千辛万苦回来了,我焉能不首先想到家庭!家中的双亲——叔父和婶母,妻、儿正在嗷嗷待哺哩。剩下的金子就供我在南京和上海吃饭之用。住宿,在上海是睡在克家家中的榻榻米上;在南京是睡在长之国立编译馆的办公桌上,白天在台城、玄武湖等处游荡。我出不起旅馆费,我还没有上任,根本拿不到工资。

在这样的情况下,我无书可读,无处可读。我是多么盼望能够有一张哪怕是极其简陋的书桌啊!除了写过几篇短文外,一个夏天,一事无成。一个人的生命是有限的。古人说:"一寸光阴一寸金,寸金难买寸光阴。"我自己常常说,浪费时间,等于自杀。然而,我处在那种环境下,又有什么办法呢?我真成了"坐宫"中的杨四郎。

我于1946年深秋从上海乘船北上,先到秦皇岛,再转火车,到了一别十一年的故都北京。从山海关到北京的铁路由美军武装守护,尚能通车。到车站去迎接我们的有阴法鲁教授等老朋友。汽车经过长安街,于时黄昏已过,路灯惨黄,落叶满地,一片凄凉。我想到了一句唐诗:"落叶满长安",这诗句中说的"长安",指的是"长安城",今天的"西安"。我的"长安"是北京东西长安街。游子归来,古城依旧,而岁月流逝,青春难再。心中思绪万端,悲喜交集。一转瞬间,却又感到仿佛自己昨天才离开这里。叹人生之无常,嗟命运之渺茫。过去十一年的海外经历,在脑海中层层涌现。我们终于到了北大的红楼。我暂时被安排在这里住下。

按北大当时的规定,国外归来的留学生,不管拿到什么学位,最高只能定为副教授。清华大学没有副教授这个职称,与之相当的是专任讲师。至少要等上几年,看你的教书成绩和学术水平,如够格,即升为正教授。我能进入北大，已感莫大光荣，焉敢再巴蛇吞象有什么非分之想！第二天，我以副教授的身份晋谒汤用彤先生。汤先生是佛学大师。他的那一部巨著《汉魏两晋南北朝佛教史》，集义理、辞章、考据于一体，蜚声宇内，至今仍是此道楷模，无能望其项背者。他的大名我仰之久矣。在我的想象中，他应该是一位面容清癯、身躯瘦长的老者；然而实际上却恰恰相反。他身着灰布长衫，圆口布鞋，面目祥和，严而不威，给我留下了十分深刻的印象。暗想在他领导下工作是一种幸福。过了至多一个星期，他告诉我，学校决定任我为正教授，兼文学院东方语言文学系的系主任。这实在是大大地出我意料。要说不高兴，那是过分矫情；要说自己感到真正够格，那也很难说。我感愧有加，觉得对我是一种鼓励。不管怎样，副教授时期之短，总可以算是一个记（纪）录吧。

终于找到了学术上的出路

当时北大文学院和法学院的办公室都在沙滩红楼后面的北楼。校长办公室则在孑民纪念堂前的东厢房内，西厢房是秘书长办公室。所谓"秘书长"，主要任务同今天的总务长差不多，处理全校的一切行政事务，秘书长以外，还有一位教务长，主管全校的教学工作，没有什么副校长。全校有六个学院：文、理、法、农、工、医。这样庞大的机构，管理人员并不多，不像现在大学范围内有些嘴损的人所说的：校长一走廊，处长一讲堂，科长一操场。我无意宣扬旧时代有多少优点，但是，上面这个事实确实值得我们深思。

北大图书馆就在北楼前面，专门给了我一间研究室。我能够从书库中把我所用的书的一部分提出来，放在我的研究室中。我了解到，这都是出于文学院院长汤锡予先生和图书馆馆长毛子水先生的厚爱。现在我在日本和韩国还能见到这情况，中国的大学，至少是在北大，则是不见了。这样做，对一个教授的研究工作，有极大的方便。汤先生还特别指派了一个研究生马理女士做我的助手，帮我整理书籍。马理是已故北大国文系主任马裕藻教授的女儿，赫赫有名的马珏的妹妹。

北大图书馆藏书甲大学的天下。但是有关我那专门研究范围的书，却如凤毛麟角。全国第一大图书馆北京图书馆，比较起来，稍有优越之处；但是，除了并不完整的巴利文藏经和寥寥几本梵文书外，其他重要的梵文典籍一概不见，燕京大学图书馆是注意收藏东方典籍的。可是这情况是1952年院系调整后才知道的，中华人民共和国成立前，我毫无所知。即使燕大收藏印度古代典籍稍多，但是同欧洲和日本的图书馆比较起来，真如小巫见大巫，根本不可能同日而语。

在这样的情况下，我真如虎落平川、龙困沙滩，纵有一身武艺，却无用武之地。我虽对古代印度语言的研究恋恋难舍，却是一筹莫展。我搞了一些翻译工作，翻译了马克思论印度的几篇论文，翻译了德国女作家安娜·西格斯的短篇小说。我还翻译了恩格斯用英文写成的《英国工人阶级状况》，只完成了一本粗糙的译稿，后来由中共中央马列著作翻译局拿了去整理出版，收入《马克思恩格斯全集》中，这些工作都不是我真正兴趣之所在，不过略示一下我是一个闲不住的人而已。

这远远不能满足我那种闲不住的心情。当时的东方语言文学系，教员不过五人，学生人数更少。如果召开全系大会的话，在我那只有十几平方米的系主任办公室里就绰绰有余。我开了一班梵文，学生只有三人。其余的蒙文、藏文和阿拉伯文，一个学生也没有。我"政务"清闲，天天同一位系秘书在办公室里对面枯坐，既感到极不舒服，又感到百无聊赖。当时文学院中任何形式的会都没有，学校也差不多，有一个教授会，不过给大家提供见面闲聊的机会，一点儿作用也不起的。

　　汤用彤先生正开一门新课《魏晋玄学》。我对汤先生的道德文章极为仰慕。他的著作虽已读过，但是，我在清华从未听过他的课，极以为憾。何况魏晋玄学的研究，先生也是海内第一人。课堂就在三楼上，我当然不会放过。于是征求了汤先生的同意，我每堂必到。上课并没有讲义，他用口讲，我用笔记，而且尽量记得详细完整。他讲了一年，我一堂课也没有缺过。汤先生与胡适之先生不同，不是口若悬河的人。但是他讲得细密、周到，丝丝入扣，时有精辟的见解，如石破天惊，令人豁然开朗。我的笔记至今还保存着，只是"只在此室中，书深不知处"了。此外，我因为感到自己中国音韵学的知识欠缺，周祖谟先生适开此课，课堂也在三楼上，我也得到了周先生的同意去旁听。周先生比我年轻几岁，当时可能还不是正教授。别人觉得奇怪，我则处之泰然。一个系主任教授随班听课，北大恐尚未有过，但是，这有什么关系呢？能者为师。在学问上论资排辈，为我所不取。

　　然而我心中最大的疙瘩还没有解开：旧业搞不成了，我何去何从？在哥廷根大学汉学研究所图书室阅书时，因为觉得有兴趣，曾随手从《大藏经》中，从那一大套笔记丛刊中，抄录了一些有关中印关系史和德国人称为"比较文学史"（Vergleichende Literatur-geschichte）的资料。当时我还并没有想毕生从事中印关系史和比较文学史的研究工作，虽然在下意识中觉得这件工作也是十分有意义的，非常值得去做的。回国以后，尽管中国图书馆中关于印度和比较文学史的书籍极为匮乏，但是中国典籍则浩瀚无量。倘若研究中印文化关系史和比较文学史，至少中国这一边的资料是取之不尽、用之不竭的，而且这个课题至少还同印度沾边，不致十年负笈，前功尽弃。我反复思考，掂斤播两，觉得这真是一个极为灵妙的主意。虽然我心中始终没有忘记印度古代语言的研究，但目前也只能顺应时势，有多大碗吃多少饭了。我终于找到了学术上的出路。

翻译《罗摩衍那》

但是，我是一个舞笔弄墨惯了的人，这种不动脑筋其乐陶陶的日子，我过不惯。当个门房，除了有电话有信件时外，也无事可干。一个人孤独地呆坐在大玻璃窗子内，瞪眼瞅着出出进进的人，久了也觉得无聊。"不为无益之事，何以遣有涯之生？"我想到了古人这两句话。我何不也找点儿"无益之事"来干一干呢？世上"无益之事"多得很。有的是在我处境中没有法子干的，比如打麻将等等。我习惯于舞笔弄墨久矣。想来想去，还是出不了这个圈子。在这个环境中，写文章倒是可以，但是无奈丝毫也没有写文章的心情。最后我想到翻译。这一件事倒是可行的。我不想翻译原文短而容易的；因为看来门房这个职业可能成为"铁饭碗"，短时间是摆脱不掉的，原文长而又难的最好，这样可以避免经常要考虑挑选原文的麻烦。即使不会是一劳永逸，也可能一劳久逸。怎么能说翻译是"无益之事"呢？因为我想到，像我这种人的译品永远也不会有出版社肯出版的。翻译了而又不能出版，难道能说是有益吗？就根据我这一些考虑，最后我决定了翻译蜚声世界文坛的印度两大史诗之一的《罗摩衍那》。这一部史诗够长的了，精校本还有约二万颂，每颂译为四行（有一些颂更长），至少有八万多行诗。够我几年忙活的了。

我还真有点儿运气。我抱着有一搭无一搭的心情，向东语系图书室的管理员提出了请求，请他通过国际书店向印度去订购梵文精校本《罗摩衍那》。大家都知道，订购外国书本来是十分困难的事情。可我万万没有想到，过了不到两个月，八大本精装的梵文原著居然摆在我的眼前了。

我真觉得这几本大书熠熠生光。这算是"文化大革命"以来几年中我最大的喜事。我那早已干涸了的心灵，似乎又充满了绿色的生命。我那早已失掉了的笑容，此时又浮现在我脸上。

可是我当时的任务是看门，当门房。我哪里敢公然把原书拿到我的门房里去呢？我当时还是"分子"——不知道是什么"分子"——我头上还戴着"帽子"——也不知是些什么"帽子"——反正沉甸甸的，我能感觉得到。但是，"天无绝人之路"，我终于想出来了一个"妥善"的办法。《罗摩衍那》原文是诗体，我坚持要把它译成诗，不是古体诗，但也不完全是白话诗。我一向认为诗必须有韵，我也要押韵。但也不是旧韵，而是今天口语的韵。归纳起来，我的译诗可以称之为"押韵的顺口溜。"就是"顺口溜"吧，有时候想找一个恰当的韵脚，也是不容易的。我于是就用晚上在家的时间，仔细阅读原文，把梵文诗句译成白话散文。第二天早晨，在到三十五楼去上班的路上，在上班以后看门、传呼电话、收发信件的间隙中，把散文改成诗，改成押韵而每句字数基本相同的诗。我往往把散文译文潦潦草草地写在纸片上，揣在口袋里。闲坐无事，就拿了出来，推敲，琢磨。我眼瞪虚空，心悬诗中，决（绝）不会有任何人——除非他是神仙——知道我是在干什么。自谓乐在其中，不知身在门房，头戴重冠了。偶一抬头向门外张望一眼——门两旁的海棠花正在怒放，其他的花也在盛开，姹紫嫣红，好一派大好春光。

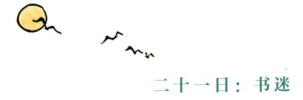

二十一日：书迷

早晨仍然下雨，透过窗子，仍然可以看见蒙蒙的灰云笼住远山近树，

但为功课所迫，没那么些闲情逸致。

我以为老叶不上班，他却上了。我没去，不知放了些什么屁。

小说，吴可读说的倍儿快，心稍纵即听不清楚。

俄文没去，因为太费时间。今年课特别重，再加上俄文实在干不了，马马虎虎地干也没意思。

买了一本 *Chief Modern Poets*。老叶的课本，九元七角，据说是学校 order［订购］的，这价钱是打过七折的。印得非常好。

今天我忽然想到，我真是个书迷了。无论走到什么〈地方〉，总想倘若这里有一架书，够多好呢！比如游西山，我就常想到，这样幽美的地方，再有一架书相随，简直是再好没有了。

过午读 Keller［凯勒］。生字太多，非加油不行。

日记是在摇曳的烛光里记的。

十一日：游西湖

雨忽大忽小。

冒雨乘汽车到灵隐寺。寺的建筑非常伟大，和尚极多。现在正是西湖香市，香客极多，往来如鲫。许多老太太都冒雨撑着伞挂着朝山进香的黄袋急促促地走着，从远处看，像一棵棵的红蘑菇。

从灵隐到韬光，山径一线，绿竹参天，大雨淋漓。远望烟雾苍渺，云气回荡绿竹顶上，泉声潺潺——生平没有见过这样的景色，描写不足，唯有赞叹，赞叹不足，唯有狂呼。

再游岳坟、小孤山，雨仍未止。

湖面烟云淡白，四面青山点点。昨天晚上同林庚在湖滨散步，只留了个模糊的印象。现在才看清楚。

　　乘舟经阮墩至湖心亭、三潭印月，合摄一影。又至净慈寺、南屏〈山〉看雷峰塔遗址，但见断砖重叠而已。